btb

Edo Popović bei btb:
Mitternachtsboogie (71314)
Ausfahrt Zagreb-Süd (74193)
Die Spieler (74196)
Stalins Birne (74195)

Edo Popović

Mondmeridian

Roman

Aus dem Kroatischen
von Alida Bremer

btb

Zu fahren in einer Kutsche aus Moos,
zu verschwinden im Feuer des Meeres.

Vesna Parun, *Reisen entlang des Mondmeridians*

– Aber warum glaubt dann jeder an das Gravitationsgesetz?
– Massenhypnose. In einer sehr orthodoxen Erscheinungsform als »Schulunterricht« bekannt.

R. M. Pirsig, *Zen und die Kunst, ein Motorrad zu warten*

Blicke auf die Leere vor deinen Augen.
Wie kannst du sie hervorrufen oder ausschalten?

Huang-po, *Der Geist des Zen*

♠

Züge sind unsere zweite Haut. Während wir reisen, streifen wir sie über und wieder ab. Jemand, der in einen Zug steigt, ist nicht mehr derselbe, wenn er aussteigt, und wie könnte es auch anders sein. Ob wir zur Arbeit fahren, in den Urlaub, Freunde besuchen, wohin auch immer wir fahren, wir ändern uns. Dagegen kann man nichts machen. Das ist wie das Atmen, wie das Schlüpfen eines Schmetterlings, wie der Anak Krakatau, wie der Lauf der Sterne und der Sternbilder und all jene anderen zerbrechlichen, unsteten Dinge. Und dann sagt man, dass der Mensch heute den Schlüssel zum Leben in seinen Händen hält, zu grauen Haaren, zum Tod, dass die Märchen vom Jungbrunnen und dem ewigen Leben Wirklichkeit geworden sind, all diese Themen, die die Verrückten aus den Genetiklaboren laut hinausposaunen. Unsere überlegene Technologie, so sagen sie, und unsere Produkte werden euch die ewige Jugend schenken.

Dass ich nicht lache!

Ich bin der Meinung, dass wir nicht hier sind, um ewig da zu sein, sondern um ein wenig Spaß zu haben und dann abzutreten, um für andere Platz zu machen. Was für ein Gedränge würde hier herrschen, wenn die Menschen nicht sterben würden. Es wäre überfüllt wie in der Straßenbahn zur Hauptverkehrszeit, wir würden uns bis in alle Ewigkeit aneinander reiben und uns gegenseitig ins Gesicht pusten. Auch so treten wir uns schon gegenseitig auf die Füße und steigen übereinander hinweg, statt uns miteinander anzufreunden und das uns geschenkte Leben zu genießen, und wie würde es erst aussehen, wenn wir unsterblich wären? Wer würde sich ein solches Leben wünschen, wer wäre gern ein vakuumverpackter Tintenfisch? Nicht einmal die Berge sind ewig, ich habe zum Beispiel gestern gelesen, dass in Südtirol ein Felsen abgegangen ist. Tausende Tonnen stürzten ins Tal, es wird Tage dauern, bis sich der Staub gelegt hat. Es gab auch Tote. Wo sind jetzt die Herrscher über Leben und Tod, warum beleben sie die Toten nicht wieder, warum reparieren sie den Felsen nicht? Die Geschichten über die Unsterblichkeit betreffen letztlich – sollten sie überhaupt der Wahrheit entsprechen, was ich bezweifele – nur diejenigen, die über einen Haufen Geld verfügen. Nur sie können sich so etwas wie die Ewigkeit leisten, medizinische Versorgung, drei Mahlzeiten am Tag, zusammengesetzt aus gesunden Nahrungsmitteln, und ähnliche Extravaganzen. Von denen ganz zu schweigen, die sich, wenn ihr Herz, ihre Leber oder ein anderes Organ versagen, einfach Ersatz kaufen können von jemandem, der gerade gestorben ist, weil er nicht genügend Geld hatte, um sich zu kaufen, was bei ihm versagt hat. Und was dem Ganzen die Krone aufsetzt, diese Klugscheißer versuchen jetzt, kopflose Klone zu produzieren, die denen, die es sich leisten können, als Reserve dienen. Die dann in einer Speisekammer oder einem Kühlraum, was weiß ich, hängen und darauf warten, dass bei dem Typen irgendwas kaputtgeht. Widerlich. Als wären wir, sagen wir mal, ein Gerät, das sich aus verschiedenen Teilen zusammensetzt, und nicht ein kleines Universum, das seinen eigenen Platz im unendlichen Universum hat, zusammen mit den Tieren, den Pflanzen, den Mineralien, den Wolken, den Gewässern, den Kometen und Sternen, so wie es Leute formuliert haben, die klüger sind als ich. Einige Menschen wissen einfach nicht, wann sie abtreten sollen. Sie verstehen nicht, dass der Tod nicht das Ende des Lebens ist und dass die Geburt nicht das Ende des Todes bedeutet, sondern dass das Leben Leben und der Tod Tod ist, so wie auch der Frühling nicht der Tod des Winters und der Sommer nicht der Tod des Frühlings ist, und dass der, der zu leben versteht, auch weiß, wie man stirbt, denn Leben und Tod gehören zusammen, so war es schon immer.

Mal ganz im Ernst, wer würde sich wünschen, diese Scheiße um uns herum ewig ertragen zu müssen? Ich jedenfalls nicht. Zum Glück habe ich weder das Geld noch die Nerven dazu. Ich habe kaum genug für eine Rückfahrkarte, selbst so eine Zugfahrt ist für Menschen wie mich keine Bagatelle, sondern eine richtige Investition. Ich fahre zum UNKRAUT-Treffen. Ich bin völlig allein in einem Großraumwaggon und lese ein Interview in einer Zeitschrift, die ich auf dem Sitz gefunden habe.

Warum glauben wir, dass der Mensch die Erde und das Leben darauf vorangebracht hat? Genau das Gegenteil ist der Fall, der Mensch ist eine todbringende Bakterie, die Erde würde ohne ihn viel besser funktionieren. Während er in zehntausend Jahren den Weg vom Ackerbauern zum Biotechnologen zurückgelegt hat, zerstörte der Mensch über hunderttausend Tier- und Pflanzenarten. Das ist die schlechte Nachricht. Die gute Nachricht ist, dass die Evolution, indem sie dem Menschen

Sprache, Schrift, Werkzeuge und Technologien gegeben hat, die sich am Ende gegen die Menschheit richten werden, sich als ein intelligenter Prozess erweist, den die Erde in Gang gesetzt hat, um den Menschen loszuwerden. Die Evolution ist zugleich der Triumph und der Untergang der menschlichen Gattung.

Der Zug rast durch das breite Tal. Der Morgen ist schon vorangeschritten. An der Bahnstrecke stehen Wildrosenbüsche voller rosaroter Blüten und verrostete Güterwaggons. An einigen Stellen hat Ackerwinde den Drahtzaun verschluckt. Dann der Fluss, das Wasser wirbelt sanft um die grünen und roten Bojen. Das Wasser. Unser tägliches Wasser. Das Wasser des Ozeans, der uns erschaffen hat, aus dem wir gekommen sind, das Wasser in den Kammern unter der gespannten Haut des Bauches, in dem die Föten keimen. Aus Wasser kommen wir, Wasser sind wir und zu Wasser werden wir. Zu Regen, zu Wildwassern, die sich im Frühjahr durch Spalten ins Tal stürzen, zu eisigen, klaren Bächen in ihren Betten aus strahlend weißen Kieselsteinen. Zu Wasser in Steinbecken, an denen Hornvipern durstigen Vögeln auflauern. Es kommt mir in den Sinn, dass Züge der Haut einer Schlange ähneln. Das Gleis entfernt sich vom Fluss. Der Wind kämmt die Kronen der Trauerweiden und Pappeln, durch die man das Wasser erahnt. Das Wasser kräuselt sich und schillert, dann verschwindet es aus meinem Blick.

Ich spüre ein Kribbeln in den Beinen. Ich stehe auf, mache einige Kniebeugen und gehe in das Zugrestaurant. Nur zwei Fahrgäste, jeder an seinem Tisch an den entgegengesetzten Seiten des Waggons, damit sie bloß nicht der Versuchung erliegen, ein Gespräch zu beginnen und sich näherzukommen. Die Frau ist in ihren Laptop vertieft, der Mann starrt auf sein Handy. Aus den Lautsprechern, die in der Decke des Waggons versteckt sind, tröpfelt Musik, eine Schnulze, irgendein Typ jammert, er sei müde, müde, müde – müde davon, seinen Träumen hinterherzurennen, so sagt er.

Kaum ist er geboren, schon ist er müde.

Nicht von schwerer Arbeit,

nicht von der Suche nach Arbeit,

nicht vom Mangel an Geld,

oder von den schlaflosen Nächten voller Sex und Alkohol,

sondern davon, dass er seinen Träumen hinterherrennt.

Was für ein Mist.

Ich stehe an der halbrunden Theke. Der Kellner ist in einen Vorratsraum verschwunden, ich höre ihn dort herumrascheln. Es dauert eine Zeitlang, bis er sich zu mir schleppt und ich eine Tasse heißes Wasser bestellen kann.

»Nein danke«, sage ich, »ich möchte keinen Teebeutel, nur das heiße Wasser.«

»Ich werde Ihnen trotzdem den Tee berechnen müssen«, sagt er.

»Ich weiß«, sage ich, »aber ich will keinen gentechnischen Scheiß trinken, in den man wahrscheinlich Rattengene oder was Ähnliches eingebaut hat, um das Wachstum zu beschleunigen, so dass man jede Woche Tee ernten kann.«

Er sagt, dass sie auch Tee aus biologischem Anbau anbieten. Ich antworte, dass es eine Sache sei, was auf der Tüte stehe, und eine ganz andere, was wirklich drin sei. Der Kellner lächelt säuerlich. Hundertpro denkt er, dass er nicht dafür bezahlt wird, irgendwelchen Idioten zuzuhören, die ihm blödsinnige Lektionen erteilen. Er denkt bestimmt, dass ich mich mitsamt dem beschissenen Tee zum Teufel scheren soll.

Ich gehe zurück zu meinem Platz und werfe eine Mischung aus Bergkraut, Minze und Schafgarbe in das heiße Wasser. Das Wasser verfärbt sich blassgrün. Der Zug fährt durch eine Ebene mit wogenden Feldern. Am Horizont ein Windpark. Am tiefhängenden Himmel ziehen sich schmutzig graue Wolken zusammen.

Ich trinke den Tee und denke über das Treffen nach, zu dem ich fahre. Die Kommune UNKRAUT wurde vor fast dreißig Jahren gegründet, zu der Zeit, als die großen Konzerne ein Auge auf das Wasser geworfen hatten. Lange Zeit haben wir damals Lärm geschlagen, die Menschen aufgerüttelt, die abgezäunten Quellen und Abfüllanlagen besetzt. Alles vergeblich. Das Wasser wurde den Menschen geraubt. Erde und Luft wurden ihnen schon viel früher genommen.

Und dennoch kann man die Aktivitäten unserer Kommune nicht als völlig verfehlt betrachten. Wir glaubten, es sei wichtig zu tun, was wir für richtig hielten, ohne uns darum zu scheren, ob wir erfolgreich waren oder nicht. Erfolg kann sowieso nicht garantiert werden und ist deshalb im Grunde unwichtig. Die Schönheit des Tuns liegt schließlich nicht im Ergebnis, sondern im Tun selbst. Vom Kampfgeist der Kommune ist nicht viel übrig geblieben, heute beschäftigen wir uns vorwiegend mit publizistischer Arbeit und mit biodynamischer Landwirtschaft. Das Treffen, zu dem ich fahre, wurde einberufen, weil wieder eine Nachricht über die Vergessenen eingetroffen ist. Das sind Menschen, die angeblich in einem vergessenen Paradies irgendwo in Mitteleuropa leben, sie trinken Wasser aus Bächen, sie beackern nicht die Erde, sondern ernähren sich von wilden Früchten und Tieren. Mir stinkt die Geschichte, natürlich stinkt sie mir, die Menschen haben ihre Nase schon längst in die entlegensten Ecken der Erde gesteckt und ihre diebischen Finger hineingeschoben, und dass es jetzt einen verborgenen Ort geben soll, und zwar mitten in Europa, an dem wilde und freie Menschen leben sollen – na, so naiv bin ich dann doch nicht.

An der nächsten Station steigt eine Gruppe Kinder mit ihrer Lehrerin ein. Die Kinder sind ruhig, sie steigen ein und setzen sich in aller Stille und bleiben auch genauso still sitzen und blicken vor sich hin, als hätte man bei ihnen den Ton abgestellt. Ich höre allerdings nach einiger Zeit die Lehrerin. Sie erzählt ihnen etwas über ein Museum, das sie besuchen werden. Und dass sie dort sehen werden, wie die Menschen im zwanzigsten Jahrhundert mit ihren primitiven Technologien beinahe unseren Planeten zerstört hätten. Sie ist jung, sie sieht ausgezeichnet aus, Beine, Arsch, Titten, Gesicht, Augen, alles prima an ihr, nur ihren Blick kann ich nicht einfangen. Und was wäre schon, wenn ich ihn einfangen würde? Was würde passieren? Gar nichts. Ich würde nur eine spöttische Grimasse ernten, vermutlich nicht einmal das. Spott ist auch ein Gefühl, und Gefühle gehören heute zu den bedrohten Arten, wenn ich mich einmal so ausdrücken darf. Deshalb spüre ich in meinen Eingeweiden, in meinem Herzen, in meiner Unterhose keinen Energieschwall, keine Regung.

Der Zug fährt durch einen Vorort, durch Reihen von vierstöckigen Häusern mit Flachdächern, eins wie das andere, aber verschiedenfarbig angestrichen. Hinter den Häusern erstreckt sich eine weitere Reihe solcher Gebäude, und dann noch eine und noch eine. Aus dem Meer der vierstöckigen Häuser ragt eine Betonsäule in die Höhe, ein Träger für eine riesige Werbetafel. Darauf blitzen gerade rote Buchstaben auf: IN DER QUANTITÄT STECKT DIE QUALITÄT. Da bin ich also wieder angekommen in der virtuellen Welt. In der Welt der Trugbilder und der Gier.

Das lausige Zagreb, gibt es irgendjemanden, der diese Straßen je reinigt? Ein warmer Wind weht und bläst mir Staub in die Augen. Ich laufe gegen den Wind und blicke durch Augenschlitze, wobei ich den Kopf zur Seite wende. Ich bin dumm, weil ich nicht die Straßenbahn genommen habe, aber andererseits habe ich genug Zeit, und es schadet nichts, sich nach der Zugfahrt ein wenig die Beine zu vertreten. Das Treffen findet in dem Gebäude statt, in dem sich eine Suppenküche und ein Obdachlosenheim befinden. Eine halbe Stunde zu Fuß vom Hauptbahnhof. Es gibt viele Bettler auf den Straßen, ich habe den Eindruck, dass es mehr sind als beim letzten Mal. Alle paar Meter eine ausgestreckte Hand, ein Hut, ein Pappkarton oder eine Tasse und die Aufschrift: ICH HABE HUNGER. Oder: ARBEITSLOS. Oder: HELFEN SIE MIR. Oder etwas Ähnliches. »Mein Herr, bitte hören Sie mich an…«, »Erbarmen Sie sich, mein Herr!« Ich war schon ein Jahr nicht mehr hier, hinreichend lange, dass man das alles vergisst. Ich lebe auf dem Land, mein Dorf gehört gewiss nicht zu den tausend begehrenswertesten Reisezielen auf der Erde, aber dort gibt es zumindest keine hungrigen Menschen. »Gehen Sie nicht einfach an mir vorbei«, sagt eine Frau mit einem Kind im Arm, die an der Wand eines Supermarktes lehnt.

Ich wende den Blick ab, obwohl ich jetzt mit dem Wind laufe. Ich hasse mich selbst, aber ich hasse auch sie. Warum stürzt sie sich bei so vielen Passanten ausgerechnet auf mich? Sie soll ihre Verzweiflung und ihren Hunger den anderen unter die Nase reiben. Zum Teufel mit ihr und ihrem Bastard. Ich betrete eine türkische Imbissbude. Im Schaufenster steht GMO-free.

»Was darf es sein?«, sagt der Mann hinter dem Tresen. »Alles ist sauber und natürlich. Das Gemüse ist heute früh in einem Garten in der Ägäis gepflückt worden, die Lämmer haben noch gestern auf anatolischen Steppen geweidet und sind dort herumgesprungen.«

Was für ein Lügner. Die Lämmer sind eigentlich Schafe, und die anatolischen Steppen haben sie vor wer-weiß-wie-vielen Jahren gesehen. Ihr gefrorenes Fleisch wurde heute Morgen aus dem Kühlwagen geholt, genauso wie das Gemüse. Wo sind jene Zeiten geblieben, in denen man in dieser Stadt Lammfleisch aus Bukovica, Gorski Kotar, von der Insel Pag oder von den Kornaten essen konnte und als das Gemüse der Saison aus Ravni Kotari ein Must-eat war? Ich nehme nur ein Stück Fladenbrot und gehe, ohne zu grüßen. Ich höre, wie der Mann etwas hinter mir herruft.

Es ist einfach, die Bettler abzuschütteln, ihnen aus dem Weg zu gehen, aber wie kann man die Erinnerung an sie abschütteln, wie kann man die Ohren verschließen vor der flehenden Stimme, die mir immer noch im Kopf nachhallt? Ich gehe zurück in die Imbissbude und bestelle einen Dürüm Döner.

»Ich wusste, dass du zurückkommen wirst«, sagt der Mann.

»Angesichts deiner außerordentlichen hellseherischen Fähigkeiten ist es ein wahres Wunder, dass du in dieser Kaschemme hängengeblieben bist«, antworte ich.

»Was nimmst du dazu?«, fragt er trocken.

»Alles«, sage ich.

Ich achte darauf, dass er nach alldem nicht in meinen Kebab spuckt, während er ihn zubereitet. Man kann alles Mögliche von Menschen erwarten, an deren Ego man gerüttelt hat. Ich beobachte abwechselnd sein Gesicht und die Metallbehälter mit den Beilagen, in die metallene Zähne greifen, sie schnappen das klein geschnittene Gemüse und schieben es in das Fladenbrot. Nun gehe ich zurück zu der Bettlerin mit dem Kind, ich bücke mich und reiche ihr den Kebab und einige Geldstücke.

»Ich hoffe, dass Sie keine Vegetarierin sind«, sage ich, ohne zu wissen, warum.

Sie sagt nichts, sie nimmt den Döner, wobei sie mir ruhig in die Augen schaut, keine Spur der flehenden Show von zuvor. Aber jetzt ist Trauer in ihnen zu erkennen. Und wer wird diesen Hunger stillen? Wer könnte ihre ausgehungerte Freude sättigen?

Danach fühle ich mich keinen Deut besser und auch nicht edler. Ich bin weiterhin ein gewöhnliches, heuchlerisches Scheusal. Mit meiner Geste habe ich nichts verändert, die Frau wird auch weiterhin an den meisten Tagen des Jahres hungrig sein, ich werde trotz allem immer etwas im Magen und in meiner Tasche haben, diese Welt wird ein grausamer, feindseliger Ort bleiben, und es gibt keine Barmherzigkeit und keine Wohltäter, die irgendetwas daran ändern könnten. Es gibt einen Überfluss, der einfach widerlich ist, den Überfluss der Supermärkte, vor denen die Hungrigen betteln. Und die Barmherzigkeit unterstreicht nur die Pervertiertheit der menschlichen Welt. Ich erinnere mich daran, wie es vor einiger Zeit populär war, Geld für schwerkranke Kinder zu sammeln, deren Eltern die Kosten der medizinischen Behandlung nicht aufbringen konnten. Doch es gab immer mehr Kranke als Geld, die Nachfrage war größer als das Angebot, und die Wohltätigkeit florierte. Kaum jemand fragte sich, woher all diese Krankheiten kommen, warum die Medikamente und die Behandlungen so teuer sind, warum alles so eingerichtet ist, dass eine medizinische Behandlung ein Privileg der Reichen ist. Was für eine beschissene Welt ist das nur, in der Leben und Tod von einer Tombola und vom fremden guten Willen abhängen? Eine ziemlich dumme Frage natürlich, denn das geht schon seit Menschengedenken so.

Die Armut, der Hunger und die Krankheiten sind keine negativen Begleiterscheinungen dieser Welt, sie gehören zu ihrem Wesen. Und deswegen werden sie unablässig produziert und gepflegt.

Das Betteln war einst – so erinnere ich mich – entweder Philosophie oder eine Arbeit, es gab nur wenige, die aus reiner Bedürftigkeit bettelten, so wie diese Menschen hier. Ich gehe durch ein Spalier von ausgestreckten Händen und kann jetzt nicht sagen: Hört mal zu, Freunde, mal halblang, ich habe einer eurer Kolleginnen einen Kebab gekauft und etwas Kleingeld gegeben, aber wenn ich euch allen helfen soll, dann werde ich selbst hungern müssen. Mich überkommt schlechte Laune, und ich werde nervös, und deshalb erinnere ich mich jetzt an jene Tage, an denen man nicht aus Not bettelte, sondern aus philosophischer Überlegung oder als Business. Es gab nie viele Bettler-Philosophen. Es waren Schnorrer, die dem bürgerlichen Leben bewusst den Rücken gekehrt hatten und in Kellern, verlassenen Gebäuden, auf Bürgersteigen und unter Brücken lebten; heute gibt es sie beinahe nicht mehr, sie sind zusammen mit der menschlichen Güte, der Freundlichkeit und Barmherzigkeit von der Bildfläche verschwunden. Was das Business betrifft, das waren gut durchorganisierte Firmen und Familienbetriebe, man arbeitete Tag und Nacht, auf der Straße, in Restaurants und Cafés, nur in den Shoppingcentern, in denen das Betteln verboten war, konnte man damit rechnen, in Ruhe gelassen zu werden, nur dort wurde man nicht von den ausgestreckten Händen belästigt. Obwohl mich die Verbraucherparadiese anwiderten und obwohl ich nie etwas darin gekauft habe, ergab es sich manchmal, dass ich in Versuchung geriet, vor allem in Momenten, in denen mir buchstäblich nach jedem Schluck Kaffee auf einer der Terrassen im Zentrum der Stadt eine Hand oder ein Zettel mit der Ausschrift TAUBSTUMME WAISE unter die Nase gehalten wurde, es geschah also, dass ich in Versuchung geriet, aufzustehen und in das nächste Shoppingcenter zu fliehen, mich dort in ein Café zu setzen, um endlich, nach so vielen Belästigungen durch die Bettler, in Ruhe den verdammten Kaffee auszutrinken.

O mein Gott, wie sehr es hier stinkt. Vonwokommtdieser-Gestanknur, fragte Gabriel gereizt. So beginnt ein urkomischer Roman aus dem vergangenen Jahrhundert, der mir sehr ans Herz gewachsen ist. Derartige Romane werden leider seit langer Zeit nicht mehr geschrieben. Der Gedanke daran lockt mir ein Lächeln ins Gesicht. Hier ist es allerdings ganz klar, woher der Gestank kommt. So wie es auch klar ist, dass nicht die Bewohner und Passanten die Ursachen des Gestanks sind, sondern der Bürgermeister. Probleme mit der städtischen Mülldeponie hat es in Zagreb schon gegeben, als ich noch ein Kind war. Der Bürgermeister verhinderte die Mülltrennung und den Bau einer neuen Mülldeponie, man sprach damals viel darüber, und es gab auch viel Lärm darum. Der gesamte städtische Abfall wurde an einer Stelle gesammelt, direkt am östlichen Rand von Novi Zagreb. Und jedes einzelne Ding, dass die Zagreber kauften und nicht aßen oder ausschieden, endete dort. Der Müllberg wuchs von Tag zu Tag, und meine Eltern scherzten manchmal, dass die Zagreber Alpen bald höher sein würden als der Berg Medvednica. Die Alpen wuchsen und stanken, und als ich in die Pubertät kam, war die Genehmigung für die Deponie schon längst abgelaufen, aber aus unbekannten Gründen war keine neue Mülldeponie angelegt worden. Wir wohnten damals im Stadtteil Utrine, und jedes Mal, wenn der Südostwind den stark säuerlichen Geruch dieser Alpen herüberwehte, rümpften meine Eltern die Nase, schmunzelten und sagten: Oh, da sind Sie ja wieder, Herr Bürgermeister. Seien Sie gegrüßt.

Wenig später biege ich in die Adžija-Straße ein und erblicke aus der Ferne die Schlange vor der Suppenküche. Noch einige Stunden bis zum Mittagessen, aber trotzdem stehen die Menschen schon in der Schlange. Ähnlich wie bei den Kranken und dem für ihre Behandlung gesammelten Geld gibt es mehr hungrige Mäuler als Portionen. Einige der Wartenden werden bestimmt heute hungrig bleiben.

♣

Mila träumt. In ihrer Wohnung, ganz oben, in der dreißigsten Etage eines Wolkenkratzers, liegt sie auf einer Matte aus Stroh von bioorganisch angebautem Reis und träumt. Das Schlafzimmer ist nach Osten ausgerichtet, die Außenwand des Raumes ist aus photosensitivem Isoglas gefertigt. Wäre sie wach, würde Mila sehen, wie eine riesige Sonne in der Farbe einer Roten Beete gerade aus einem schmutzigen Band am Horizont aufsteigt. Gewöhnlich ist sie um diese Zeit wach, betrachtet die Morgendämmerung, macht dann Yogaübungen, duscht sich und trinkt anschließend ein Glas Tee. Sie frühstückt später, meist in der Studentenkantine. Doch Mila schläft noch und träumt, während sie im Schlaf ab und zu zuckt. Sie träumt von einer Stimme. Die Stimme erzählt:

Seht! Nun fangen wir an. Wenn wir am Ende der Geschichte sind, wissen wir mehr als jetzt, denn es war ein böser Kobold! Er war einer der allerärgsten, er war der Teufel! Eines Tages war er recht bei Laune, denn er hatte einen Spiegel gemacht, welcher die Eigenschaft besaß, dass alles Gute und Schöne, was sich darin spiegelte, fast zu nichts zusammenschwand, aber das, was nichts taugte und sich schlecht ausnahm, hervortrat und noch ärger wurde. Die herrlichsten Landschaften sahen wie gekochter Spinat darin aus, und die besten Menschen wurden widerlich oder standen auf dem Kopfe ohne Rumpf; die Gesichter wurden so verdreht, dass sie nicht zu erkennen waren, und hatte man eine Sommersprosse, so konnte man überzeugt sein, dass sie sich über Nase und Mund ausbreitete. Das sei äußerst belustigend, sagte der Teufel. Fuhr nun ein guter frommer Gedanke durch einen Menschen, dann zeigte sich ein Grinsen im Spiegel, so dass der Teufel über seine künstliche Erfindung lachen musste. Die, welche die Koboldschule besuchten – denn er hielt Koboldschule –, erzählten überall, dass ein Wunder geschehen sei; nun könnte man erst sehen, meinten sie, wie die Welt und die Menschen wirklich aussähen. Sie liefen mit dem Spiegel umher, und zuletzt gab es kein Land und keinen Menschen mehr, welcher nicht verdreht darin gesehen wurde. Nun wollten sie auch zum Himmel selbst auffliegen, um sich über die Engel und den lieben Gott lustig zu machen. Je höher sie mit dem Spiegel flogen, umso mehr grinste er; sie konnten ihn kaum festhalten; sie flogen höher und höher, Gott und den Engeln näher; da erzitterte der Spiegel so fürchterlich in seinem Grinsen, dass er ihnen aus den Händen rutschte und zur Erde fiel, wo er in hundert Millionen, Billionen und noch mehr Stücke zersprang. Und nun gerade verursachte er weit größeres Unglück als zuvor, denn einige Stücke waren kaum so groß wie ein Sandkorn; diese flogen nun in die weite Welt, und wo jemand sie ins Auge bekam, da blieben sie sitzen, und da sahen die Menschen alles verkehrt oder hatten nur Augen für das Verkehrte bei einer Sache; denn jede kleine Spiegelscherbe behielt dieselben Kräfte, welche der ganze Spiegel besessen hatte. Einige Menschen bekamen sogar eine

Spiegelscherbe ins Herz, dann aber war es ganz entsetzlich; das Herz wurde einem Klumpen Eis gleich. Einige Spiegelscherben waren so groß, dass sie als Fensterscheiben verwendet wurden; aber durch diese Scheiben taugte es nicht, seine Freunde zu betrachten; andere Stücke kamen in Brillen, und dann ging es nicht gut, wenn die Leute diese Brillen aufsetzten, um recht zu sehen und gerecht zu sein; der Böse lachte, dass ihm der Bauch wackelte, und das kitzelte ihn so angenehm. Aber draußen flogen noch kleine Glasscherben in der Luft umher …

Schon seit geraumer Zeit träumt Mila von dieser Stimme, sie war noch ein kleines Mädchen, als sie diesen Traum zum ersten Mal hatte. Sie erwachte, starr vor Angst und konnte danach lange nicht wieder einschlafen. Am Morgen erinnerte sie sich nicht mehr daran, was die Stimme erzählt hatte, nur die Angst war geblieben. Doch sie erzählte ihrem Vater nichts darüber und auch niemand anderem, irgendwie spürte sie, dass sie es für sich behalten musste. Seitdem besuchte diese Stimme sie häufig in ihren Träumen. Mila gewöhnte sich an sie, und immer häufiger erinnerte sie sich daran, wovon die Stimme gesprochen hatte. Einmal fragte sie sie:

Wer bist du?

Wenn die Zeit reif ist, wirst du es erfahren, antwortete die Stimme.

Mila erwacht schweißgebadet, obwohl die Temperatur und die Feuchtigkeit im Zimmer optimal eingestellt sind; die Klimaanlage funktioniert tadellos, doch einige Schweißtropfen glitzern auf ihrer Oberlippe. Sie wendet ihren Kopf zum Fenster. Sie ist erleichtert, denn die

Scheibe ist heil und dort, wo sie hingehört. Warum hat sie bloß geglaubt, sie wäre zerborsten? Ach ja, der Traum. Was für eine schlimme Geschichte. Nur das Böse zu sehen, einen Eisklumpen zu haben, dort, wo das Herz sein sollte, wer würde gern in einer solchen Welt leben? Die Stimme hatte übertrieben. Bisher hatte sie noch nie eine solche Geschichte erzählt. Sie setzt sich auf der Matte auf und räkelt sich. Die Sonne steht ziemlich hoch, es ist vielleicht schon acht Uhr. In ihrem Schlafzimmer gibt es keine Uhr. Sie will nicht, dass sie durch irgendetwas an die Zeit erinnert wird. Außerdem sind Stunden sowieso ein Phantasieprodukt, denkt sie, in der Natur kommen sie gar nicht vor, genauso wie es in der Natur keine Tage und keine Monate gibt, und deshalb vertraut sie lieber ihrem inneren Zeitgefühl. Ihr Vater, Zoran Salar, verzieht immer das Gesicht, wenn das Gespräch auf die Zeit, die Natur und ähnliche Dinge kommt. Er betrachtet Mila als einen Sonderling, wie kommt sie bloß auf solche Ideen, wo hat sie sie aufgeschnappt?

»Nirgendwo«, sagt sie. »Ich weiß das einfach, ich spüre es, alles ist hier«, sie tippt mit dem Finger an ihre Stirn und ihre Brust.

Ihr Vater schüttelt den Kopf, er hat ihren Aikido-Lehrer in Verdacht.

Sie erinnert sich daran, wie ihr Vater einmal wütend geworden war, als sie sich über den Wald unterhielten. Sie saßen auf der Terrasse seiner Villa in Tuškanac, bei der die Architekten das Hightech-Innenleben eines Raumschiffs in eine Hülle aus der Epoche der Sezession gequetscht hatten – so beschrieb Mila ihre Leistung hämisch. Sie hasste dieses Haus voller teurer Fliesen, vergoldeter Wasserhähne und Designermöbel, jedes einzelne Stück, von dem schrecklichen Steinway-Flügel aus Rosenholz aus dem Jahr 1870 – erstanden auf einer Auktion in Hamburg, nie spielte jemand darauf, er diente nur zum Abstellen von Gläsern und Flaschen bei Partys – bis hin zu den Mülleimern, alle Gegenstände schrien ICH BIN TEUER UND ICH BIN ETWAS BESONDERES, Mila war erleichtert gewesen, als sie endlich sechzehn geworden war, was nach der Vorstellung ihres Vaters genügte, um in eine eigene Wohnung überzusiedeln, während sie glaubte, dass sie schon mit dreizehn reif genug gewesen wäre, dieses Haus zu verlassen. Als sie also einmal die alten Eichen im Garten der Villa betrachtete, kam das Gespräch auf das Thema Bäume und Wald. Für ihren Vater war ein Baum nur ein Rohstoff, Material, aus dem man Bretter, Möbel, Fußböden herstellen kann …

»Siehst du nicht auch die Schönheit der Bäume?«, fragte Mila.

»Schönheit?« Er lachte verächtlich auf, als wäre der Begriff der Schönheit ein dummer jugendlicher Irrtum, den man abschütteln muss – je früher, desto besser.

»Ja«, sagte sie. »Außerdem sind die Bäume ein Heim für Vögel, Eichhörnchen, Würmer, Spinnen und andere Lebewesen, ist es nicht so?«

»Wo hast du bloß diesen ganzen Blödsinn her?«, sagte er aufgebracht. »Der Wald ist dazu da, genutzt zu werden, eventuell noch, um darin einen Spaziergang zu machen, wenn wir die Zeit dazu haben.«

»Das ist kein Blödsinn«, sagte sie, »was meinst du« – sie zeigte auf die Eichen –, »wozu dienen die Bäume in der Stadt? Nach deiner Vorstellung bieten diese Eichen tagsüber Schatten, aber auch das nur, wenn es sonnig ist.

Was bieten sie nachts? Wenn man die Anzahl der bewölkten Tage im Jahr berücksichtigt, dann sind die Bäume im Grunde überflüssig, sie nehmen nur Platz weg. Warum fällst du sie also nicht und machst daraus was weiß ich was?«

Ihr Vater lief rot an und sprang vom Tisch auf, sie hatte ihn noch nie so erlebt.

»Du redest… Du bist genauso wie…«, er winkte ab.

»Wie wer?«, fragte sie, wobei sie ihm direkt in die Augen blickte.

Aber er rannte von der Terrasse und ließ sie ohne Antwort zurück.

Und jetzt, während sie duscht, ihre morgendlichen Yogaübungen hat sie übersprungen, fällt ihr dieses Gespräch mit dem Vater auf der Terrasse wieder ein, und sie fragt sich, was er wohl dachte, als er sagte, sie wäre genauso wie irgendjemand, ohne dann auf ihre Nachfrage zu antworten. Hat vielleicht auch sie eine Mutter?

Wie alle Kinder aus ihrer Gesellschaftsschicht, aus jener Minderheit, der es an nichts fehlt und die fast im Überfluss erstickt, ist auch Mila durch künstliche Befruchtung entstanden, und sie war lange Zeit davon überzeugt, dass sie nur einen Vater hat. Von diesen Kindern sagt man, dass sie nicht geboren, sondern erschaffen seien. Aber dann träumte sie eines Nachts von einer Frau. Das Gesicht der Frau war ihr entglitten. Nach dem Aufwachen konnte sie sich nicht mehr daran erinnern. Es sind nur kleinste Fragmente in ihrem Gedächtnis zurückgeblieben, sie gehen durch einen Park spazieren, die Frau hält ihre Hand, die Hand der Frau fühlt sich warm an. Im zweiten Traum legt Mila ihren Kopf in den Schoß der Frau, die Frau streichelt sie, oder sie sitzen am Ufer eines klaren Bachs und essen winzige Pfirsiche, die Mila nie zuvor gesehen hat, der Geschmack des Obstes blieb an diesem Tag noch lange in ihrem Mund. Und dann hörte sie im Traum eine Stimme. Die Stimme sagte: Ich bin deine Mutter, Mila.

Nachdem sie angezogen ist, ruft Mila ihren Vater an und sagt, dass sie gern mit ihm frühstücken würde. Sie treffen sich in der Cafeteria gegenüber des Gebäudes der Firma SalarLab, die ihrem Vater gehört.

»Welchem Umstand verdanke ich diese Ehre?«, fragt er sie, nachdem die Kellnerin das Frühstück für Mila und eine Tasse Kaffee für den Vater vor ihnen abgestellt hat; er habe schon gefrühstückt, hatte er gesagt.

Mila fragt, wo ihre Mutter ist.

Ihr Vater blickt sie erstaunt an.

»Wie bitte?!«

»Wo ist meine Mutter?«, wiederholt Mila.

»Du hast keine Mutter«, antwortet der Vater verächtlich. »Du hast nur mich, so wie es sich für Menschen wie uns gehört.«

»Warum?«, fragt Mila.

»Warum, warum? Weil wir jeder nur einen Elternteil haben. Entweder eine Mutter oder einen Vater. Tiere und gewöhnliche Menschen haben beide Elternteile. Nur sie vermehren sich durch Paarung. Einst haben sich alle Menschen so vermehrt, aber zum Glück sind diese Zeiten vorbei.«

»Warum zum Glück?«, fragt Mila.

»Mein Gott, wie anstrengend du sein kannst. Die Paarung ist ein primitiver Vorgang, animalisch«, sagt der

Vater und tut so, als müsse er sich übergeben. »Außerdem gibt es viele Krankheiten und andere Komplikationen, die einen Fötus im Unterleib, im Dunkel des Bauches ereilen können, fern von den Augen der Ärzte und der Biotechnologen, die sich darum kümmern, dass alles in Ordnung geht. Eigentlich bist du groß genug, damit ich dir zeigen kann, wo die Kinder gemacht werden.«

Nach dem Frühstück geht der Vater mit Mila ins Gebäude von SalarLab, und zwar in die Abteilung mit den Inkubatoren.

Die Sonne war noch nicht aufgegangen über dem steinigen Bergrücken namens Marunas Felsen, der im Osten das Tal abschließt. Die Bündel des Sonnenlichts schimmerten durch die Ritzen und Spalten der Felsen und zerstreuten sich dann hoch im klaren Morgenhimmel, als Jasna und der Lehrer aus der Holzhütte am Waldrand heraustraten. Jasna war jung, sie war gerade fünfzehn geworden, der Lehrer war fast fünfzig. Sie liefen den Pfad zwischen Blumeninseln entlang, die langsam aus dem zunehmend blasser werdenden Dunkel auftauchten. Sie passierten ein Tor in Richtung der naheliegenden Lichtung. Dort standen schon ungefähr sechzig Kinder, Frauen und Männer in einem Kreis. Sie sangen.

»Es ist kein Scherz, es gibt das Nirgends,
In einem türkischen Lande, das Nirgends,
Mit Gärtnern und Winzern,
Mit Teppichwebern und Baumeistern.«

Ihr Gesang hörte sich laut und nicht harmonisch an. Jasna und der Lehrer näherten sich den Sängern, der Kreis öffnete sich und ließ sie in die Mitte.

»Meine Liebste, lass uns nach Nirgends gehen,
In die Hauptstadt des Landes Nirgends,
Ich werde dich in die goldenen Basare führen,
Und dich mit wundersamen Geschenken
beschenken.«

Jasna und der Lehrer blieben nicht stehen, der Kreis öffnete sich erneut, um sie durchzulassen, und sie gingen in das Tal, der aufgehenden Sonne entgegen. Der Gesang begleitete sie. Als sie hinter einem begrünten Hügel verschwanden, wollte Kaj, ein junger Mann von ungefähr zwanzig Jahren, ihnen folgen. Sein gleichaltriger Freund Jan, der im Kreis direkt neben ihm stand, griff nach seiner Hand und zog ihn zur Seite.

»Sei nicht verrückt, Kaj«, flüsterte er.

Kaj blieb stehen und blickte in seine Augen.

»Was kann mir denn Schreckliches passieren?«, fragte er.

»Leiser«, sagte sein Freund und blickte sich dabei um.

»Leiser, leiser«, spottete Kaj, »ich will doch nur sehen, wo der Durchgang ist.«

»Was dir passieren kann?«, sagte Jan. »Du kannst alles verlieren. Der Lehrer hat dich auserwählt, du wirst der nächste Lehrer sein, bedeutet dir das denn gar nichts? Du darfst dem Lehrer nicht nachspionieren.«

»Warum hat er dieses blöde Lied ausgewählt?«, fragte Kaj. »Woher hat er dieses Lied überhaupt. Dieses Nirgends, dieses türkische Land, diese Baumeister, was soll das bloß bedeuten? Hätte er kein anderes Lied wählen können? Gab es wirklich kein schöneres?«

»Lass das«, sagte Jan, »das sind doch bloß Worte.«

Der Lehrer und Jasna waren inzwischen am Friedhof vorbeigegangen und bogen hinter einem langen flachen Hang ab, der von Fichten bewachsen war. Dahinter erstreckte sich das Ende des Tals zum Norden hin. Sie blieben auf der Holzbrücke stehen und betrachteten das schnell fließende Wasser des Flusses. Sie blickten zunächst angespannt, dann wanderte ihr Blick zu der Stelle, an der das Wasser schäumend über runde, glatte Steine wirbelte. Es sah so aus, als warteten sie auf irgendetwas. Und dann sahen sie einen dunklen Schatten, der schnell wie ein Pfeil unter der Brücke hindurchschoss. Sie blickten sich zufrieden an und setzten ihren Weg Richtung Norden fort. Wenn ein Fisch unter der Brücke, auf der man steht, hindurchschwimmt, dann wird der Tag für den, der ihn gesehen hat, ein schöner Tag werden, so glaubte man. Sie liefen schweigend weiter, und sie machten sich gegenseitig durch kleine Berührungen oder Blicke darauf aufmerksam, dass sich im Gestrüpp und in den Baumkronen etwas bewegte, es waren Vögel oder der Wind, der auch die Gräser streichelte. Sie gingen weiter, bis die Sonne hoch am Himmel stand und blieben dann im Schatten eines Vogelbeerbaums stehen. Jasna zeigte mit ihrem Finger auf den Saum eines Eichenwäldchens am Ende der Wiese. Die Wiese blühte üppig, kräftig gelbe Blüten des Johanniskrauts, weiße Dolden der Schafgarbe und gelbe Blüten des Labkrauts. Sie standen im Schatten des Vogelbeerbaums, das Mädchen zeigte mit stummer Geste auf das Ende der Wiese. Der Lehrer blickte in die Richtung, in die sie zeigte, und sah einen Bären aus dem Wäldchen herauskommen. Der Bär blieb stehen, hob den Kopf, schnupperte etwas und drehte seinen Kopf in die Richtung, aus der der Wind kam. Der Wind trug den Geruch der Menschen zu dem Bären. Das dreijährige Tier mit rotbraunem Fell hätte sie wittern müssen, aber der Bär zeigte es nicht. Er lief in das hoch gewachsene Gras und ließ eine Laufspur auf seinem Weg zum Fichtenwald auf der anderen Seite des Tals hinter sich zurück. Sie liefen zu der Stelle, an der der Bär das Wäldchen verlassen hatte. Auch hinter ihnen blieben zwei Laufspuren im Gras zurück, das ihnen bis zur Taille reichte.

Bald darauf näherte sich Kaj ihren Spuren. An der Stelle, an der die beiden Spuren die Spur des Bären kreuzten, blieb er stehen, versuchte, einen Geruch wahrzunehmen, betrachtete die Spur des Bären und ging dann weiter. Die Sonne brannte.

Kaj kannte diesen nördlichen Teil des Tales sehr gut. Sie gingen oft hierher, um Nahrung zu sammeln. Das Tal war bekannt für seine Teppiche aus Heidel- und Moosbeeren. In kleinen Teichen, die von den Sturzwassern im Frühling zurückgeblieben waren, konnte man Wassernüsse finden, und es gab reichlich Frösche. Kaj verspürte keinen Hunger, aber dennoch pflückte er Sauerampfer und begann, darauf herumzukauen. Man lehrte sie, lange zu kauen. Nahrung soll man trinken, Wasser kauen. Kaj setzte seinen Weg fort und kaute. Nach einer halben Stunde begann das Tal, enger zu werden. Der Fluss floss hier, nachdem er zahlreiche Bergbäche in sich aufgenommen hatte, schnell, und er war tief, hier pflegten sie zu baden und zu fischen – Rotfische, deren Farbe Kupferrot bis Lila war, und flinke, rot-schwarz gesprenkelte Forellen.

Man konnte am Fluss entlang weiter bis zu einem alten Wasserkraftwerk laufen, das einst eine Kohlegrube und eine Bergbausiedlung, deren Ruinen nun von Gestrüpp überwuchert waren, mit Strom versorgt hatte. Flussabwärts floss das Wasser durch eine Felsspalte, hindurch zwischen hohen, beinahe senkrecht aufragenden Felsblöcken. Von einer heruntergekommenen Brücke konnte man sehen, wie der Fluss an dieser Stelle wild zu strömen begann, um sich dann etwa hundert Meter entfernt in einen Wasserfall zu stürzen. Danach mäanderte er durch eine Ebene, bis er in einen größeren Fluss mündete. Dort begann sich die vergiftete Ödnis zu erstrecken.

Beim Gehen blieb Kaj nun immer häufiger stehen und horchte. Als er schon nahe am Wasserfall war, konnte er sich nicht mehr auf seine Ohren verlassen, sondern nur noch auf seine Augen und seine Nase. Hier irgendwo verbarg sich der Durchgang zum vergifteten Land, darüber war schon viel erzählt worden, doch nur der Lehrer wusste, wo er sich befindet. Als sie Kinder waren, hatten Kaj und andere Jungen erfolglos versucht, ihn zu finden; sie kamen hierher, um zu angeln und zu baden. Als sie groß wurden, hörten sie auf, danach zu suchen. Es war verboten. Er stieg einen Hang hinauf, der bewachsen war mit einem Mischwald aus Tannen, Fichten, Lärchen und Ahornbäumen, bis hin zu der Stelle, von der aus man die Brücke und das zerfallene Gebäude des Kraftwerks auf der anderen Seite des Flusses sah. Er glaubte, dass der Durchgang irgendwo dort sein musste, vermutlich in der alten Mine. Er setzte sich, lehnte sich an einen Ahornbaum und fragte sich, warum sie eigentlich fortgebracht werden.

Jedes Jahr wählte der Lehrer jemanden aus, ein Kind, ein Mädchen oder einen Jungen, und führte sie durch diesen

Durchgang, und nie kehrten sie zurück. Das sei von Anbeginn so gewesen, antworteten die Erwachsenen, wenn sie gefragt wurden, warum das so sei, das sei das Fabrikonschin: Sie werden fortgebracht, damit uns die Menschen von der anderen Seite in Ruhe lassen, damit sie nicht ins Tal kommen und uns vergiften. Die Frage, wohin die Auserwählten gingen, blieb unbeantwortet, man wusste weder, was dort im vergifteten Land mit ihnen geschah, noch, warum das Fabrikonschin nicht etwa ein Fisch, eine Gams, ein Hase, eine Schlange oder irgendein anderes Wesen aus dem Tal war. Über das Fabrikonschin denkt man nicht nach, man erkundigt sich nicht danach, und man spricht nicht darüber, so lautete die Antwort. Wie dumm, dachte Kaj, dass es Dinge gibt, über die man nicht spricht.

Zwischen den Trauerweiden nahe des Kraftwerks nahm er eine Bewegung wahr und erblickte den Lehrer, der in Richtung Brücke lief. Der Lehrer blieb stehen, ließ seinen Blick über den bewaldeten Hang schweifen, auf dem Kaj saß. Kaj erstarrte. Der Lehrer blieb vor der Brücke stehen und rief:

»Komm her, ich weiß, dass du da bist!«

Kaj erschauderte, ähnlich wie damals, als er plötzlich vor einem Bären stand, er hatte nicht gewusst, was er tun sollte, sein Mund war ausgetrocknet, und sein Herz schlug so wild, dass er glaubte, ohnmächtig zu werden, aber dann drehte der Bär ihm den Rücken zu und verschwand. Nun sah es allerdings nicht so aus, als ob der Lehrer sich umdrehen und verschwinden wollte.

»Komm schon«, hörte Kaj ihn rufen. »Ich werde es dir sowieso irgendwann zeigen müssen!«

Beschämt, weil er dabei erwischt worden war, dem Lehrer nachzuspionieren, ging er den Hang hinunter und lief über die Brücke.

Verrostete Schienen und morsche Bahnschwellen waren von wilden Brombeeren und Hartriegelsträuchern überwuchert. Sie führten zum Eingang der Mine, einem mannshohen, mit Steinblöcken ausgekleideten Einlass, über dem der verblasste Schriftzug GLÜCKAUF zu lesen war. Aus dem Bergwerk strömte kaltes Dunkel, es roch nach Feuchtigkeit. Kaj erschauderte.

»Bist du je hineingegangen?«, fragte ihn der Lehrer.

Kaj schüttelte den Kopf. Er war zwar schon des Öfteren mit anderen Jungen hierhergekommen, doch nie waren sie weiter vorgedrungen als bis zu der Stelle, an der die Dunkelheit die Schienen verschluckt. Sie waren dort stehen geblieben, hatten dem geheimnisvollen Knistern, das aus der giftigen, tiefen Finsternis hervordrang, gelauscht, bisweilen hatten sie geglaubt, Schreie zu hören, und dann begann der Erste wegzulaufen und zog die anderen wie eine Lawine hinter sich her. Erst wenn sie die Brücke überquert hatten, trauten sie sich, stehen zu bleiben, um ihre Angst mit lautem, kreischendem Lachen zu vertreiben, sie waren den Tränen nahe. Sie hatten keine Angst vor der Nachtfinsternis, nein, mit der lebten sie genauso wie mit dem Tageslicht im Einklang, aber es graute ihnen vor der Finsternis, die im Bergwerk herrschte; diese Finsternis, so lehrte man sie, wurde von jenen, die die Welt vergiftet und zerstört hatten, geschaffen.

»Hundert Kilometer lange Tunnel«, sagte der Lehrer.

»Hundert Kilometer«, sagte Kaj verwirrt, »wie weit ist das?«

Der Lehrer sah ihn an, als erblickte er ihn zum ersten Mal. »Sehr weit«, sagte er, »du musst viele Tage von morgens bis abends laufen.«

»Warum haben sie überhaupt Tunnel gebaut?«

»Sie haben Eisen-, Zink- und Bleierze gesucht.«

»Warum?«

»Sie produzierten daraus verschiedene Dinge. Diese Wesen fanden nie zur Ruhe, sie suchten ihr Glück in ständiger Hektik, im Erfinden und Herstellen immer neuer Produkte, die sie eigentlich gar nicht brauchten. Und jetzt«, so fuhr er fort, »befindet sich dort im Inneren der Durchgang zur anderen Seite. Doch das soll uns noch nicht interessieren. Das hier ist wichtig.« Er zeigte auf einen großen, länglichen Käfer mit hellblauem Panzer mit schwarzen Flecken und mit langen schwarzen Fühlern, der langsam zwischen den Steinen entlangkrabbelte und keineswegs den Eindruck hinterließ, verloren zu sein oder nicht zu wissen, wohin er will.

»Ein Bockkäfer«, sagte Kaj.

»Das Leben«, sagte der Lehrer. Lächelnd wies er auf den frischen Spross einer Himbeerranke, auf die Grasbüschel zwischen den Bahnschwellen, auf eine blühende Butterblume, die aus einer Felsspalte wuchs, und wiederholte: »Das Leben.« Und dann zeigte er auf Kaj und auf sich selbst, beschrieb mit dem Zeigefinger einen Kreis in der heißen Sommerluft und sagte noch einmal: »Das Leben.«

»Leben«, fuhr er bei ihrer Rückkehr fort, als sie auf der Brücke eine Pause machten, um das schäumende Wasser zu betrachten, das in der Sonne glänzte und glitzerte, »ist nicht die Eigenschaft eines einzelnen Wesens, sondern die Eigenschaft der Welt, die Eigenschaft von allem, was existiert. Du, ich, dieses Wasser, jene Trauerweide dort, die Kieselsteine, der Eichelhäher, der im Wald kräht, wir alle sind vorläufige Lebensformen, wie die Schneemänner, die sich Kinder im Winter bauen. Wir kommen und gehen, aber das Leben bleibt, es ist ewig.«

»Warum sagst du mir das?«, fragte Kaj.

Er hatte sich entschieden, seine Zweifel an dem Fabrikonschin nicht zu erwähnen, so wie er auch nicht über andere verbotene Themen sprechen wollte. Der Lehrer kann die Berge, die Sterne, den Mond, meine Augen, meine Hände sehen, dachte er, aber er kann nicht meine Gedanken lesen.

»Weißt du, warum ich dir das sage?«, lachte der Lehrer. »Was denkst du, liegt mir etwas an einem unverbindlichen Geplauder mit dir? Nein, es geht mir darum, dass du begreifst, dass Jasna und die anderen nicht deshalb gegangen sind, weil ich oder irgendjemand anderer das so wollte, sondern wegen des Fabrikonschin.«

Kaj spürte, wie sich Eis in seinem Innersten ausbreitete – wie kann er wissen, woran ich gedacht habe?

»Lehrer«, sagte er, »ich verstehe immer noch nicht, worum es sich bei diesem Fabrikonschin überhaupt handelt. Das ist ein Verbot, nicht wahr, etwas, worüber man nicht spricht?«

»Nein.« Der Lehrer schüttelte den Kopf. »Fabrikonschin ist das Leben. Sie gehen, damit wir in Frieden leben können, und es geht nicht darum, dass man über irgendetwas nicht sprechen darf, sondern dass man zuerst begreifen muss, worüber man sprechen will. Doch wenn du etwas verstanden hast, dann hat es nicht viel Sinn, darüber zu reden. Es ist dumm, Worte auf Dinge zu verschwenden, die eigentlich klar sind.«

»Ist es dort wirklich so hässlich?« Kaj zeigte auf den Wasserfall, über dem Wasserdampf stand, während sich der Felsen im diesigen Nebel auflöste.

Der Lehrer nickte. »Grausam«, sagte er. »In ihren Siedlungen stinkt es so sehr, dass ich glaubte, ersticken zu müssen. Ich habe schon oft davon berichtet. Und noch schlimmer als der Gestank sind die Inschriften. Sie hängen sie überall auf, auf jedem Ding steht sein Name.«

Kaj kicherte.

»Stell dir vor«, setzte der Lehrer nach, »wenn hier auf jedem Baum stehen würde: FICHTE, TANNE, KIEFER, ERLE, TRAUERWEIDE, wenn auf dem Pfad stehen würde: PFAD, auf jedem Stein STEIN, am Bach BACH, auf der Lichtung LICHTUNG, am Hain HAIN …«

»Auf dem Hasen HASE«, griff Kaj das Gedankenspiel auf, »auf dem Hirsch HIRSCH, auf mir KAJ, auf der Brücke BRÜCKE …«

»Ja«, sagte der Lehrer, »diese Tafeln ziehen deinen Blick an, du kannst sie gar nicht *nicht* anschauen, viele leuchten nachts, du kannst ihnen nicht entrinnen. Nach einer gewissen Zeit quillt dein Hirn über davon. Dein Herz schlägt wie wild, du fühlst dich, als müsstest du schreien, du glaubst, dass du verrückt wirst.«

»Warum tun sie das?«, fragte Kaj und wurde wieder ernst.

»Ich weiß es nicht«, sagte der Lehrer. »Ich habe sie gefragt, aber sie haben mich nur ausgelacht. Doch ich glaube, dass sie es tun, weil sie eher dem vertrauen, was dort geschrieben steht, als ihren eigenen Sinnen, als dem, was sie sehen, hören und riechen.«

Der Lehrer und Kaj liefen zurück zu ihrer Siedlung. Eine Zeitlang gingen sie schweigend, und dann stellte Kaj die Frage: »Wenn auf diesem Moos FARN stehen würde, dann würden sie glauben, dass das ein Farn ist?«

Der Lehrer nickte.

Kaj ging einen Schritt in den Fluss und schöpfte mit der Hand ein wenig Wasser und trank.

»Und Wasser trinken sie nicht aus dem Fluss?«, fragte er.

»Nein, sie kaufen es in Flaschen, auf denen WASSER geschrieben steht.«

»Du sagtest, kaufen bedeutet, dass man arbeitet, und im Gegenzug bekommt man Papierfetzen, die man dann gegen Nahrung und Wasser eintauscht.«

»So ungefähr.«

Kaj erinnerte sich an ein Buch, das der Lehrer einmal den Kindern gezeigt hatte, als er ihnen von der vergifteten Welt erzählt hatte. In dem Buch waren viele Fotos. Einige riefen große Angst hervor, dort waren Hügel aus menschlichen Leichen zu sehen, Holzbaracken, schrecklich dünne, bis auf die Kopfhaut geschorene Menschen, Eisenbahnschienen, so wie jene vor dem Bergwerk, die auf ein niedriges, langgestrecktes Gebäude zuführen, mit einem Turm in der Mitte, Öfen mit offenen Feuerstätten, ein von Stacheldraht umzäunter Hof, ein Gebäude aus roten Ziegelsteinen, so wie einst auch die Gebäude der alten Bergbausiedlung ausgesehen haben müssen, und über einem eisernen Tor die Inschrift: ARBEIT MACHT FREI. In seiner Erinnerung hörte Kaj deutlich die Sätze jenes Gespräches, das sie damals geführt hatten.

»Was bedeutet das?«, hatte jemand den Lehrer gefragt.

»Arbeit befreit«, hatte er geantwortet.

»Was ist Arbeit?«

»Arbeit ist die Herstellung verschiedener nützlicher Gegenstände, zum Beispiel der Hosen oder der Schuhe, die wir tragen. Der Bau der Hütten, in denen wir leben, ist ebenfalls Arbeit, das Sammeln und die Zubereitung der Nahrung, die Versorgung der Kinder – all das ist Arbeit. Doch die Arbeit ist nicht immer gut und nützlich. Sie wird schlecht, wenn man beginnt, unnötige Gegenstände zu produzieren und anzuhäufen. Wenn man mehr Hosen herstellt, als wir Menschen brauchen, oder mehr Nahrung, als wir essen können.«

»Wird auch Nahrung produziert? Wächst sie nicht von allein?«

»In der vergifteten Welt wächst gar nichts von allein. Dort wird alles produziert, sogar die Menschen. Dort werden nicht einmal alle Kinder von Müttern geboren, so wie bei uns, einige Kinder werden in Behältern hergestellt, die wie große Glasflaschen aussehen. Außerdem teilen die Menschen dort ihre Nahrung und andere Dinge nicht miteinander. Und so haben die einen sehr viel und die anderen nichts.«

»Warum soll jemand mehr herstellen wollen, als er braucht?«

»Damit er die eigene Gier und die der anderen Menschen stillt.«

»Und die Gier ist der Wunsch nach etwas, was du eigentlich nicht brauchst?«

»Genau, sie ist die Macht, die die Welt dort bewegt.«

»Und was bewegt uns?«

»Das Leben.«

»Und die Menschen auf den Fotos, haben die ihre eigene Gier oder die der anderen gestillt?«

 »Diese Fotos zeigen keine Menschen mehr, sondern den

Tod. So sieht der Tod aus. Im Grunde waren diese Menschen Nahrung für fremden Irrsinn. Doch auch jene, die die eigene oder fremde Gier stillen, enden ähnlich. Sie sterben verbraucht und leer, wie Fliegen in einem Spinnennetz. Das Problem liegt darin, dass sich einige Menschen einbilden, besser als andere Menschen zu sein, und dass sie über die Menschen genauso wie über die Natur herrschen können.«

»Kann man denn über die Natur herrschen?«

»Die dort drüben bilden sich ein, dass sie es können.«

»Ich erinnere mich gerade daran, wie du uns einmal von der Arbeit erzählt hast«, sagte Kaj. Plötzlich erstarrte er und betrachtete regungslos etwas im Wasser, beugte sich nieder, schnellte mit der Hand ins Wasser und zog einen Flusskrebs heraus. Das Wesen mit seinem grünbraunen Panzer breitete seine kräftigen Vorderbeine aus, als würde es sich wundern und protestieren, wobei es versuchte, mit der Schere nach dem zu greifen, der es aus dem Wasser geholt hatte.

»Sie kaufen auch Krebse, oder nicht?«

»Ja. Auch Fische und Brennnesseln und Erdbeeren und Maulbeeren und Pilze, einfach alles. Und all das in Riesenmengen. Viel mehr, als wir von einem Winter zum nächsten aufessen können, lagern sie in Supermärkten, in Häusern, die viel größer sind als die alten Häuser am Bergwerk.«

»Hm«, sagte Kaj, »und warum tun sie das?«

»Sie fürchten sich vor dem Hunger.«

»Aber du sagtest, dass es in diesen Häusern immer viel Nahrung und Wasser gibt?«

Der Lehrer nickte.

»Warum können sie sich dann nicht nehmen, was sie brauchen, wenn sie Hunger haben?«

»Das können sie nur, wenn sie diese Papierfetzen haben. Stell dir vor, kein Mensch kann ohne Wasser, ohne Nahrung und ohne Luft leben. Ohne das alles würden wir sterben. Aber dort hat man den Menschen das Wasser und die Nahrung weggenommen, und viele sterben auch, weil sie sich nichts kaufen können. Nur die Luft müssen sie nicht kaufen.«

»Die sind wirklich verrückt«, sagte Kaj und riss den Schwanz des Krebses ab, den Rest des Tieres warf er ins Wasser. Mit seinen Fingern zerdrückte er die Schale, holte das Fleisch heraus und bot es dem Lehrer an. Dieser lehnte ab und Kaj stopfte sich das weiche weiße Fleisch in den Mund.

»Warum sind sie so anders als wir?«, fragte er schmatzend.

»Sie waren nicht immer so«, antwortete der Lehrer. »Einst lebten alle Menschen auf der Welt wie wir. Aber dann verirrten sie sich. Als wenn du auf dem Berg in die falsche Richtung abbiegst, dich verläufst und nicht mehr weißt, wie du zurückfinden sollst.«

»Und wieso haben sie nicht begriffen, dass sie sich verirrt haben?«

»Ich weiß es nicht. Niemand weiß das. Nicht einmal sie selbst. Das geschah vor langer Zeit.«

Sie betraten die Wiese. Der Lehrer sagte: »Die Blindschleiche, das Johanniskraut, die Heuschrecke.« Und Kaj antwortete wie ein Echo: »Das Leben, das Leben, das Leben.«

Es handelte sich nur um einen Schritt. Als du dich danach umgedreht hattest, gab es nichts, was du kanntest, woran dir gelegen, was dir vertraut gewesen wäre. Die Welt war in einem milchigen Nebel versunken. Verlust, Schmerz, Traurigkeit, Angst – nichts davon spürtest du. Du warst leer. Vollständiges Verbrennen, ohne Glutklumpen, ohne Asche, ohne Schlacke, nur Leere. Und das Gefühl der Leichtigkeit, als würdest du in milchiger Endlosigkeit schweben. Blind, taub, stumm, unempfindlich, außerhalb der Reichweite. Endlich in Sicherheit. So kam es dir vor. Nichts von dem, was du früher getan hattest, wie du lebtest, die Orte, an denen du verkehrtest, die Menschen, mit denen du befreundet warst, nichts davon war mehr wichtig. Was auch immer das sein mag, so überlegtest du, ob Tod, Verschwinden, Verwelken, Erlöschen, es ist gar nicht schlecht, ich bin einverstanden, ich willige ein. Doch trotz aller Anstrengungen der Genetik und der Nanotechnologie ist immer noch nichts Menschliches ewig, und da nur Gott auch weiterhin über das exklusive Recht verfügt, nach den Dingen zu greifen, die sich im Schaufenster der Ewigkeit befinden, diese in die Zeit zu integrieren und sie dann wieder zurückzubringen, so fand auch dein Schweben in milchiger Leere ein Ende.

Zunächst träumtest du.

Du lagst im Bett, in einem Zimmer mit hoher Decke, von der ein vergoldeter, sechsarmiger Lüster hing, in dem Kerzenimitate aus Plastik brannten. Die Kerzen gaben ein solch sparsames Licht, dass man das Muster der Tapete an den Wänden nicht erkennen konnte, und die Zimmerecken lagen im Halbdunkel. Dort, am Rande der Welt, unter den Fenstern, flatterte eine Flagge, weiß, mit einem grünen Kreuz darauf. Plötzlich befandst du dich in einem Konferenzsaal, der von hellem Licht durchflutet war, dessen Quelle du nicht erkennen konntest. Es war einfach da. Im Licht zerflossen dunkle Menschengestalten, sie saßen an unsichtbaren Tischen. Dann ertönte eine Stimme.

»Liebe Kollegen, das Problem ist noch immer dasselbe: Die Arbeiter schwätzen. Strafen und Disziplinarverfahren helfen nicht. Nicht einmal die Drohung mit Entlassung. Sie schwätzen auch weiterhin. Der Drang dazu ist stärker als alle Maßnahmen, die wir bislang ergriffen haben. Einschließlich der Elektroarmbänder, die sich aktivieren, sobald jemand den Mund aufreißt. Wenn sie keinen Gesprächspartner haben, unterhalten sie sich mit sich selbst. Und die Produktion leidet. Schrecklich.«

Eine andere Stimme fragte: »Ist die neue Generation der transgenen Arbeiter, die nicht das Bedürfnis haben, Wasser zu lassen und Stuhlgang zu haben, genauso geschwätzig?«

»Die sind noch schlimmer«, antwortete die erste Stimme. »Eine Serie, die wir produziert haben, hörte nicht auf zu quasseln, bis sie vor Erschöpfung zusammenbrachen, so dass wir gezwungen waren, sie zu zerstören. Ich weiß wirklich nicht, wo das Problem liegt, wo machen wir einen Fehler? Schon im vorigen Jahrhundert hatten die Biotechnologen durch die Rekombination von Genen die gackernden Puten verändert.«

Man hörte verächtliches Gemurmel und Lachen.

»Ich bezweifle, meine Herrschaften, dass Ihre Geringschätzung eine gute Grundlage hat. Damals handelte es sich um einen großen Erfolg. Die Kollegen hatten entdeckt, dass das Gackern die Produktion unterbricht und die Züchter viel Geld kostet. Sie rechneten aus, dass die gackernden Puten ein Drittel weniger Eier erbringen als solche, die nicht gackern. Auch ein Arbeiter, der nicht gackert beziehungsweise nicht spricht, ist um ein Fünftel produktiver als einer, der spricht. Das Schwätzen verlangsamt und stört die Produktion.«

»Und wenn wir versuchen würden, die Gene dieser Puten in den Menschen zu verpflanzen«, schlug eine Stimme vor.

»Ach, lieber Herr Kollege, diese Puten sind abgeschafft worden, als man mit der Produktion von Puteneiern und Putenfleisch in Bakteriensuppen begann, und aus unerklärlichen Gründen, durch ein unerhörtes Versäumnis wurden die Gene dieser Puten nicht in die Bank aufgenommen. Und wenn wir die Gene, aus denen wir die Puteneier und das Putenfleisch gewinnen, mit den Genen dieser Arbeiter kombinieren würden, dann befürchte ich, dass wir nur Eier und Fleisch von Arbeitern erhalten würden, wenn Sie mir diese Ausdrucksweise erlauben.«

»Und wenn wir es mit der guten, alten, natürlichen Zuchtauswahl versuchen würden?«

»Das dauert zu lange, und das Ergebnis wäre ungewiss. Im zwanzigsten Jahrhundert wurde zwar mit natürlicher Selektion eine Art erschaffen, die keine Musik, keine Literatur, überhaupt keine Kunst brauchte, doch sie benötigte dennoch die ursprüngliche Natur. Auf eine gewisse Weise war auch die Religion für sie überflüssig. Anstelle all dieser Dinge ließen sie sich mit Fernsehen oder etwa mit Shoppingcentern befriedigen. Doch diese Züchtung war nicht perfekt. Es kam vor, dass sie von Zweifeln befallen wurden, dass sie an schlechtem Gewissen litten, dass sie sich widersetzten und das System boykottierten. Aus diesem Grund haben wir die Finger vom Menschen gelassen, wir haben ihn seinem Schicksal überlassen. Wir haben die komplette Produktion auf Maschinen und Roboter übertragen. Durch Genrekombination haben wir Menschoide erschaffen, die das produzieren, was die Maschinen nicht produzieren können. Und auch Menschoide, die Geld verdienen, ohne irgendetwas zu tun. Sie alle verbrauchen. Außerdem haben wir – wie Ihnen bekannt sein dürfte – Krankheiten produziert, Hunger, Durst, Begehren, Gier und viele andere Heimsuchungen. Alles funktioniert perfekt, außer bei den erwähnten geschwätzigen Arbeitern. Den Kranken werden erfolgreich medizinische Versorgung und Medikamente verkauft, den Hungrigen Nahrung, den Durstigen Wasser und den Begehrenden Kleidung, Gadgets, Autos, Schmuck …«

Der Redner wurde von tosendem Applaus unterbrochen.

»Danke, danke, verehrte Kollegen. Trotz gewisser Schwierigkeiten und unerwarteter Resultate sind wir sehr weit vorangekommen. So weit, dass wir durch die Kombination der Gene von Kakteen und Flechten, die in hohen Lagen gedeihen, und der Gene von Menschen Menschoide erschaffen können, die nichts außer Sonnenlicht und ein wenig Wasser aus der Erde benötigen. Wir haben einige davon hergestellt, aber ein Projekt zur Massenproduktion haben wir aufgegeben, denn wer braucht schon autarke Menschoide, wer würde dann verbrauchen und Profite generieren.«

Die Stimme zerschmolz in einer neuen Welle von Applaus. Stumm und paralysiert sahst du zu, wie das Licht stärker wurde, wie es die menschlichen Gestalten vollständig auflöste und dann in die Erde versank, während du von milchigem Nebel umhüllt wurdest.

Nach einiger Zeit tauchte aus dem Nebel ein Kopf auf. Ein Kopf mit dem Maul und den Augen eines Fisches, mit den Ohren eines Schweins, überzogen von erdfarbener Schlangenhaut. Er tauchte aus dem milchigen Nebel hervor, dieser Kopf ohne Körper, er beugte sich über dich und sah dich aufmerksam an.

»Wer bist du?«, fragtest du.

»Halt die Klappe! Was ist das für eine dumme Frage, es wäre besser, wenn du fragen würdest, wer du seist.«

»Wer bin ich?«

»Wer bin ich?«, spottete der Kopf. »Wo komme ich her, warum bin ich hier, wohin gehe ich? Ach, diese alten, vergessenen Fragen, die sich niemand von deiner Spezies mehr stellt. Ihr schaltet euer Gehirn nicht einmal mehr für fünf Minuten ein, ihr zappelt nur in dem herum, was ihr Leben nennt. Und eigentlich habt ihr keine Ahnung davon, was das Leben ist. Aber da du schon fragst, sage ich es dir: Du bist ein Spross.«

»Ein Spross?«

»Ja, der wahre Spross der Spezies der blutigen Hände.«

»Aber ich habe doch niemanden getötet«, verteidigtest du dich.

»Nein, das hast du nicht, aber das heißt noch lange

nicht, dass du unschuldig bist, Josip Pavlović. Es gibt keine Unschuldigen, wenn es um deine Spezies geht. Allerdings wollt ihr heute lieber, dass die blutigen Hände nicht euer Hauptmerkmal sind. Heute setzt ihr lieber auf die Schrift, die Landschaftsmalerei oder die Oper. Doch die Sprache und die Schrift sind euer Käfig und eure Ketten, sie dienen zu nichts anderem als zu Täuschung und Sklaverei, du weißt wohl, dass die ältesten Schriftzeugnisse Besitzurkunden sind, Gesetze und Steuerverordnungen und nicht etwa Liebesgedichte. All jene Leinwände mit aufregenden Landschaften kaschierten und rechtfertigten die Zerstörungen. Die Kunst, die Religion, die Mode und die anderen Erzeugnisse eures Geistes, auf die ihr so stolz seid, sind bloß ein elender Ersatz für etwas viel Wichtigeres und Schöneres, das ihr verloren habt, und nun versucht ihr, den Dieb zu fangen, und reitet dabei auf seinem Pferd. Das ist doch ziemlich dumm, oder meinst du nicht? Denkst du überhaupt etwas?«

Du zucktest mit den Schultern und fragtest dich, wovon dieser Kopf eigentlich sprach, was die Landschaftsmalerei mit Zerstörungen zu tun hatte, die Schrift mit einem Gefängnis, und um welche Zerstörungen es hier überhaupt ging.

»Oder zum Beispiel die Krawatte«, fuhr der Kopf fort. »Weißt du, dass dieser Stofffetzen, der heute von Geschmack und Status zeugt, aus einem Lappen entstanden ist, den sich Söldner um den Hals banden, um damit Schweiß und Blut von Händen und Gesicht zu wischen? Das Blut der Menschen, die sie soeben mit dem Schwert erschlagen hatten.«

Du nicktest, du kanntest diese Geschichte, wer kannte sie nicht.

»Mal im Ernst«, sagte der Kopf, »wieso versteckt sich hinter jedem Werk eurer Spezies ein Unglück? Als wäret ihr hierhergekommen, um diese Welt zu zerstören.«

Ungeachtet des Erscheinens dieses Kopfes ging es dir immer noch gut in deinem kleinen, privaten, milchigen Limbus. Aber auch weiterhin wusstest du nicht, was mit dir geschieht. Nur dass du entlassen warst.

»Ihr seid zu viele beim Sicherheitsdienst«, so war es dir gesagt worden. »Die Firma wird restrukturiert, und jemand muss gehen.«

Was für ein widerliches Wort, dachtest du damals. Restrukturieren! Der Abteilungsleiter und andere Mitglieder der oberen Etage der Pyramide hatten noch mehr vergleichbare Worte auf Lager. Optimieren, positionieren, objektivieren, valorisieren, projizieren, lauter Worte, die sie immer dann gebrauchten, wenn sie die Arbeiter verarschen wollten. Was bedeuten diese Worte überhaupt, fragtest du dich, wer denkt sie sich aus?

Das war nicht das erste Mal, dass jemand entlassen wurde. Dir war klar, dass schon zwei Arbeiter zu viel sein können, wenn es um den Profit geht. Aus der Profitformel kürzen die Bosse am liebsten die Arbeiter heraus. Was zwei tun, kann ruhig auch einer machen, wenn er sich nur etwas mehr anstrengt und weniger faulenzt. Warum sollte man nicht zwölf Stunden am Tag arbeiten, warum ein freier Samstag, muss man wirklich während der Arbeitszeit sein Pausenbrot essen oder auf die Toilette gehen, man muss die Arbeiter heftiger rannehmen, ihnen Ordnung beibringen. Und obwohl du nicht als Letzter gekommen warst, ganz im Gegenteil, du warst einer der Ältesten beim Sicherheitsdienst, warst du nun an der Reihe.

»Sie sind an der Reihe«, so hatte der Abteilungsleiter zu dir gesagt. Als handelte es sich um ein Kinderspiel, jetzt bist du eine Zeitlang nicht mit dabei, aber schon in der nächsten Runde wird diese Rolle einem anderen zuteil, und du wirst wieder arbeiten dürfen.

Im ersten Moment verspürtest du Erleichterung – du musstest dich nicht mehr verstellen. So tun, als würde dir die Firma etwas bedeuten, als würdest du die Arbeit genießen, als wäre dir die Bedeutung ihrer Mission bewusst... So nannte man in der Firma die Arbeit – Mission. Es reichte nicht, loyal zu sein, gewissenhaft zu arbeiten, ein Fachmann auf dem eigenen Gebiet zu sein; du musstest ein fanatischer Missionar sein, damit du den Chefs nicht auffielst. Denn wenn sie dich bemerkten, hätte das bedeutet, dass du herausragst, und dann gab es nur Beförderung oder Arschtritt. Es gelang dir lange Zeit, unsichtbar zu bleiben, nur deine eigene Arbeit zu verrichten, bevor sie merkten, dass du nicht bereit warst, dein Leben für die Firma zu geben. Und nach alldem – dieses Gefühl der Leichtigkeit. Es ist so einfach, dachtest du, ich muss nur aufhören, mich zu verstellen, und dann werde ich frei sein. Das Modell »Sicherheitsexperte« hörte auf zu existieren, als hätte es diese Variante nie gegeben. Es wurde durch das Modell »Noch nie war es so, dass es nicht irgendwie war« ersetzt, was dir viel lieber war. Nach einer gewissen Zeit hattest du begonnen zu glauben, dass dieses neu erworbene Freiheitsgefühl unerschöpflich sei, dass es dich bis zum letzten Atemzug begleiten würde.

Danach verglühtest du in dem milchigen Nebel.

Dann träumtest du den Traum.

Daraufhin tauchte der Kopf auf.

Am Ende wurdest du ins Leben zurückversetzt.

INS: ENTWERTEN SIE IHRE FAHRKARTE DEM TOTEN HUND WURDEN DREI BABIES ENTNOMMEN DIESER RAUM WIRD VIDEOÜBERWACHT DANK PHOTOSHOP FREUNDIN GEFUNDEN PARKEN UND ANHALTEN VERBOTEN DEN BRUDER UND DANN SICH SELBST ERSCHOSSEN HAUPTSACHE ES HAT KEINE FEDERN DIE ZWILLINGE HABEN NUR EINEN TAG LANG ÜBERLEBT HUNDERTTAUSEND HUNGRIGE KINDER NACH DER SCHÖNHEITSOPERATION TOPMODEL IM KOMA

Ins fieberhafte Überlegen, wie man die Miete bezahlen und Lebensmittel heranschaffen kann und in eine Reihe anderer schwindelerregender Handlungen, mit deren Hilfe du zu überleben versuchtest.

Was für eine Tollwut dieses Leben ist, dachtest du. Der Kopf hatte recht,wir zappeln nur herum, das ist es, was wir tun. Ob das Geld von irgendwoher tropft oder nicht, es läuft auf dasselbe hinaus.

Das Geld hörte auf zu tropfen, und deine Ersparnisse wurden immer magerer. Dein Platz in jener Firma und in der Gesellschaft gestalteten sich so, dass du dir einen mehrjährigen Boykott dieses Zappelns nicht leisten konntest. Du warst völlig abhängig von diesem Zappeln. Da du von Tag zu Tag immer unangenehmere Aspekte des Modells »Noch nie war es so, dass es nicht irgendwie war« entdecktest, musstest du dir eine Arbeit suchen. Du wärest mit jeder zufrieden gewesen. Ob Nachtportier,

Kellner, Taxifahrer, ganz egal. So etwas ist leichter gesagt als getan, wie man so schön sagt. Wir sind in der Krise, in der Rezession, wir stecken in der Scheiße, es tut mir leid, so antworteten deine Freunde und Bekannten, bei denen du dich nach einer Arbeit erkundigtest. Zuerst zogst du in eine kleinere Wohnung um, danach in ein Zimmer in einem Vorort, doch auch das reichte nicht aus, um das kommende Unheil zu verhindern. Du konntest nicht genau wissen, was dich erwartete, wie hättest du auch? So etwas geschah immer den anderen. Die Zeitungen, Internetportale und das Fernsehen berichteten schon seit langer Zeit nicht mehr über die Menschen, die abgestürzt waren. Das wirkte sich negativ auf die Stimmung in der Bevölkerung aus, es trieb die Menschen in die Depression, und der Konsum ließ nach. Über irgendwelche Schicksalsschläge konntest du nur etwas aus Gesprächen erfahren, jemand kannte jemanden, der einen kannte, der am Boden angekommen war, der im Elend vor sich hin dümpelte, der sich keinen Winterurlaub in den Tropen mehr leisten konnte oder der wirklich hungerte. Die, die den ersten Schritt über den Rand getan hatten, wussten noch nicht, wie der Absturz sich anfühlt, und nur sehr wenige konnten später darüber berichten, wie das Abstürzen wirklich ist. Das interessierte danach auch niemanden mehr. Wenn das nicht ein Schritt über den Rand ist, so dachtest du, dann weiß ich nicht, was es ist.

Die Zeit war gekommen, dass du mit eigenen Augen etwas sahst, worüber du bisher nur von anderen gehört hattest. Am Anfang konntest du die Traurigkeit nicht erkennen. Du dachtest, was du in den Gesichtern und den

Augen der Armen gesehen hattest, käme von der Armut, und seitdem du begonnen hattest zu leben, hattest du am meisten Angst vor der Armut, doch bald hattest du begriffen, dass die Armut nur die Kehrseite des Überflusses ist, und dass es leicht ist, mit ihr umzugehen. So lerntest du die Traurigkeit kennen, die tiefer und dunkler ist als die Armut. Du hattest begriffen, dass sie wie ein Zimmer ohne Türen und Fenster ist. Es war dir nicht klar, wie du dort hingeraten warst, doch du warst eingemauert. Wohin auch immer du gehen wolltest, es wartete eine Wand auf dich. Inzwischen reduzierte sich dein ganzer Besitz auf eine Unterhose, eine Hose, ein Hemd, eine Jacke und ein Paar Slipper. Alles andere hattest du verkauft oder gegen Lebensmittel eingetauscht. Dabei machtest du Mietschulden, der Vermieter begleitete dich, wenn du das Haus verließt, mit zweifelnden Blicken und Gemurmel, dann mit Drohungen und Beleidigungen, bis du dich eines Morgens selbst erblicktest, so wie er dich schon seit langem gesehen hatte. An jenem Tag warst du mit leeren Händen aus dem Haus gegangen, und nichts, was dir gehörte, hattest du im Zimmer zurückgelassen.

Es fehlte dir der Mut, Freunde an den Orten aufzusuchen, an denen sie gewöhnlich zu Mittag aßen, oder am Abend bei ihnen zu klingeln. Du zweifeltest daran, dass sie dich mit offenen Armen empfangen würden, und du fragtest dich, ob du sie überhaupt noch zu deinen Freunden zählen solltest. Freundschaft war schon seit langer Zeit zu einem Tausch- und Handelsspielchen geworden. Und bei diesem Spiel hattest du nichts mehr anzubieten, du konntest nur noch verlangen. Es gab keinen Ausweg aus deiner Traurigkeit. Die Morgendämmerung erwartetest du auf einem Bahndamm neben einer alten Eisenbahnbrücke. Das graue Wasser schleppte sich langsam dahin. Dort, oberhalb des Schornsteins des Heizwerks, riss die Nacht auf. Der Riss in der Farbe von Alufolie trennte die schwarze Erde von den finsteren, braunschwarzen Wolken, deren Falten purpurrot gesprenkelt waren. Du beobachtetest, wie eine riesige dunkelrote Sonne aus dem Schwarz auftauchte. Du warst durchgefroren, durstig und hungrig. Du standst auf und begannst zu laufen, zuerst steif, deine Beine fühlten sich an wie zwei Eissäulen. Ich werde laufen, so dachtest du, bis ich umkippe. Und dann wird es eben so sein, wie es sein wird. Du gingst, deinen Blick zu Boden gerichtet, an metallenen Pfeilern, menschlichen Beinen, Mülleimern, geparkten Autos vorbei. Du folgtest dem Knarren der Eingangstore, fernem Gebell, dem Wind in den Baumkronen, einer Stimme, die einen alten Schlager sang, dem Quietschen der Autoreifen, dem Geruch nach Feuchtigkeit aus den Kellern, dem Geruch nach Benzin, einem Blumenduft – jeder Wegweiser war ein guter Wegweiser. Beim Gehen verlorst du jeden Begriff von der Zeit, bis dir jemand direkt ins Gesicht blaffte:

»Scheiße noch mal, Pavlović, bist du das?«

♣

Ohne jeglichen Enthusiasmus ging Mila durch die Labore von SalarLab. Die weißen, verglasten Räume, erleuchtet von hellem Licht, die weißen Schränke, Kühlschränke und Tische mit langweiligen weißen Geräten darauf, die weißen Regale voller Glas- und Plastikschüsseln, die Menschen in weißen Kitteln, all das rief überhaupt keine Begeisterung in ihr hervor. Was für eine Scheiße, dachte sie, warum habe ich es zugelassen, dass er mich in diese sterile Ödnis verschleppt. Nur die blauen Plastikmützen auf den Köpfen und die blauen Handschuhe an den Händen der Angestellten sorgten für etwas Lebendigkeit. Mila sah keine Blume, keine Pflanze, die Menschen, die hier arbeiteten, konnten offenbar die Natur nicht ertragen. Hier gab es nicht einmal Schatten.

Milas Vater war seinen Geschäften nachgegangen, nachdem er einen jungen Biotechnologen gebeten hatte, ihr die Labore zu zeigen. Herr Popović, würden Sie bitte … Und der Biotechnologe Popović widmete sich also der Aufgabe. Er führte Mila durch das Forschungszentrum, wobei er sie ununterbrochen seine Begeisterung für all das, was er ihr zeigte, spüren ließ. Doch in seinen Augen konnte Mila die Begeisterung nicht erkennen. Wenn er sie anblickte, waren seine Augen leer. Die Leidenschaft, mit der er sprach, war aufgesetzt, künstlich, wie die synthetischen Stimmen in der Straßenbahn und in den Einkaufszentren.

»Das hier ist das zytogenetische Labor«, erzählte er, »in dem die Chromosomen ausgezählt werden, sozusagen. Jeder Mensch hat zwei Sets von je 23 Chromosomen: 23 von seinem leiblichen Elternteil und 23 von seinem Pflegeelternteil... Was die Chromosomen sind? Nun, wenn Sie die Genetik als Buch des Lebens begreifen, wenn Sie mir erlauben, mich derart altmodisch auszudrücken, dann stellt die DNA die Buchstaben dar, die Gene wären die Worte, und die Chromosomen die Kapitel. Haben Sie das nicht in der Schule gelernt? Ach so, das hat Sie nicht interessiert. Nun gut, wir müssen ja nicht alle dieselben Interessen haben. Wo kämen wir denn hin, wenn alle Interesse an der Zytogenetik hätten, nirgendwohin, wir würden auf der Stelle treten, irgendjemand muss sich ja auch für Molekulargenetik interessieren und so weiter. Sie sehen später auch die anderen Labore.«

Während sie ihn ansah, versuchte Mila, sich ihn irgendwo außerhalb eines Labors vorzustellen, wie er sich im Park sonnt oder wie er zu Hause genussvoll Musik hört oder wie er eine Frau küsst. Doch es gelang ihr nicht. Der Biotechnologe Popović schien aus dem Boden des Labors gesprossen zu sein. Er war nur denkbar innerhalb des Gebäudes des Forschungszentrums. Nur hier konnte er atmen, essen, schlafen, sich erregen. Besonders künstlich war seine Erregung vor einem Panzerglas, hinter dem sich ein weiterer Haufen hässlicher und langweiliger Geräte und Schüsseln befand. Mein Gott, was für ein Gerümpel, dachte Mila.

 »Wenn ich es so ausdrücken darf, das hier ist der Höhepunkt unserer Arbeit. Hier werden, vereinfacht gesagt, die Embryonen designt, aus denen fehlerfreie Babys entstehen. Auch Sie sind in einem vergleichbaren Labor hergestellt worden.«

»Hergestellt?«, unterbrach ihn Mila. »Wollen Sie behaupten, dass ich ein Klon bin?«

»Nein«, lachte Herr Popović, »wir sind leider noch weit entfernt von einer sicheren Klonierungstechnologie. Doch die Genetik hat seit Ihrer Entstehung Fortschritte gemacht. Sie haben vermutlich von Moores Gesetz gehört, nach dem man alle zwei Jahre für dieselben Kosten doppelt so viele Systemstrukturen gewinnen kann, die zudem doppelt so schnell sind. Noch nie davon gehört? Interessant. Wie auch immer, in Ihrem Fall handelt es sich um eine, nennen wir es einmal so, Vorsichtsmaßnahme. Einige Eizellen der Empfängerin wurden mit den Spermien Ihres Vaters befruchtet, und als die Eier sich zu jeweils acht Zellen geteilt hatten, wurden sie von unseren Computern eingehend untersucht, das beste befruchtete Ei wurde ausselektiert, und daraus sind Sie ...«

»Entschuldigen Sie, wo sind hier die Lagerräume?«

»Die Lagerräume?«

»Ja, die Lagerräume für das genetische Material, oder wie nennen Sie die Menschen, die Sie hierherbringen und an denen Sie Ihre Experimente durchführen?«

Und er hatte geglaubt, dass sie gekommen war, um die Labore zu bewundern.

»So etwas haben wir hier nicht«, antwortete er kalt.

»Haben Sie hier nicht?«

»Haben wir nicht.«

Und dann sagte Mila, warum sie hierhergekommen war.

»Können Sie mir vielleicht meine Mutter zeigen?«, fragte sie und schaute ihm dabei so durchdringend in die Augen, dass er seinen Blick nicht abwenden konnte.

Er stand wie erstarrt da. Volltreffer, ging es Mila durch den Kopf.

»Sie haben keine Mutter«, sagte er, nachdem er mit der Zunge seine Lippe befeuchtet hatte.

»Ich habe keine Mutter? Sie haben mich aus der Rippe meines Vaters und einer Handvoll Lehm hergestellt?«

»Nein, es gibt da auch Eizellen«, sagte der Biotechnologe Popović, der inzwischen seinen ganzen Enthusiasmus eingebüßt hatte.

»Und Sie haben sie erfunden und hergestellt.« Mila ließ nicht locker. »Also diese Eizellen mit allem Drum und Dran.«

»Nein, da gibt es auch noch die Empfängerin …«

»Dann zeigen Sie mir doch die Empfängerin. Ist sie immer noch hier, oder haben Sie sie abgeschrieben?«

Während sie durch den langen, leeren Flur in Richtung Ausgang liefen, konnte Mila nicht sehen, dass der Biotechnologe eifrig mit seinem Handy hantierte, und es interessierte sie auch nicht. Sie hatte ihn nichts weiter gefragt, ihr war die fanatische Treue der Angestellten gegenüber der Firma SalarLab bekannt. Sie hatte von ihren Gruppenséancen gehört, von ihren Teambuildings mit Life Coaches … Teambuilding, Life Coach, die großen Worte verursachten bei ihr nur Gänsehaut. Und jene alltäglichen Séancen, die im Konferenzraum stattfanden, endeten stets mit dem frenetischen Skandieren von SA-LAR-LAB! SA-LAR-LAB!

 Mila empfand eine starke Abneigung gegenüber den

Freunden ihres Vaters, und dieses Gefühl übertrug sich häufig auch auf die Angestellten des Forschungszentrums. Der Club der Schleimer meines Papas, so nannte Mila sie insgeheim. An diesen Menschen vermisste sie das, was die lebende von der nicht lebenden Materie unterscheidet. Als wäre das Leben in ihnen abgestorben und nur ein Todeskrampf zurückgeblieben. Diese Menschen lebten in ständiger Verkrampfung. Wie die Weißen in jener Beschreibung eines Indianerhäuptlings, der sie als Menschen mit angespannten Gesichtern, starrenden Augen und grausamen Verhaltensweisen wahrnahm. Sie sind ständig auf der Suche, hatte der alte Häuptling gesagt, immer wollen sie etwas, sie sind immer unruhig, und sie fühlen sich unwohl. Wir wissen nicht, was sie wollen. Unserer Meinung nach sind sie verrückt.

Ähnlich empfand Mila gegenüber ihrem Vater und seinen Freunden – immer waren sie hinter etwas her, immer waren sie angespannt, in ihnen lebte alles Mögliche, nur nicht das Leben selbst. In ihrer Gesellschaft unterhielt man sich vorwiegend über das Nicht-Lebende, darüber, was sie besaßen oder noch besitzen würden, über Kaufen und Verkaufen, über Geld, Aktien und die Börse, über neue Hormone, die noch perfektere Menschen erschaffen würden und niedrigen Wuchs, Krummbeinigkeit, Buckel, Glatzen, Falten und andere Krankheiten oder Fehlbildungen verhindern und die Kurse der SalarLab-Aktien in unermessliche Höhen treiben würden. Und dann wieder über Kaufen und Besitzen.

Möchten Sie wirklich die ganze Welt besitzen? Glauben Sie tatsächlich, dass Sie sie verbessern können? Diese Fragen hatte nicht etwa Mila gestellt, sondern Laozi. Sie erinnerte sich an die Verse aus einem Büchlein, das sie von ihrem Aikido-Lehrer bekommen hatte, wenn sie über die Gespräche mit den Freunden ihres Vaters nachdachte.

Ich glaube nicht, dass es möglich ist, antwortet der Chinese.

Die Welt ist perfekt, so wie sie ist.

Du kannst sie nicht verbessern.

Wer sie verbessern will, wird sie zerstören.

Wer nach ihr greift, verliert sie.

Mila konnte sich kein größeres Missvergnügen vorstellen, als jene zum Glück seltenen Stunden, in denen sie gezwungen war, mit den Freunden ihres Vaters an einem Tisch zu sitzen, bei Empfängen und Abendessen, zu denen ihr Vater einlud. Warum waren diese Menschen so? Was hat sie aus dem Leben vertrieben?

Mila, das habt ihr wohl schon begriffen, fühlt sich von allem Lebenden angezogen. Von den Eichhörnchen in den Parks, von Würmern, Ameisen, Bäumen, Grashalmen, Wasserpfützen, Schnecken – alles, in dem Leben wohnt, zieht sie an, sie liebt das Leben. Trotzdem erlaubte ihr Vater nie, dass sie einen Hund, eine Katze oder ein anderes Haustier hatte. Nicht einmal ein tropisches Fischlein.

Pfui, er war sichtlich entsetzt, als sie ihm sagte, dass sie sich ein Kätzchen wünschte. Eine Katze! Die überall im Haus ihre bakterienverseuchten Haare verstreut. Die mit ihrem nackten Darmausgang auf deinem Schoß sitzt oder noch schlimmer, auf dem Küchentisch. Die zu dir ins Bett schleicht. Das kommt nicht in Frage!

»Das Leben« – so würde Mila antworten, wenn jemand sie fragen würde, was sie liebt. Aber die Menschen fragen einander immer seltener, was sie lieben, wie es ihnen geht, ob sie Schmerzen haben, ob sie traurig sind, und wenn ja, aus welchem Grund, und so hat Mila niemanden, mit dem sie sich über solche Themen unterhalten kann.

Man kann nicht sagen, dass Mila keine Freundinnen und Freunde hätte, dass sie nicht ausgehen würde oder dass sie eine zurückgezogene junge Frau sei. Sie hat einige Beziehungen hinter sich, herrliche Missverständnisse, wie sie sie später nannte. Sie hängt in Clubs und in Kneipen herum, von den Nächten verabschiedet sie sich häufig mit ihrer Clique in einer Bäckerei bei Kaffee und Croissants. Oder aber sie verlängern die Nächte in ihrer Wohnung. Dennoch äußert sie manchmal laut ihre Zweifel daran, dass all das das wahre Leben sei, über das so viel gesprochen wird. So versucht sie, die Befürchtungen, die sie spürt, scherzhaft zu formulieren, doch ihre Freunde antworten ihr dann, sie möge noch ein Bier trinken, vielleicht verstecke sich gerade in dieser Flasche der Sinn des Lebens.

Aber dieses ständige Gefühl des Nichtdazugehörens begleitet sie immer.

Im letzten Winter lief sie zum Beispiel in der Abenddämmerung eine Straße entlang, der Bürgersteig war von orangefarbenen Straßenlaternen beleuchtet, während sich in den Hauseingängen die Dunkelheit verdichtete. Die Sonne war schon hinter den Dächern untergegangen, aber der Himmel im Osten war noch immer hell, glatt, faltenlos, wie Alufolie. Sie zitterte, während sie an den Häusern vorbeiging und sich vorstellte, wie die Bewohner in ihren warmen Wohnzimmern vor sich hin dösten, fernsahen, das Abendessen zubereiteten. Sie berührte die Wände mit ihren Händen, sie waren kalt. Dort auf jener Straße schien es ihr, während sie sehnsüchtig auf die beleuchteten Fenster schaute, als würde die Zeit stehen bleiben und als würde sie für immer hier verharren, umgeben von eisiger orangefarbener Stille.

Genau wie es ihr bisweilen so vorkommt, dass sie für immer in der Blase steckenbleiben wird, die ihr Vater für sie aufgepustet hat. Als sie noch mit ihm zusammenlebte, hat sie ihm das einmal gesagt, aber er warf ihr nur vor, dass sie undankbar sei. »So viele Menschen hungern und krebsen im Elend herum«, sagte er, »und du beschwerst dich, dass du in einem goldenen Käfig lebst.« Was hat das mit meinem Gefühl zu tun?, fragte sie sich. Sie fragte ihn, warum die Menschen hungern müssten, wenn doch so viele Lebensmittel weggeworfen würden. Er zuckte mit den Schultern. »So ist es nun mal«, sagte er. »Nichts ist kostenlos, aber Arbeit für alle gibt es nicht. Schon vor langer Zeit wurde festgelegt«, fügte er hinzu, »dass derjenige, der von seinen Eltern keine finanziellen Mittel mitbekommen hat und dessen Arbeitskraft niemand braucht, kein Recht auf Lebensmittel hat, im Grunde nicht einmal die Berechtigung, auf dieser Welt zu leben. Sobald du einem solchen Menschen die Hand reichst und ihm hilfst, tauchen hundert andere auf und verlangen ebenfalls Hilfe. Und so kommt man nicht voran, nicht wahr. Sag mir bitte, wo würde ich enden, wenn ich das, was ich habe, mit anderen teilen würde. Was würde für uns bleiben?«

Ihr Aikido-Lehrer denkt anders. »Wir sind mit allem, was wir brauchen, auf die Welt gekommen«, sagte er einmal. »Und alles andere ist überflüssig und bringt nur Verwirrung in unser Leben.« Sie hatte das Gesicht verzogen und gesagt, dass sie ihn nicht verstehe. »Doch, du verstehst sehr wohl«, hatte er lachend erwidert, »aber dein Verstand hat Probleme damit.« Sie hatte es auch weiterhin nicht verstanden, aber das machte ihr keine Angst. Im Gegensatz zu dem, was sie von ihrem Vater hörte. Ihn verstand sie, aber sie hatte Angst vor dem, was er sagte. Viel mehr noch, manchmal war sie sogar entsetzt über das, was sie von ihm hörte. Etwa dass man anderen nicht die Hand reichen sollte. Was war schlecht daran, einem Bettler Geld und Nahrung zu geben, oder die Kleidung, die man nicht mehr trug, jemandem zu schenken, der sie brauchen konnte?

Sie ließ ihr Handy klingeln, siebzehn-, achtzehn-, neunzehnmal, ja, Papa, willst du mir sagen, dass du mich liebst oder etwas Ähnliches.

»Was hast du mit Popović gemacht?«

»Was ich mit wem gemacht habe?«

»Mit meinem Biotechnologen, was hast du …«

»Ich habe versucht, mich mit ihm zu paaren«, kicherte sie.

Sie hörte einen tiefen Seufzer auf der anderen Seite der Leitung.

»Warum bist du nur so, was willst du eigentlich?«

»Ich will meine Mutter kennenlernen.«

♠♦

»Scheiße noch mal, Pavlović, bist du das?«

Josip schreckte auf und starrte den Mann an, der ihm den Weg versperrte. Dann blickte er sich um und begriff, dass er vor der Armenküche und dem Obdachlosenheim in der Adžija-Straße stand. Sein erster Gedanke war, diesem Poltergeist zu sagen, dass er sich irre, denn er hatte keine Lust auf Geselligkeit, aber dann erkannte er in dem verfetteten Gesicht mit Doppelkinn und der Glatze, die beinahe den halben Schädel einnahm, während der Rest von langen, fettigen, grauen Haaren bedeckt war, einen der Jungen, mit dem er in die Schule gegangen war.

»Graf?«, fragte er unsicher. »Mirko Graf?«

»Wer sonst«, sagte der Mann. »Menschenskind, wir haben uns ja eine Ewigkeit nicht gesehen.«

»Nur ungefähr dreißig Jahre«, korrigierte ihn Josip.

»Ich kann es nicht fassen, dass du es wirklich bist, Joža. Was machst du hier? Arbeitest du irgendwo in der Nähe?«

Josip erwischte diese Frage kalt.

»Eigentlich nicht, ich komme nur gerade vorbei, ich habe Urlaub und so… und du?«

»Ich muss zu einem Treffen, aber ich habe noch etwas Zeit, wollen wir einen Kaffee zusammen trinken?«

»Warum nicht«, sagte Josip, »soweit ich mich erinnere, gibt es da unten ein nettes Café mit einer Terrasse, dort unten am Kreisverkehr.«

»Was hast du all diese Jahre gemacht?«, fragte Josip, nachdem er einen Schluck Kaffee getrunken und einen Pfefferkeks, der zum Kaffee serviert worden war, gegessen hatte. Es war das Erste gewesen, was er seit gestern früh zu sich genommen hatte, er spürte, wie das Leben wieder in seinen Körper floss.

»Das ist eine lange Geschichte«, sagte Mirko, »hast du von UNKRAUT gehört?«

Josip lachte.

»Natürlich, die Unabhängige Kommune radikaler anarchistischer Umwelt-Transaktionisten – seinerzeit wart ihr ziemlich laut.«

»Stimmt, aber die Zeiten sind vorbei. Ich sage nicht, dass es mir leidtut, die Dinge ändern sich, aber warum ändern sie sich immer zum Schlechteren? In den letzten Jahren lebe ich in der UNKRAUT-Kommune in der Provinz. Wir beschäftigen uns mit Landwirtschaft, geben Broschüren heraus, die unsere Erfahrungen vermitteln. Nichts Besonderes, würde ich sagen. Und du?«

»Ich arbeite bei SalarLab.«

»Im Zentrum der Hölle.«

»Du übertreibst.«

»Nicht unbedingt. Da ihr euch mit der genetischen Modifikation von allem und jedem beschäftigt, könnte man sagen, dass im Vergleich mit euch der neunte Kreis der Hölle ein Kindergarten ist.«

»Ich bin nur beim Sicherheitsdienst«, sagte Josip trocken. »Ich kümmere mich um die Videoüberwachung, die

Kameras, die Sensoren und so weiter. Ich habe nichts mit Genetik zu tun.«

Mirko blinzelte ihm zu.

»Nur beim Sicherheitsdienst? Ja, ja, und die Typen damals haben nur die Weichen gestellt für die Züge nach Auschwitz.«

»Du übertreibst schon wieder.«

Mirko zuckte mit den Schultern.

»Hör mal«, sagte er, »ich muss gehen, gib mir deine Handynummer.«

Josip schüttelte den Kopf.

»Ich habe kein Handy.«

»Du hast kein Handy?!« Mirko war geschockt. »Du arbeitest in einer solchen Firma und hast kein Handy? Gut, ich habe eigentlich auch keins, aber mich gängelt auch keiner. Wie kontrollieren sie dich dann, haben sie dir einen Mikrochip eingebaut, oder was? Dann gib mir eben deine E-Mail-Adresse.«

Josip schüttelte wieder den Kopf. Mirko schaute ihn genauer an.

»Das heißt, die Sache läuft nicht gut.«

»Stimmt«, sagte Josip nach kurzem Zögern. »Sie haben mir schon vor längerer Zeit gekündigt, und ich kann keine neue Arbeit finden. Ich habe mein Handy, meinen Laptop und alles andere aufgegessen. Alles, was ich habe, trage ich an mir, und dieser Pfefferkeks war das Erste, was ich seit gestern gegessen habe.«

Mirko schaute ihn ungläubig an.

»Ich höre«, sagte er, »das Treffen kann warten. Du bist sicher nicht beleidigt, wenn ich für uns eine Pizza aus dem Nachbarladen bestelle.«

Josip nahm sich zurück, während er aß, es war ihm unangenehm, dass er das laute Knurren seines Magens nicht unterdrücken konnte, »entschuldige«, sagte er, »keine Ursache«, antwortete Mirko, und als die Pizza aufgegessen war, erzählte Josip, dankbar für das offene Ohr, von seiner Kündigung, von der Erleichterung, die er damals verspürt, und von der Verzweiflung, die sich dann eingestellt hatte, davon, wie er seine Freunde verlor, das Dach über dem Kopf und den Boden unter den Füßen ... »Ich verstehe nicht, was mit mir geschieht«, beendete er missmutig seinen Bericht.

»Der Wechsel«, sagte Mirko, nachdem er sich die Geschichte angehört hatte.

»Der Wechsel?«

»Der gleichzeitige Wechsel von Jahrhundert und Jahrtausend. Wenn wir einen Blick zurückwerfen, findet jede große Scheiße während des Wechsels eines Jahrhunderts statt. Das ist das, was uns erwischt hat. Plus das Älterwerden. Wir sind bald fünfzig, und heute ist das ein verdammt hohes Alter, zumindest wenn es um Arbeitssuche geht. Oder sagen wir es so, nichts davon, was wir wissen, braucht noch jemand. Und daher die Depression, die uns so aufreibt.«

»Was hast du denn damit zu tun«, fragte Josip, »du wirkst auf mich nicht so, als wärst du verzweifelt.«

»Vielleicht, aber ich bin ebenfalls überflüssig in der Welt, die dich durchgekaut und ausgespuckt hat. Hier braucht mich niemand. Ich habe zwar meinen Platz in einer anderen Welt gefunden, aber das bedeutet nicht, dass ich deshalb überglücklich bin. Ich hatte ganz andere Pläne. Sag mal, wie wäre es, wenn du jetzt einfach mitgehst zu dem Treffen, ich kann nicht noch später kommen. Und danach können wir zusammen noch etwas essen.«

»Ich habe das Gefühl, dass ich das nicht ablehnen kann«, sagte Josip mit einem blassen Lächeln.

»Es fällt einem nicht leicht, das hier mitansehen zu müssen«, sagte Mirko. Sie gingen an ausgestreckten Armen vorbei, die wie Äste niedriger Büsche aussahen und schnell zurückgezogen wurden.

Verwurzelt im Asphalt, warteten die Bettler geduldig, dass sich eine Prophezeiung bewahrheitete, von der man in den letzten Jahren viel gesprochen und geschrieben hatte. Demnach waren die großen Ingenieursköpfe dabei, den Zusammenfüger fertigzustellen, eine Gerätschaft, die allen Menschen zugänglich sein würde, eine Kiste, die nicht größer sein sollte als eine Mikrowelle und die jede Arbeit überflüssig machen würde, die gewöhnliche Luft, die wir heute nur ein- und ausatmen, die also bislang nur eine fruchtlose und nicht weiter genutzte Ressource darstellt, in gebratene Hähnchen, Salat aus frischem Weißkohl, eine Flasche Bier, ein paar gute Schuhe, bequeme Baumwollhosen oder eine warme Jacke verwandeln würde, je nach Wunsch und Bedarf. Dem Elend, der Armut und dem Hunger naht das Ende, so die Prophezeiung. Nur noch ein wenig Geduld. Allerdings kein Wort darüber, wie die Reichen wissen werden, dass sie reich sind, wenn alle alles haben werden, was sie brauchen. Die ausgestreckten Arme der Bettler sind die Bedingung für die Existenz der Reichen.

»Was meinst du?«, fragte Josip, aber dann sah er Mirkos Blick und zuckte zusammen. »Entschuldige«, sagte er, »hier ist das ganz normal. Der Mensch gewöhnt sich daran. Und morgen werde ich mich hier einreihen und auch meinen Arm ausstrecken.«

An dem Treffen im Büro von Dora Belak, der Leiterin der Armenküche, die zugleich Chefredakteurin des Webzines UNKRAUT war, nahmen neben Mirko noch zwei Mitglieder der Kommune teil, Eva Arih und Senad Cero. Neben der UNKRAUT-Mitgliedschaft war allen gemeinsam, dass sie über Kenntnisse verfügten, mit denen sie sich nicht ernähren und keine Rechnungen bezahlen konnten. Dora war Schriftstellerin, die drei Erzähl- und zwei Gedichtbände veröffentlicht hatte, aber ihren Lebensunterhalt verdiente sie damit, die Armenküche zu leiten. Eva war Archäologin, beschäftigt in einer Touristenagentur. Senad hatte einen Masterabschluss in Schöpferischer Ökologie, doch er lebte von Alpinismus-Lehrgängen und Kursen für Freeriden. Und Mirko war Anthropologe und lebte von der Landwirtschaft.

Josip wurde gebeten, im Wohnzimmer zu warten, wo er sich einen Kaffee nehmen konnte.

»Seien Sie bitte nicht beleidigt«, sagte Dora und schloss die Tür hinter ihm. Und dann warf sie Mirko vor, dass er einen Unbekannten zu ihrem Treffen mitgebracht hatte.

»Ich kenne ihn, er ist in Ordnung«, sagte Mirko, beschloss allerdings zu verschweigen, dass Josip früher bei SalarLab gearbeitet hatte.

»Auch wenn er ein Engel wäre«, sagte Dora, »dieses Treffen ist nur für Mitglieder. Schaut mal, was ich bekommen habe, ich glaube wirklich, dass es interessant für uns ist.« Aus der Schublade ihres Schreibtisches zog sie einen Stapel Farbfotos und breitete sie auf dem Tisch aus.

Ein Foto zeigte eine Ansammlung von Holzhütten und menschliche Figuren, die darum herumstanden. Man konnte die Gesichter nicht erkennen, aber man konnte sehen, dass die Frauen einfache, weite, helle Kleider trugen und die Männer weite Hosen und Tuniken. Auf dem zweiten Foto sah man eine Gruppe Menschen auf einer Wiese, mit gebeugten Rücken, als würden sie etwas pflücken. Auf dem dritten sah man fünf nackte, langhaarige Kinder, die im Flachwasser eines Flusses spielten. Auf einem weiteren Foto sah man eine Gruppe Frauen, Männer und Kinder, einige rannten, einige standen abseits und schauten nur, alles in allem, dachte Mirko, ganz gewöhnliche Fotos, die man überall hätte aufnehmen können.

»Wo hast du diese Fotos her?«, fragte Eva.

»Sie lagen im Briefkasten.«

»Wo sind sie abgeschickt worden?«, fragte Senad.

»Sie sind nicht mit der Post gekommen«, antwortete Dora, »jemand hat sie in den Briefkasten geworfen.«

»Sie sind angezogen wie Bauern in Mexiko«, sagte Eva und zeigte auf ein Foto, auf dem zwei Männer mit langen Haaren und langen Bärten offensichtlich vom Angeln kamen, jeder trug eine gebogene Angelrute mit daran aufgereihten Fischen.

»Das können auch Trachten aus Slawonien sein«, sagte Mirko, »und solche einfachen Tuniken haben am Ende des neunzehnten und am Anfang des zwanzigsten Jahrhunderts auch die Viehzüchter vom Bergmassiv Dinara getragen, aber Beispiele für solche Trachten kann man überall auf der Welt finden, auch bei den nordamerikanischen Indianern. Warum glaubst du, dass es sich um die Vergessenen handelt?« Er sah Dora an.

»Deswegen«, sagte sie und zeigte auf die Rückseite eines der Fotos.

Darauf stand: »Ich habe auf Ihrem Webzine gesehen, dass Sie sie die Vergessenen nennen. Ich weiß, wo sie sind. Wenn es Sie interessiert, dann sehen wir uns am 8. Juli zum Mittagessen bei Ihnen.«

»Das ist morgen«, sagte Senad.

»In eine Kommune?!« Josip war entsetzt. »In die Provinz!«

»Warum nicht«, sagte Mirko ruhig, »schließlich wirst du bald begreifen, dass die Stadt nur für Obdachlose, Bettler und andere Verzweifelte ein geeigneter Ort ist.« Sie saßen auf der Terrasse einer Kneipe im Schatten riesiger Kastanienbäume. Josip verspürte ein leichtes Schwindelgefühl von dem Bier, da er seit langer Zeit nur Wasser getrunken hatte. Den beiden war unbehaglich zumute, obwohl der Schatten sie kühlte und die Atmosphäre auf der Terrasse angenehm war. An den Tischen saß eine bunte Gesellschaft, sie aßen und unterhielten sich in bester Laune, was Mirkos Behauptung, die Stadt sei nur gut für Verzweifelte, Lügen strafte. Aber dennoch fühlten sich beide unwohl, Mirko aufgrund des Lärms der Menschenschar, der durch das Getöse des nachmittäglichen Verkehrs noch verstärkt wurde. Er war seit langem nicht mehr an diese Geräusche gewöhnt. Und Josip war es unangenehm, mit leeren Taschen auf fremde Kosten zu essen und zu trinken.

Mirko hatte sich bei den Kollegen aus der Kommune entschuldigt. Er wolle allein mit Josip essen gehen, hatte er gesagt, sie hätten sich seit langem nicht gesehen, und sie wollten die anderen nicht mit den Erinnerungen an ihre pubertären Abenteuer langweilen, darauf liefen solche Treffen alter Bekannter ja gewöhnlich hinaus. Später würden sie sich ihnen zu einer kleinen Party in Doras Wohnung wieder anschließen. Außerdem wollte er Josip davor warnen, von seiner Tätigkeit für die Firma von Herrn Salar zu sprechen, dieser Mensch war, um es milde auszudrücken, nicht gerade beliebt bei den UNKRAUT-Mitgliedern.

»Mal ganz im Ernst, gibt es hier irgendwas, was jemand vermissen würde, wenn er weggehen müsste?«, fragte Mirko. »Außer vielleicht die eine oder andere gute Kneipe.«

Josip lachte. »Etwas Ähnliches«, sagte er, »habe ich gestern auf der Flucht vor meinem Vermieter gedacht. Nichts, was mir gehört, ist dort zurückgeblieben, mit Ausnahme der unbezahlten Mieten.«

»Das ist doch auch etwas«, sagte Mirko. »Aber sag mal, wieso bist du nicht verheiratet? Ich meine, eine Familie und so?«

»Ich war verheiratet, aber nur sehr kurz. Sie hat mich rechtzeitig durchschaut, was soll ich weiter dazu sagen. Sie mochte meine Arbeit und meine Firma nicht. Ihrer Meinung nach konnten nur Arschlöcher und Psychopathen für Salar arbeiten.«

»Und was bist du?«, fragte Mirko und grinste.

»Leider keins von beiden«, sagte Josip, »ich bin ein ganz gewöhnlicher Feigling. Ich habe nicht einmal den Mumm gehabt, mein tägliches zweites Frühstück umzustellen, jahrelang habe ich diese beschissenen Zucchini mit Tomaten, Dill, Salbei und Knoblauch gegessen, dabei habe ich mich eigentlich nach einem fettigen Börek gesehnt. Wie hätte ich dann meine Stelle wechseln können?«

»Warum ausgerechnet Zucchini?«

»In unserer Abteilung haben das alle gegessen. Diese öko-bio-scheiß-organisch-makrobiotisch-vegane Pose. So ähnlich läuft es bestimmt auch bei euch in der Kommune ab.«

»Von wegen«, sagte Mirko, »ich kann mir keinen Tag ohne gute Wurst und Griebenschmalz von einem fetten, schwarzen slawonischen Schwein vorstellen.«

Josip lachte.

»Und bist du verheiratet?«, fragte er.

»Nein.« Mirko starrte auf die mit Unkraut bewachsene Bahnstrecke, über die vor langer Zeit der Touristenzug nach Samobor gefahren war. »Genauer gesagt, es war nie die richtige Zeit dafür. Ich dachte zuerst, dass ich die Welt verändern will, um dann ein Familiennest zu bauen, in einer besseren und gerechteren Welt. Reinste Arschkarte. Die Welt ist nicht besser geworden, und ich bin Junggeselle geblieben. Eigentlich bin ich auch nicht besser geworden. Als ich begriffen habe, worum es im Leben geht, dass man die Dinge akzeptiert, wie sie sind, ohne auf einen besseren Augenblick zu warten, ohne abzuwägen, ohne Fragen zu stellen, herumzuphilosophieren, Pläne zu schmieden – und das habe ich erst kürzlich begriffen –, war es zu spät. Und jetzt bin ich, wie du sehen kannst, keine gott-weiß-wie-begehrenswerte Partie mehr. Falls ich je eine war.«

»Du übertreibst«, sagte Josip.

»Nicht wichtig«, sagte Mirko. »Wollen wir noch ein Bier trinken? Dort, wo ich lebe, liegt die nächste Kneipe zwei Stunden mit dem Fahrrad entfernt.«

»Kurzum«, sagte Mirko, als der Kellner zwei volle Bierkrüge auf den Tisch stellte, »ich habe lange gebraucht, bis ich begriffen habe, dass ich das sein soll, was ich bin, und dass es dumm ist zu versuchen, ein anderer zu sein, genauso wie es dumm ist, sich zu bemühen, besser oder schlechter als andere zu sein, also sagte ich mir, ich werde den Rest meines Lebens so verbringen, dass ich mich genauso akzeptieren werde, wie ich bin. Aber sag mal, was hatte denn deine Ex gegen Salar?«

»Nichts Persönliches, denke ich.« Josip nahm einen Schluck aus dem Bierkrug. »Nur dass ihr mein Mitwirken an diesem genetischen Faschismus, so nannte sie das Genetic Engineering, nicht gefiel.«

»Kluge Frau«, sagte Mirko. »Bist du sicher, dass sie nicht zu uns gehört?«

Josip schaute ihn unentschlossen an.

»Das weiß ich nicht«, sagte er, »aber ich weiß, dass es sie anwiderte, wenn Fortschritt mit Technologie und nicht mit allgemeinem Wohlstand und mit Freiheit für alle Wesen in Verbindung gebracht wurde.«

»Sie ist eine von uns, hundertpro«, sagte Mirko begeistert. »Was macht sie jetzt?«

»Das Letzte, was ich gehört habe, ist, dass sie nach Thailand ausgewandert ist und heute in einer buddhistischen Gemeinschaft lebt.«

»Deine Wirkung auf Frauen ist bemerkenswert«, sagte Mirko.

»Wenn wir schon dabei sind, ein Symposium über meine ehemalige Frau abzuhalten…«, begann Josip und hielt inne, da sein Blick auf ein langsam vorbeifahrendes Auto fiel. Auf dem Dach des Autos war eine Werbung für die Klinik Dr. Todorov befestigt und ein Lautsprecher, aus dem eine männliche Stimme die Menschen munter dazu aufrief, in diesem Monat, so die donnernde Stimme, die Knochendichte bestimmen und ein CT des Halses durchführen zu lassen, da es ein Sonderangebot gebe. »Sehr geehrte Damen und Herren, versäumen Sie nicht dieses Angebot, nur in diesem Monat bieten wir Ihnen an, günstig Ihre Knochendichte bestimmen und ein CT Ihres Halses durchführen zu lassen. Und für Sie, verehrte Kunden, die sich zu beiden Untersuchungen entschließen, bieten wir eine besondere Zusatzleistung – eine kostenlose Röntgenaufnahme Ihrer Lunge. Dr. Todorov, Ihr zuverlässiger Partner für das ganze Leben.«

»Du wolltest etwas sagen«, sagte Mirko.

»Mir war eingefallen, wie Nada, meine Ex, erzählt hat, dass man sich, um in die Zukunft blicken zu können, die Gemälde von Hieronymus Bosch anschauen soll. Sie liebte seine Allegorien und behauptete, dass es sich gar nicht um Allegorien handele, sondern um luzide Prophezeiungen. *Das jüngste Gericht, Sintflut* und *Hölle, Die Versuchung des heiligen Antonius, Der Garten der Lüste,* eines hellsichtiger als das nächste, behauptete sie. Besonders mochte sie *Sintflut* und *Hölle*. Dass wir in der Hölle leben, braucht man nicht besonders zu betonen, sagte sie. Aber die Sintflut hat noch nicht stattgefunden, sie wird erst kommen, die globale Erwärmung und das Schmelzen der Pole sind die Ankündigung dessen, was die Bibel ahnte, was Bosch aber deutlich gesehen hat.«

Mirko schüttelte den Kopf. »Von Bosch habe ich gehört, aber ich habe keine Ahnung, was auf den Bildern zu sehen ist.«

»Alles Mögliche«, sagte Josip, »ein ziemlich komplettes Inventar von nächtlichen Albträumen. Ich erinnere mich an einen schweinsköpfigen und an einen froschköpfigen Menschen und einen dritten mit dem Kopf eines Schnabeltieres. Und alle drei greifen einen Mann an.«

»Ja, und?«, sagte Mirko.

»Ich habe in einer Zeitschrift in meiner Firma gelesen, dass man solche Wesen durch Genetic Engineering produzieren kann, und Nada hat geglaubt, dass genau das das Ziel des Genetic Engineerings ist – eine brutale Spezies ohne jegliche Empathie zu erschaffen, die die Armen zu Gehorsamkeit zwingen wird.«

»Wem würde das nutzen?«

»Wer ist hier UNKRAUT-Mitglied, du oder ich?«, lachte Josip. »Am ehesten dem kleinen Häuflein der Allerreichsten.«

»Sie haben ja schon ihren Schutz, durch die Polizei, das Militär und die Sicherheitsdienste.«

»Die sind ihnen nicht zuverlässig genug«, sagte Josip. »Erinnere dich daran, dass die Polizisten gelegentlich ihre Helme absetzen, ihre Schutzschilder zur Seite legen und sich auf die Seite der Protestierenden schlagen. Und es sind auch Fälle bekannt, in denen sich das Militär abseits gehalten hat.«

»Ich bin kein Anhänger der Biotechnologie«, sagte Mirko, »aber scheint dir das nicht doch ein bisschen paranoid?«

»Ehrlich gesagt, nein. Die Erfahrung lehrt mich, dass das, was gestern noch wie die letzte Verrücktheit aussah, heute gewöhnlich ist, und schon morgen wird es zu einem nicht in Frage zu stellenden Gesetz.«

Eine Zeitlang schwiegen sie und tranken ihr Bier. Die Terrasse wurde immer leerer. Aus den Baumkronen der Kastanien rieselte die Dämmerung.

»Hast du je von den Vergessenen gehört?«, fragte Mirko.

»Die Vergessenen?« Josip schien aus einem Traum zu erwachen. »Nein, nie gehört, wer sind die?«

»Eine Gruppe Menschen, eine Art Stamm, die angeblich isoliert in einem Tal leben.«

»Wo denn? Im Amazonasgebiet?«

»Nein, hier in Europa.«

Josip blickte ihn zweifelnd an.

»Willst du mich verarschen?«

»Vergiss es«, sagte Mirko, »lass uns zu Dora gehen.«

Als sie vor Doras Haus ankamen, war es beinahe vollständig dunkel. Auf der anderen Seite der Allee leuchtete Werbung auf einem Gebäude:

WAS MAN SEHEN KANN, IST GUT

WAS GUT IST, SIEHT MAN

»Wofür wirbt diese Reklame?«, fragte Mirko.

»Keine Ahnung«, sagte Josip.

Am Eingang schreckte Josip zurück, als wäre er auf ein unsichtbares Hindernis gestoßen.

»Was ist?«, fragte Mirko.

»Ich weiß nicht, ob es klug ist, dass ich mit dir dorthin gehe.«

»Hast du vielleicht einen wichtigen Termin, oder was?«

Josip sah sich um. Es war ihm so vorgekommen, als wären plötzlich alle Geräusche verschwunden, als hätten sich alle Farben und Bewegungen aufgelöst. Dann hörte er Mirko sagen:

»Entspann dich, Mensch, wir gehen doch zu einer Party. Vielleicht finden wir sogar etwas zum Vögeln. Ich weiß nicht, wie es dir geht, aber ich habe es schon lange nicht mehr gemacht. In meinem Dorf ist die Auswahl nicht besonders groß.«

♥

»Kaj!«

»Hey, Kaj!«

»Kaj, hey, Kaj.«

Man hörte Kinderstimmen rufen. Eine Stimme begann zu singen:

»O Winde, o Winde, o Winde
Nur die Winde kennen die Wärme deiner Wangen
Deinen Atem
Und sie wissen, wie das Gras in den hängenden Gärten atmet«

Ein fröhliches Chorlachen begleitete das Lied. Eine andere Stimme fuhr fort:

»Kalte Borawinde und Regenfälle
Singen dir ein Schlaflied
Kalte Borawinde und Regenfälle«

Wieder wurde das Lied von Lachen begleitet, das wie kristallene Glöckchen ertönte. Im Dorf hatte man das Frühstück beendet, und Kaj döste, mit dem Rücken an den dicken Stamm einer Linde gelehnt. Er öffnete die Augen, schaute zur Scheune hinüber, er sah Schatten, die flink hinter der Scheune verschwanden. Noch immer spürte er den Geschmack von Heidelbeeren und Waldhonig in seinem Mund. Aus der Scheune hörte er die donnernde Stimme seines Vaters:

»Bist du zu Gras geworden oder zu einer Wolke, die verschwindet?«

Die Stimme wurde von fröhlichem Kindergeschrei begleitet, sie skandierten: »Jakov! Jakov!«, und eine Horde Kinder, angeführt von Kajs Vater, tauchte auf. Die Kinder stürzten sich auf Kaj und warfen ihn auf die Erde.

»Was habt ihr denn gelesen?«, fragte Kaj, nachdem er die Kinder abgeschüttelt hatte und sie sich auf dem Rasen hingesetzt hatten.

Jakov setzte sich neben ihn und reichte ihm ein Büchlein mit abgenutztem Umschlag. Lesbar war nur noch der Titel: *Der Hahn auf dem Dach.*

»O ja«, sagte Kaj, »dieses Buch gibt es immer noch.«

»Alle gibt es noch«, sagte Jakov und zeigte auf die Scheune, in der sich außer Werkzeug und aufgestapelten Holzbrettern auch eine Bibliothek befand – ein Regal mit zweihundert Büchern, die sie in der Bergbausiedlung gefunden hatten. »Wann hast du das letzte Mal ein Buch in der Hand gehabt?«

Kajs Gesicht verdüsterte sich.

»Damals, als ich nicht lesen wollte«, sagte er und gab seinem Vater das Büchlein zurück, »las ich beinahe jeden Tag. Jetzt, da ich lesen möchte, kann ich es nicht, wie kommt das bloß?«

»Du bist ein Meister der Ausrede geworden«, sagte Jakov. »Hast du das von dem Lehrer gelernt?«

»Das ist keine Ausrede«, sagte Kaj trocken, »ich antworte nur auf deine Frage.«

»Ach so?«, sagte Jakov. »Aber ich habe dich nicht gefragt, warum du nicht liest, sondern wann du das letzte Mal ein Buch gelesen hast.«

»Kaj glaubt, dass er bereits der Lehrer geworden ist und dass er deshalb nicht mehr zu lesen braucht«, sagte jemand, und die anderen begleiteten diese Aussage mit zustimmendem Lärm. Es war Rufus, ein Dreizehnjähriger, der frecher war als die anderen Kinder, wobei auch die sich nicht gerade durch ausgeprägte Gehorsamkeit und Sinn für Ordnung und Disziplin hervortaten.

Kindergarten, Schule oder Militär, Einrichtungen, in denen man Kindern und jungen Menschen beibringt, das zu tun, was ihnen gesagt wird, waren in diesem Tal völlig unbekannt und wurden nicht sehr geschätzt. Welchen Nutzen sollte man von Gehorsamkeit und Ordnung haben an einem Ort, an dem die Menschen einander nicht ausnutzten und sich nicht gegenseitig unterdrückten?

»Schau mal, wer sich da zu Wort meldet.« Kajs Augen leuchteten auf. »Jemand, der überhaupt nicht lesen kann.«

»Wozu sollte ich das schon brauchen«, sagte Rufus, »ich kann Fische fangen und Frösche, Rebhühner, Fasane, ich weiß, welche Beeren man essen kann und welche nicht, ich kann Pflanzen pflücken, Wurzeln herausreißen, ich kann mich anziehen, wenn ich friere, essen, wenn ich Hunger habe, schlafen, wenn ich müde bin ...«

»Gut, gut«, unterbrach ihn Jakov, »was wollen wir jetzt alle zusammen tun?«

»Erzähl uns etwas«, riefen die Kinder, »erzähl uns vom Anfang.«

Jakov hatte alle Bücher aus der Bibliothek in der Scheune gelesen. Er kannte viele Geschichten. Darunter gab es einige, die nicht in Büchern niedergeschrieben waren. Er hatte sie von anderen gehört oder sie sich ausgedacht, so wie die Geschichte vom Anfang, die die Kinder so gern hörten. Jakov setzte sich bequem hin, räusperte sich und begann zu erzählen.

»Am Anfang war das Licht. Die Welt wurde beleuchtet von unendlich vielen starken Lampen, es gab keine Nacht, die Menschen konnten weder die Sterne noch den Mond sehen. Es gab unzählig viele Menschen, so viele wie Blätter im Wald, sie lebten in großen Siedlungen, sie nannten sie Städte, in großen Häusern, in einem Haus gab es mehr Menschen als wir, die wir hier zusammensitzen, und auch die Tiere, die sie zu essen pflegten, hielten sie verschlossen in Häusern. Man konnte nur durch Gänge zwischen diesen Häusern hin und her laufen, und diese Gänge nannte man Straßen. Sie lebten im Streit miteinander, aber auch mit den Tieren, mit den Wiesen, mit den Wäldern, mit den Seen und mit den Flüssen. Sie benahmen sich, als seien nur sie wichtig, so dass es in ihrer Welt und in ihren Herzen keinen Platz für wilde Tiere gab, für Täler und Berge. Sie liebten nur das Geld. Seinetwegen töteten und quälten sie sich und nutzten sich gegenseitig aus. Sie waren so vom Geld besessen, dass sie seinetwegen die Flüsse und die Seen vergifteten, so dass die Fische und die Krebse darin starben. Wegen des Geldes rodeten sie die Wälder und verwandelten sie in Wüsten und rotteten alle Wesen aus, die darin gelebt hatten, die Insekten, die Schlangen, die Hasen, die Vögel, die Füchse und die Rehe. Und da ihnen bei ihrem Vorhaben, alles zu zerstören, die Kraft des menschlichen Körpers nicht ausreichte, erfanden sie Gerätschaften, mit deren Hilfe sie noch mehr Bäume fällen und noch mehr Menschen und Tiere töten konnten, und es genügte ihnen nicht, dass sie selbst viel Geld hatten, sie beneideten jeden, der noch mehr Geld hatte.«

»Warum war ihnen das Geld so wichtig?«, hörte man jemanden fragen.

Die Frage kam von Dornröschen, einem zehnjährigen Mädchen mit blauen Augen und honigfarbenem Haar.

»Du weißt doch überhaupt nicht, was Geld ist, oder?«, sagte Rufus frech.

»Doch, ich weiß es. Das ist Papier, wie in einem Buch«, antwortete das Mädchen trotzig. »Das du überhaupt nicht lesen kannst«, fügte sie gehässig hinzu.

»Warum war ihnen das Geld so wichtig?«, sagte Jakov. »Weil sie dumm waren natürlich. Sie waren so dumm, dass sie die gewöhnlichsten Dinge nicht verstehen konnten, zum Beispiel verstanden sie nicht, dass die Felsen im Stein sind«, er zeigte in Richtung Marunas Felsen, »sondern sie glaubten, dass der Stein im Felsen ist. Sie haben außerdem von sich geglaubt, sie seien etwas Besonderes, sie seien aus anderem Material erschaffen als Tiere, Wälder und Flüsse, und sie meinten, diese gar nicht zu brauchen. Sie begriffen nicht, dass alles, was es auf dieser Welt gibt«, er zog mit der Hand einen Kreis und erfasste damit Erde und Himmel, »also dieses Tal, dieser Wald, diese Tiere und Insekten, die Sonne und der Mond und all die Sterne, die wir des Nachts sehen können, dass all das eins ist und dass man es nicht teilen kann. Sie aber teilten auf und zerteilten, und zu diesem Zweck haben sie sich die Zahlen ausgedacht, um zu bezeichnen, zu zählen und sich das anzueignen, was sie zerteilt haben.«

 »Zahlen«, meldete sich Dornröschen, während der Wind

durch die Baumkrone der Linde rauschte, »die kommen auch in den Büchern vor.«

»Bücher, Bücher«, spottete Rufus. »Alles, was du kennst, sind Bücher.«

»Im Leben dieser Menschen musste alles geordnet werden, und so auch die Seiten in den Büchern«, fuhr Jakov fort. »In den Büchern stehen die Zahlen für die Reihenfolge, sie zwingen den Leser dazu, in einer bestimmten Abfolge zu lesen. Diese Menschen zählten alles, was existiert, doch sie begriffen nicht, dass es zum Beispiel nicht zwei gleiche Bäume gibt, zwei gleiche Berge, zwei gleiche Seen, zwei gleiche Menschen. Wie könnte ich behaupten, dass Rufus und Dornröschen zwei sind, so wie es heute noch Brauch bei den Vergifteten ist, wenn Rufus Rufus und Dornröschen Dornröschen ist, die Linde hier ist die Linde, die Lilie ist die Lilie, der Bach ist der Bach, der Fuchs ist der Fuchs, und wir alle sind eins. Aber jene Menschen zählten eben alles. Für einen Wald sagten sie, dass er aus so und so vielen Buchen, Fichten und Ahornbäumen besteht, und für eine Wiese sagten sie, dass sie so und so viele Morgen umfasst. Sie waren Sklaven der Zahlen. Auch sonst ging es so zu, zuerst dachten sie sich etwas aus, und dann wurden sie Sklaven davon. In ihrer Welt gab es keine Nacht. Dort bewegte sich der Mond auch tagsüber am Himmel entlang. Mit der Zeit starben die Bäume, die Linden, die Kastanien, die Birken, die Ahornbäume, es starben das Labkraut, das Johanniskraut und die Pimpinellen, es starben das Rotkehlchen, die Bienen, die Hummeln, die Laubfrösche, die Bienenfresser, die Falken, die Regenwürmer, die Mücken, die Schnecken, das Leben starb ab in der Welt dieser Menschen. Das war die einzige Art, auf die sie leben konnten – indem sie den

Tod um sich herum säten. So haben sie die Fruchtbarkeit des Bodens beinahe vollständig zerstört, der Boden hatte immer mehr Schwierigkeiten, Nahrung hervorzubringen. Stellt euch vor, wenn kein Sauerampfer, kein Krauser Ampfer, keine Erdbeeren, keine Preiselbeeren oder keine Kirschen mehr wachsen würden. Die Mistel auf einer Eiche wird ihren Wirt nicht töten, genauso wie die Flöhe auf einem Hasen den Hasen nicht töten werden, aber diese Menschen waren schrecklich dumm – sie töteten das, wovon sie lebten. Sie nahmen mehr aus der Natur, als sie benötigten, und verbrauchten es, womit sie ihre eigene Zukunft bestahlen. Das wäre so, als wenn wir heute allen Honig, alle Preiselbeeren und alle Haselnüsse aufessen würden und dann bis zum Herbst hungern müssten.

Aber dann kam die Zeit, in der sie für ihre Taten Rechenschaft ablegen mussten. Zunächst wurde die Erde von großer Trockenheit und großer Hitze heimgesucht, dann folgten lange Regenperioden, deshalb stiegen die Flüsse über ihre Ufer, und die Erde wurde so schwer, dass die Berge, auf denen sie die Bäume abgeholzt hatten, in die Täler abrutschten. Daraufhin begannen so kräftige Winde zu wehen, dass sie die Wälder und Häuser forttrugen und nur eine Ödnis zurückließen. Die Menschen starben massenhaft an bisher unbekannten Krankheiten. Am Ende begannen starke Beben die Erde zu erschüttern. Eines von ihnen führte dazu, dass unser Tal verschlossen wurde, und seitdem haben wir zum Glück jeden Kontakt zu den Vergifteten und ihrer Welt verloren.«

Eine Zeitlang saßen alle still da, jeder in die eigenen Gedanken versunken, sogar Rufus starrte nachdenklich in die Luft vor sich, doch dann bewegte eine leichte Windböe die Lindenblätter und Grashalme, irgendwo im Wald meldete sich ein Specht, jemand sagte: »Lass uns baden gehen, wer der Letzte ist, ist der Dumme.« Und die ganze Meute lief vergnügt kreischend zum Fluss.

»Die ganze Zeit quält mich etwas«, sagte Kaj, während er mit seinem Blick den Kindern folgte. »Wieso kommen sie nicht hierher?«

»Wer, die Vergifteten?« Jakov fuhr auf. »Vermutlich wissen sie gar nicht, dass es dieses Tal gibt.«

»Das glaube ich nicht. Wenn wir von ihnen wissen, wissen sie auch von uns. Warum kommen sie dann nicht hierher?«

»Und warum gehen wir nicht zu ihnen?«

»Tja, weil es dort giftig ist, es wäre für uns gefährlich.«

»Vielleicht denken sie dasselbe über unser Tal.«

Kaj blickte ihn fassungslos an.

»Wie, ist dort also nicht alles vergiftet?«

»Doch, doch, der Lehrer und einige von unseren Leuten waren dort, wir wissen, dass dort alles vergiftet ist. Aber niemand von ihnen war hier. Wäre jemand hier gewesen, dann hätte er noch andere geholt. Hier würde bald alles von denen wimmeln, und für uns würde es kein Leben mehr geben. Aus diesem Grund habe ich mir überlegt, dass irgendjemand von ihnen vielleicht nicht will, dass die anderen hierherkommen.«

»Warum könnte das jemandem wichtig sein?«

»Deine Frage überschreitet mein Wissen. Deshalb würde meine Antwort nicht viel helfen.«

»Ich habe dich das noch nie gefragt«, sagte Kaj, »aber kann man unser Tal wirklich nicht auf einem anderen Weg verlassen als durch den Durchgang?«

»Natürlich kann man das. Als deine Mutter verschwand,

ging ich sie suchen. Wie du weißt, ist Asja einmal Preiselbeerenpflücken gegangen, das war, als du noch klein warst, sie hatte sich von der Gruppe getrennt und ist nie wieder zurückgekommen. Ich bin noch immer davon überzeugt, dass sie dort drüben bei den Vergifteten ist. Ich entschloss mich also, sie zu suchen. Ich versuchte es zuerst über den Šoljan-Pass. Dort stieß ich auf einen hohen Drahtzaun. Als ich ihn berührte, hörte ich ein Knistern, etwas stach mir fast ins Herz und führte dazu, dass sich meine Faust verkrampfte. Ich konnte meine Finger nur mit Mühe von dem Draht trennen. Man nennt das elektrischer Strom, das ist die Kraft, die ihre Maschinen bewegt, ihre Nacht beleuchtet, ohne diese Kraft sind sie völlig hilflos, ohne sie würden sie nicht von einem Vollmond zum nächsten überleben. Sie haben sie auch in dem alten Kraftwerk unten am Bergwerk produziert. Auf dem Majetić-Pass empfing mich der gleiche Draht. Unser ganzes Tal ist von einem Drahtzaun umstellt, der so hoch wie drei Menschen ist. Es ist unmöglich darüberzugelangen.«

»Wer hat diesen Zaun aufgestellt?«, fragte Kaj.

»Wer hat den Slamnigs Wald aufgestellt.« Jakov wies auf den Fichtenwald.

»Der Zaun wächst doch nicht aus der Erde«, sagte Kaj, »zumindest nicht der um das Kraftwerk herum.«

»Die, die das Kraftwerk umzäunt haben, haben auch das Tal umzäunt«, sagte Jakov. »Bei Marunas Felsen gibt es jedenfalls keinen Zaun.«

»Kann man dort tatsächlich hochklettern?«

»Ich bin hochgeklettert. Von hier aus erscheint es unmöglich, aber wenn du zu klettern beginnst, öffnet sich der Pfad vor dir. Es hat lange gedauert, bis ich den Durchgang zum Grat gefunden habe, ich bin einen ganzen Tag geklettert und gekrochen, und dann habe ich noch einen ganzen Tag gebraucht, um zur anderen Seite herabzugelangen. Aber dort traf ich auf Polizisten.«

»Menschen, deren Arbeit im Töten anderer Menschen besteht«, sagte Kaj.

»Ja«, sagte Jakov, »ihre Köpfe sehen so aus.« Er nahm einen Stock und zeichnete ein Bild auf die Erde:

»Ihr Körper ist gepanzert wie bei Don Quijote, du hast doch *Don Quijote* gelesen, oder etwa nicht?«

Kaj schüttelte den Kopf.

»Es war mir zu langweilig, ich habe mir nur die Bilder angeschaut.«

»Es ist egal«, sagte Jakov, »du weißt, was ich meine. Und in ihren Händen hielten sie Gewehre, diese Polizisten.«

»So wie die Steinschlossflinten, die ich in den Büchern gesehen habe?«

»So ähnlich. Diese Gewehre sehen so aus.« Der Vater wischte den Kopf des Polizisten fort und zeichnete Folgendes auf die Erde:

Kaj zuckte zusammen, als huschte ein Schatten vor ihm her. Er schaute sich um, blickte nach oben; weiße Wolkenfedern kündigten einen baldigen Wetterwechsel an.

»Das kommt mir bekannt vor«, sagte er. »Diese Polizisten mit Gewehren. Als hätte ich einmal von ihnen geträumt.«

Jakov blickte ihn forschend an.

»Gut möglich«, sagte er, »wie auch immer, beide Gewehrtypen sind erfunden und produziert zum Töten«, fuhr er fort. »Nur dass während eines Wimpernschlags die Steinschlossflinte einen Menschen töten kann, und diese hier können uns alle während eines Wimpernschlags umbringen. Und das sehen sie dann als Erfolg, so wie wir es als Erfolg betrachten, wenn jemand einen Eimer voller Himbeeren pflückt und ein anderer nur so viel, dass der Boden des Eimers bedeckt ist. Na ja, dann haben sie mich gefangen genommen, gefesselt … Hast du schon einmal die Flugzeuge gesehen, die dort oben fliegen?«

Kaj nickte.

»Sie haben mich also in eine ähnliche fliegende Maschine gesteckt, sie nennen sie Hubschrauber, und haben mich dann unten bei der alten Bergbausiedlung wieder herausgelassen.«

 »Hast du dann nicht mehr versucht, sie zu finden?«

Jakov schüttelte den Kopf.

»Nein, das habe ich nicht. Schau mal«, er zupfte einen Grashalm vom Boden und zeigte ihn Kaj, »würde jemand diesen Grashalm irgendwo in unserem Tal verstecken, würden wir ihn früher oder später finden. Doch es gibt, soweit ich weiß, keine Chance, Asja dort in jener Welt wiederzufinden. So wie wir nicht fliegen können, sind wir einfach nicht dafür ausgestattet, uns in der Welt der Vergifteten zurechtzufinden.«

»Noch eine Frage, Papa.«

»Bitte«, sagte Jakov.

»Seit wann sind wir hier?«

»Du meinst, seit wann wir hier in diesem Tal von allem abgeschnitten sind.«

Kaj nickte.

»Ich weiß es nicht. Ich weiß nur, dass ich hier geboren wurde, dass mein Vater hier geboren wurde und sein Vater auch, dein Urgroßvater.«

»Aber wo sind dann ihre Gräber?«, unterbrach ihn Kaj.

»Wie meinst du das?«

»Wie ich das meine? Auf dem Friedhof sind drei Gräber, und ich erinnere mich an zwei Menschen, die dort begraben sind, es gibt nur ein Grab eines Menschen, der gestorben ist, bevor ich angefangen habe, mich zu erinnern. Und so komme ich ins Grübeln und frage mich, wo denn die Gräber meines Großvaters, meiner Großmutter, meiner Urgroßmutter und meines Urgroßvaters sind. So meine ich das.«

Jakov sah ihn lange, lange an. Dann sagte er:

»Mein Sohn, darüber kann ich dir nichts sagen. Ich kann dir aber sagen, dass in diesem Sommer die Heidelbeeren reichlich getragen haben und dass uns der Waldhonig vom letzten Jahr bis zum Herbst reichen wird, und dann werden du und ich wieder anfangen, neuen zu sammeln. Und eins will ich dir noch ans Herz legen: Sag auf keinen Fall das, was du mir gesagt hast, dem Lehrer.«

♠♦♣

Mila war pünktlich. Wenn du dich selbst bei jemandem zum Mittagessen einlädst, dann ist das Mindeste, was du tun kannst, pünktlich zu sein. Sie kam in das Speisezimmer der Armenküche, vorbei an einer langen Schlange aus Menschen, die darauf warteten, dass die Essensausgabe begann. Am anderen Ende des Speisezimmers sah sie eine Tür, auf der stand BÜRO DER LEITERIN. Sie klopfte und wich einen Schritt zurück.

»Ich möchte gern zu Frau Belak«, sagte sie zu der Frau, die ihr die Tür öffnete.

»Ich bin Dora Belak«, erwiderte die Frau.

»Ich vermute, dass Sie die Fotos erhalten haben, die ich Ihnen geschickt habe.«

»Kommen Sie herein.«

»Josip, du bist bitte nicht beleidigt, wenn ich dich erneut bitte, draußen zu warten«, sagte Dora.

Was macht die Tochter von Salar bloß hier?, fragte sich Josip, während er den Raum verließ.

Dora betrachtete neugierig die junge, gepflegte und gut gekleidete Frau. Sie stinkt nach Reichtum, dachte sie. Sie stellte dem Gast Eva, Senad und Mirko vor und bat die junge Frau, sich zu setzen.

»Ich heiße Mila«, sagte Mila.

»Sie behaupten, dass auf diesen Fotos die Vergessenen zu sehen sind und dass Sie wissen, wo sich dieser Ort befindet«, begann Dora ohne Einleitung das Gespräch.

»Kann ich bitte eine Tasse Kaffee bekommen?«, fragte Mila. »Ich hatte heute noch keinen.«

»Verzeihung«, sagte Dora und nickte Eva zu.

»Wir haben nur Filterkaffee«, sagte Eva.

»Das ist in Ordnung«, sagte Mila und schaute erneut zu Dora. »Ja, ich kenne diese Menschen, und ich weiß, wo sie sich befinden.«

»Woher haben Sie diese Informationen?«

»Danke«, sagte Mila und nahm die Tasse Kaffee entgegen. »Was die Vergessenen, wie Sie sie nennen, betrifft, so handelt es sich um das Projekt Paradies 3000 einer Firma.«

Unruhe kam auf, die Anwesenden tauschten Blicke aus.

»Sie haben meine Frage nicht beantwortet«, sagte Dora.

Mila trank einen Schluck Kaffee.

»Ich dachte, dass Sie sich für die Vergessenen interessieren und nicht dafür, woher ich diese Informationen habe.«

Arrogante kleine Hündin, dachte Dora. Mirko begann zu lachen, und dann prusteten auch die anderen los. Alle außer Dora. Und Mila. Sie holte eine schwarze Mappe aus ihrem Rucksack und legte sie auf den Tisch.

»Hier sind die Dokumente«, sagte sie, »die ich Ihnen überlassen werde. Ich habe nur eine Bedingung.«

»Ja?«, sagte Dora.

»Wenn Sie sich entschließen, dorthin zu fahren, möchte ich mit dabei sein.«

 Dora blickte zu den anderen, alle nickten.

»Sie haben ja gesehen«, sagte sie zu Mila.

»Ich werde bis auf weiteres für mich behalten, wie man ohne Schwierigkeiten in dieses Tal gelangen kann«, sagte Mila.

»Ein Tal?«

»Ja, sie sind im Tal der Japoden.«

In dem Zimmer breitete sich Schweigen aus, Dora blickte zu Senad.

»Sie machen wohl Scherze«, sagte Senad. »Wir wissen alle, dass das Japodental die größte Deponie für chemische und nukleare Abfälle in diesem Teil Europas ist, vor zwanzig Jahren führten wir einen wahren Krieg um dieses Tal, dort können nicht einmal mehr Bakterien überleben.«

»Sie wissen alle, dass dort eine Müllhalde ist«, entgegnete Mila, »und Sie haben das Recht auf dieses Wissen, doch ich weiß, dass es dort überhaupt keinen Müll gibt. Dieses Tal ist ökologisch gesehen der sauberste Ort in diesem Teil der Welt.«

Mila schaute in aller Ruhe zu, wie sich ihre Gastgeber verwirrte Blicke zuwarfen.

»Die Firmen, die hinter diesem Projekt stehen«, fuhr sie fort, »haben seinerzeit mit Hilfe der Regierung die Geschichte von der Mülldeponie erfunden, wobei sie, wie Sie wissen, eine ganze Bergbausiedlung verlegt haben, die schon damals verfallen war, da die Mine seit langer Zeit geschlossen war. Sie haben das Tal weiträumig abgezäunt, früher stellte die Polizei das Wachpersonal und jetzt ein privater Sicherheitsdienst. All das steht hier in den Dokumenten.« Sie klopfte auf die Mappe. »Obwohl das, wie ich vermute, nur ein kleinerer Teil der Dokumentation ist, an die ich, nebenbei bemerkt, vor ein paar

Tagen ganz zufällig gekommen bin. Der Kaffee ist in Ordnung.« Sie lächelte Eva zu.

»Gut«, sagte Dora, »nehmen wir an, dass das, was Sie behaupten, stimmt, warum erzählen Sie es uns dann?«

»Weil ich keinen anderen habe, dem ich es erzählen kann«, sagte Mila ruhig. »Sie sind wahrscheinlich die Einzigen, die das interessiert.«

»Sie hätten diese Information einer Zeitung oder einer Fernsehanstalt geben können«, sagte Mirko.

»Lassen Sie die Witze«, antwortete Mila. »Die letzten freien Medien«, sie blickte zu Dora, »sind schon vor langer Zeit von der Bildfläche verschwunden – als Sie so alt waren wie ich heute. Auf jeden Fall glaube ich, dass Ihnen etwas an diesen Dingen liegen könnte und dass Sie einen Weg finden werden, das alles an die Öffentlichkeit zu bringen, wenn Sie die Fakten einer Prüfung unterzogen haben.«

Josip saß auf der Bank vor dem Eingang, als Mila herauskam.

»Ich habe für Ihren Vater gearbeitet«, sagte er, als ihre Blicke sich trafen.

Mila blieb stehen und sah ihn ruhig an.

»Wieso wissen Sie, wer ich bin?«

»Ich habe Sie diesen Frühling auf dem Anwesen Ihres Vaters gesehen, ich habe dort die Überwachungskameras ausgewechselt.«

»Entschuldigen Sie, ich habe Sie nicht …« Sie hielt inne.

»Bemerkt?«, fragte Josip. »Sie können sich nicht an mich erinnern? Das ist egal, ich war ja nicht da oben, um Ihnen aufzufallen.«

 Sie lächelte.

»Sie arbeiten nicht mehr für ihn?«, fragte sie.

»Man hat mir gekündigt.«

»Sie sind ein glücklicher Mensch«, sagte sie und fragte dann: »Warum wollte die Frau nicht, dass Sie …«

»Sie meinen, warum sie mich rausgeschmissen hat? Weil ich ein Eindringling bin. Weil ich nicht zu ihnen gehöre.«

»Und zu wem gehören Sie?«

»Zu niemandem.«

»Sie sind wirklich ein glücklicher Mensch«, sagte sie und machte sich auf den Weg.

Oberhalb des Dachs einer Vulkaniseurwerkstatt auf der anderen Seite der Straße quollen weiße Wolken wie Popcorn in den klaren blauen Himmel, es sah so aus, als wäre die Welt sauber, unberührt, als wäre alles in Ordnung, als wären alle Menschen glücklich. Und die jungen Männer im Hof der Werkstatt in ihrer schwarzen und blauen Arbeitskleidung, die von Öl und flüssigem Gummi verschmiert war, sie waren tatsächlich glücklich. Sie plauderten und lachten und riefen dem Mädchen, das die Straße entlangging, etwas zu.

In den Dokumenten, die Mila mitgebracht hatte, waren die Kopfzeilen und die Namen geschwärzt. Paradies 3000 war offenbar ein gemeinsames Projekt des Gesundheitsministeriums, der Regierungsagentur für Heilmittel und zweier privater Firmen, einer biotechnologischen und einer pharmazeutischen, deren Namen ebenfalls geschwärzt waren. Ziel war es, den Einfluss der Umwelt, der Ernährung und der Lebensweise auf die allgemeine Gesundheit zu erforschen. Zu diesem Zweck waren Frauen und Männer aus einer Gruppe von Freiwilligen ausgesucht worden, die sich bereit erklärt hatten, auf Art der Jäger und Sammler zu leben, so wie die Menschen lebten, bevor sie die Erde zu bearbeiten und die Tiere zu zähmen begonnen hatten. Das Tal der Japoden wurde aufgrund seiner Lage, seines Mikroklimas, seiner umfangreichen Wasserressourcen und seiner biologischen Diversität ausgesucht, um dort die Forschung durchzuführen. Es war vorgesehen, das Experiment über drei Generationen laufen zu lassen. Die Verbreitung falscher Informationen über den chemischen und nuklearen Abfall sollte Neugierige und all jene abschrecken, die die Forschung hätten stören können. Nach Ende des Experiments war geplant, alle Beteiligten mit erheblichen Geldbeträgen zu entschädigen, die ausreichen würden, ein sorgenloses Leben führen zu können. Es war von entscheidender Bedeutung, dass die Menschen, die im Tal geboren wurden, nichts von dem Forschungsvorhaben wussten.

»Ich frage mich, ob diese Dokumente authentisch sind«, sagte Dora.

»Ich weiß nicht, warum sie uns etwas vormachen sollte«, sagte Mirko. »Außerdem erinnere ich mich noch gut an einen Aufruf zur Teilnahme an einem Forschungsvorhaben des Gesundheitsministeriums. Die Kohle stimmte, ich hätte mich fast selbst gemeldet.«

»Ich erinnere mich nur an die heftige Auseinandersetzung um die Umwandlung des Japodentals in eine Deponie«, sagte Dora. »Und was die Kleine betrifft, wir wissen nicht, wer sie ist, ehrlich gesagt, war sie mir nicht gerade sympathisch, sie ist sehr arrogant.«

»Mir ist nur aufgefallen, dass sie sehr schön ist«, sagte Mirko, »aber so oder so, wir können das leicht nachprüfen. Wir gehen hin und schauen nach, wie es dort jetzt aussieht. Ist es das Paradies oder die Hölle?«

»Wie stellst du dir das vor?«, fragte Senad. »Du weißt doch, dass dieses Gebiet unter Bewachung steht und dass man dort nicht einfach so hineinspazieren kann.«

»Das dürfte nicht mehr so ein großes Problem sein wie früher«, sagte Mirko, »und Mila hat doch auch gesagt, dass sie weiß, wie man dorthin kommt. Welcher normale Mensch würde sich schließlich freiwillig verstrahlen lassen und sterben, wenn es dort so wäre, wie wir alle glauben. Hast du vergessen, dass die Menschen damals massenhaft das Gebiet verlassen haben? Sie haben Häuser und Bauernhöfe zurückgelassen. Unsere Kommune liegt nur zwanzig Kilometer vom Tal entfernt. Zwischen uns und diesem Tal liegen nur zwei oder drei kaum bewohnte Dörfer.«

»Schon gut«, sagte Eva, »aber wozu die Geheimniskrämerei um dieses Projekt?«

»Dieselbe Frage stelle ich mir auch gerade«, sagte Senad. »Einerseits verstehe ich, dass sie keine Publizität und keine Besucherhorden haben wollen, die dort herumschnüffeln, andererseits handelt es sich doch nicht um eine Fabrik für Geheimwaffen oder etwas Ähnliches, sondern um wissenschaftliche Forschung, würde ich sagen, die es nicht erforderlich macht, das ganze Gebiet hermetisch abzuriegeln. Aber genau das haben sie getan.«

»Das Reden bringt uns nicht weiter«, sagte Mirko.

»Was schlägst du vor?«, fragte Dora.

»Dass ich hingehe.«

»Du willst dort hingehen?«

Mirko nickte.

»Du würdest allein gehen?«

»Wir haben Mila versprochen, sie mitzunehmen. Und ich würde auch jemanden mitnehmen, der etwas von Videoüberwachung und elektrisch geladenen Zäunen versteht. Du darfst nicht vergessen, dass das gesamte Gebiet überwacht wird.«

»Hast du jemanden im Sinn?«

Mirko nickte.

»Hat jemand etwas dagegen?« Dora wandte sich an Eva und Senad. Und als diese verneinten, fragte sie, ob jemand einen anderen klugen Vorschlag hätte, und als diese Frage erneut verneint wurde, sagte sie zu Mirko: »Hier sind die Unterlagen, wahrscheinlich wirst du sie brauchen. Hier ist auch die Handynummer dieser eingebildeten Kleinen. Du hast recht, es ist am besten, wenn wir herausfinden, was sich in diesem Tal abspielt, und dann werden wir weitersehen. Wann könntest du aufbrechen?«

»Sobald ich es mit Mila besprochen habe.«

»Und dein Überwachungsexperte?«

»Er wartet draußen auf mich.«

Sie beendeten ihr Training mit regungslosem Sitzen auf der Tatamimatte. »Man muss so sitzen, als wolle man eine Wasseroberfläche zur Ruhe bringen, so dass sich in ihr der Mond widerspiegeln kann«, so hatte sie der Lehrer instruiert. Dieses Mal konnte Mila die Oberfläche ihres Wassers nicht beruhigen. Während der Übung war sie aufgewühlt, zerstreut, einige Male hörte sie das schmerzhafte Aufstöhnen ihres Übungspartners, so dass sie den Seiza-Sitz aufgeben musste, sich zur Seite setzte und ihr Wasser beruhigte. Auch am Ende des Trainings war sie immer noch aufgewühlt, und es gelang ihr nicht, sich das Bild des Mondes auf der ruhigen Wasseroberfläche vorzustellen. Was für eine Scheiße, dachte sie. Die anderen hatten schon längst den Übungssaal verlassen, als sie endlich aufstand und in die Umkleidekabine ging.

Der Lehrer wartete vor dem Dojo auf sie. Der vierzigjährige Meša Tohić unterrichtete Ki Aikido. Sensei Tohić pflegte vor dem Training darüber zu sprechen, dass die Welt ganzheitlich sei, dass die entferntesten Sterne und Galaxien genauso wie ihr Dojo, die Blumenbeete im Park, der Brunnen und alles, was existiert, dass all das eins sei und unteilbar, dass nur die in ihrem Inneren zerrissenen Menschen die Welt als zerrissen sähen und dass alles, was um sie herum geschieht, die Folge des Verhaltens von Menschen sei, die das Unermessliche messen, das Untrennbare trennen, sich das, was man sich nicht aneignen kann, aneignen, ob lebend oder nicht lebend, ob materiell oder geistig. Man sagt, dass Aikido die Einheit von Geist und Körper und der ganzen Welt lehrt, aber Mila wusste, dass es dennoch unzählige Fraktionen innerhalb des Aikidos gibt. Wie kommt das?, fragte sie sich. Heute dachte sie jedoch nicht im Entferntesten an diese Frage. Heute setzte sie sich nur auf die Bank neben Tohić. Es war dunkler geworden, die Abenddämmerung roch nach Benzin, der Himmel nahm eine violette Färbung an. Die Geräusche wurden deutlicher – der Gesang einer Amsel im Gebüsch, die Stimmen von Menschen auf den Terrassen der Cafés und Restaurants, das Schnurren der vorbeifahrenden Autos.

»Das Foto, das du mir gezeigt hast…«, sagte Tohić.

Mila wandte ihren Blick ab von den Kronen der Linden im Hof, in denen sich die Dunkelheit verdichtete, und schaute ihren Lehrer an. Das Foto, von dem er sprach, hatte sie zusammen mit den Fotos der Vergessenen und den Dokumenten, die sie dieser unangenehmen Frau von UNKRAUT gegeben hatte, auf dem Tisch im Arbeitszimmer ihres Vaters gefunden. Nach einem weiteren langweiligen, traditionellen Sonntagsessen hatten sie auf der Terrasse der Villa gegessen, und er hatte sie gebeten, ihm eine Zigarre zu holen. »Die Schachtel liegt auf meinem Arbeitstisch«, hatte er gesagt, »und die kleine Guillotine direkt daneben.« Ein Foto, das aus einem großen Umschlag hervorlugte, hatte Milas Aufmerksamkeit geweckt. Darauf war eine junge Frau zu sehen, schlank, in einem einfachen grauen Kostüm, mit langen schwarzen Haaren,

 ihre vollen Lippen verrieten Traurigkeit, ihre Augen hatte

sie hinter einer Sonnenbrille versteckt. Das Foto war im Garten der Villa aufgenommen worden, im Hintergrund konnte man deutlich die Fassade des Hauses und die Terrasse erkennen. Sie war zusammengezuckt, als sie dieses Foto gesehen hatte, sie war ganz sicher gewesen, dass in ihren Träumen dieses Haar sie gestreichelt und dieses Gesicht sie angelächelt hatte.

»Ich habe seinerzeit Aikido-Seminare für die Spezialeinheiten der Polizei abgehalten«, sagte Tohić weiter, »so dass ich noch einige Bekannte dort habe.«

»Ja?«, sagte Mila.

»Heute früh habe ich von einem erfahren, wer die Frau auf dem Foto ist. Ihr Name ist Asja Radaković. Sie war in einer Gruppe, die vor etwas mehr als zwanzig Jahren für ein Experiment ausgewählt wurde.«

»Ich nehme an«, sagte Mila, »dass es sich um das Projekt Paradies 3000 handelt.«

Tohić nickte.

»Mein Bekannter weiß nicht viel über dieses Projekt«, sagte er, »nicht einmal, ob es überhaupt realisiert worden ist, er hat nichts darüber herausgefunden. Er weiß nur, dass Asja Radaković mit Jakov Radaković verheiratet war und dass beide für dieses Projekt ausgewählt wurden. Aber er hat nichts über diesen Jakov finden können, nur dass sein Personalausweis vor fünfzehn Jahren abgelaufen ist und dass er nie einen neuen beantragt hat. Asja Radaković war eine Zeitlang bei der Adresse deines Vaters angemeldet, wo sie als Dienstmädchen arbeitete, und im Juli vor genau fünfzehn Jahren hat sie Selbstmord begangen.«

Mila starrte in den Innenhof, der immer tiefer im Abendschatten versank.

»Wie hat sie sich umgebracht?«, fragte sie leise.

»Warum interessiert dich das?«

»Sie ist meine Mutter.«

Tohić konnte sein Erstaunen nicht verbergen.

»Bist du nicht eine von denen, die nur ein Elternteil haben?!«

Mila verzog das Gesicht.

»Blödsinn«, sagte sie, »wie kann jemand nur ein Elternteil haben?«

Eine Zeitlang schwiegen beide, und dann brach es aus Mila hervor.

»Es geht darum, dass Menschen wie mein Vater nicht wie die anderen sein wollen«, sagte sie. »Sie können allerlei ertragen, bloß nicht, dass sie wie gewöhnliche Menschen sind, die womöglich in der Straßenbahn fahren und Schuhe mit abgetretenen Absätzen tragen. Lange Zeit reichte es ihnen, dass sie mehr als die anderen haben, mehr Geld, mehr Macht, mehr Privilegien, mehr Titel, aber irgendwann waren sie dessen überdrüssig, und dann haben sie sich diesen Blödsinn mit einem Elternteil ausgedacht. Diese Kaste der Einzelnen! Die Bonzen wurden ganz verrückt danach. Und jetzt ist es das Statussymbol Nummer eins. Alle anderen sind für sie auf der Stufe der Tiere, aber tatsächlich sind sie selbst arme Schlucker, unfähig zu lieben und zu teilen.«

»Das sind zwei verschiedene Bezeichnungen für ein und dasselbe.«

»Wie ist meine Mutter gestorben?«, versuchte es Mila erneut.

Tohić zuckte zurück.

»Ich glaube nicht, dass ich dir das sagen sollte«, sagte er.

»Hast du uns nicht gelehrt, dass wir Problemen weder ausweichen noch uns ihnen widersetzen sollen«, sagte Mila entschlossen.

Tohić blickte mit einer Mischung aus Verwunderung und Zustimmung auf dieses neunzehnjährige Mädchen und seufzte tief auf.

»Sie hat sich im Garten der Villa deines Vaters erhängt«, sagte er.

Lautlos begannen die Tränen, aus Milas Augen zu fließen und ihr Gesicht zu benetzen.

»Es gibt ein Lied von Leonard Cohen mit dem Titel ›My Mother Is Not Dead‹«, sagte Tohić, als es Mila gelungen war, ihr Wasser zu beruhigen. »Darin heißt es, dass ein Käfer einst jemandes Hund war, und jene Linde einst ein Nachmittag, vielleicht ist dieser Abend einst deine Mutter gewesen.«

Als sie später auf der Terrasse des Thai-Restaurants in der Nachbarschaft saßen, Jasmintee tranken und auf ihre Suppe warteten, sagte Mila, in nächster Zeit würde sie nicht zu den Trainingsstunden kommen, da sie in das Tal der Japoden gehe, sie glaube, dass das Projekt Paradies 3000 dort auch weiterhin laufe.

Tohić zog seine Augenbrauen hoch. »Aber dort…«

»Nein, dort ist keine Mülldeponie. Ich habe zwischen Vaters Unterlagen nicht nur das Foto meiner Mutter gefunden, sondern auch Fotos und Dokumente darüber.« Und dann erzählte sie ihm, was sie über das Projekt in Erfahrung gebracht hatte. Der Kellner stellte Schüsseln mit Wan-Tan-Suppe auf den Tisch. Sie aßen schweigend, jeder mit den eigenen Gedanken und der eigenen Suppe beschäftigt.

Als sie fertig waren, fragte Tohić: »Warum denkst du, dass die Frau auf dem Foto deine Mutter ist?«

»Ich denke das nicht, ich spüre es.«

»Was glaubst du, im Tal der Japoden zu finden?«

»Ich werde es dir sagen, wenn ich zurück bin«, sagte Mila.

»Mit wem gehst du dorthin?«

»Mit einigen Bekannten.«

»Möchtest du, dass ich mitgehe?«

Mila lächelte.

»Damit du auf mich aufpassen kannst? Ich bin lange genug bei dir in die Lehre gegangen, ich brauche also kein Kindermädchen mehr.«

»Ich vermute, dass du deinem Vater nicht sagen wirst, wohin du gehst?«

»Er ist der Letzte, dem ich etwas sagen würde«, sagte Mila, die ihre Wut kaum zurückhalten konnte. »Zwischen ihm und mir ist es aus. Genau genommen, bin ich wahrscheinlich mit seinem Samen gezeugt worden, aber er ist ganz bestimmt nicht mein Vater.«

Aber dafür ist er ein Scheusal, hätte sie noch anfügen können, hätte Sensei Tohić sie gefragt, was sie von ihrem Vater halte. Ein Scheusal, das mich mit Geld und sonstigem Blödsinn überschüttet hat, aber nie in all diesen Jahren, als ich es brauchte, etwas Mitgefühl oder Trost für mich übrighatte. Und anderen Menschen hat er nicht einmal etwas Kleingeld oder eine Brotkruste gegeben. Und wie hässlich er über die Armen und die Bettler hergezogen hat. Er ist allen Ernstes davon überzeugt, dass er persönlich benachteiligt wird, wenn irgendein anderer auch nur den kleinsten Gewinn bei einem Geschäft erzielt. Er glaubt, dass die Sonne ihn besser wärmen würde, wenn es auf der Welt nicht so viele Menschen gäbe, die von derselben Sonne gewärmt werden.

Mila kannte die Geschichte von Frau Hsu und Frau Li, die jeden Abend gemeinsam mit anderen Frauen aus ihrem Dorf bei Kerzenschein webten. Einmal beklagte sich Frau Li bei den anderen Frauen darüber, dass Frau Hsu nie eine Kerze mitbringen würde. »Ich bin einfach allzu arm, um eine Kerze kaufen zu können«, sagte darauf Frau Hsu. »Jeden Tag stehe ich früh auf und verrichte meine Hausarbeit, und am Abend komme ich hierher und warte darauf, dass auch ihr alle kommt, und ich setze mich immer nach ganz hinten. Eine Person mehr im Zimmer führt nicht dazu, dass das Licht der Kerze schwächer wird. Und genauso würde eine Person weniger nicht ihren Schein verstärken.«

Hätte Sensei Tohić Mila nach ihrem Vater gefragt, aber er tat es nicht, weil er ahnte, um was für einen Menschen es sich handelte, dann hätte sie ihm gesagt, sie glaube, dass ihr Vater auch nach einem üppigen Essen kein Sättigungsgefühl verspüren könnte, würde er nicht wissen, dass um ihn herum so viele Menschen hungern müssten.

♥

Einige Tage nachdem Kaj sich mit seinem Vater unterhalten hatte, spielte sich Folgendes ab: Kaj wollte gerade eine Axt aus der Scheune holen, weil sie vorhatten, Brennholz für den Winter zu sammeln, als er Stimmen aus der Scheune hörte; sein Vater und der Lehrer unterhielten sich. Kaj wusste nicht, dass es sich nicht gehört, Gespräche anderer Menschen zu belauschen, und zwar nicht, weil ihm das niemand beigebracht hatte, sondern weil es hier im Tal keine Geheimnisse gab, man unterhielt sich immer offen, jeder mit jedem über alles. Ein Gespräch wurde nie unterbrochen, wenn jemand dazukam. Und so wollte er die Scheune betreten, aber etwas sagte ihm, er solle es nicht tun. Es war jene innere Stimme, die sich bisweilen an jeden von uns wendet, aber nur die wenigsten hören auf sie. Er hielt inne und wollte sich schon umdrehen, um zurück zu seiner Hütte zu gehen, als er begriff, dass sich die beiden Männer über ihn unterhielten.

»Ich würde meine Hand nicht dafür ins Feuer legen«, sagte der Lehrer, »aber ich habe den Eindruck, dass er sich in letzter Zeit verändert hat und dass er etwas im Schilde führt.«

»Was könnte er denn im Schilde führen?«, hörte er seinen Vater sagen.

»Ich weiß es nicht«, sagte der Lehrer, »ich spüre, dass er etwas vor mir verbirgt.«

»Er ist in einem Alter«, sagte sein Vater, »in dem Menschen noch Geheimnisse haben. Er wird erwachsen, das wird sich legen.«

»Es geht nicht darum. Etwas sagt mir, dass er begonnen hat, an unserer Gemeinschaft zu zweifeln. Ich weiß nicht. Als ich Jasna fortführte, ist er mir gefolgt, vielleicht versucht er zu flüchten. Auf jeden Fall ist dir wohl klar, dass der Chef nicht begeistert wäre zu hören, dass jemand zu flüchten versucht.«

»Du übertreibst«, sagte sein Vater.

»Mir wäre es lieber, wenn du recht hättest, aber ich rate dir, auf ihn aufzupassen«, sagte der Lehrer mit bedrohlicher Betonung. »Du hast deine Frau aufgrund einer Dummheit verloren«, fügte er gehässig hinzu. »Es wäre doch schade, wenn du auch noch deinen Sohn verlierst.«

Aus der Scheune konnte man ein Gerangel vernehmen, man hörte ein Wälzen und Hecheln, jemand begann zu röcheln, als würde er ersticken, und eine Woge aus Angst ergriff Kaj, dieselbe Angst, die ihn in der Dunkelheit des Bergwerks überkommen hatte, als er ein Kind gewesen war, eine Angst, deren Ursache für die Augen unsichtbar ist, aber trotzdem ist die Angst sehr wohl real. Er drehte sich um und rannte fort. Er blieb am Ufer des Flusses stehen und warf sich atemlos ins hohe Gras. Er legte sich auf den Rücken und starrte in das ferne Blau, und als es ihm gelang, seinen Atem unter Kontrolle zu bekommen, fragte er sich, warum er so viel Angst bekommen hatte. Hat es mich erschreckt, was der Lehrer über meine Mutter und mich gesagt hat? Nein, das waren doch nur Worte, nur ein Lüftchen, das zwischen Zähnen und Lippen hindurchweht, so hat man es uns beigebracht. Und davor musste niemand Angst haben. Aber es hatte etwas in der Stimme des Lehrers gelegen, etwas, was ich nie zuvor gehört habe, und vermutlich hat mich das erschreckt. Und dann stürzten viele Fragen auf ihn ein. Warum hat der Lehrer so mit meinem Vater gesprochen? Kann es sein, dass auch wir uns gegenseitig hassen, so wie die Vergifteten? Wer ist der Chef? Warum würde irgendjemand von hier flüchten wollen? Ist es hier nicht viel besser als bei den Vergifteten? So viele Fragen, auf die er keine Antworten wusste, und es gab niemanden, den er bitten konnte, ihm dabei zu helfen, Antworten zu finden. Sein Vater würde ihm wahrscheinlich sagen, er solle ein Rotkehlchen fragen oder einen Weißdornbusch, so wie er ihn immer abwimmelte, wenn er keine Antwort wusste oder nicht antworten wollte, und wenn Kaj daraufhin sagte, dass er es nicht verstehe, dann lachte sein Vater und meinte, auch er verstehe es nicht. Oder er würde mir sagen, so überlegte sich Kaj, dass er darüber nicht viel wisse, doch er wisse, dass wir kaum länger als ein Schmetterling lebten und dass wir deshalb nicht wissen könnten, was die Ewigkeit sei, wer der Chef sei und ähnliche komplizierte Dinge mehr.

Der Gedanke an die scherzhaften Worte seines Vaters entlockte Kaj ein Lächeln, ein kleiner Windhauch umhüllte ihn mit dem Duft des Labkrauts, das leise Gluckern des Wassers drang in sein Bewusstsein, er hörte einen Stieglitz und den entfernten Gesang von Menschen, die Kümmel, Ehrenpreis, Beinkraut und andere Pflanzen für das Mittagessen sammelten. Sie sangen:

»Ich hätte vielleicht ein Fährmann sein können
Und wenn die Flüsse wieder anschwellen im April
Würde ich den Fluss entlang zur Mündung fahren«

Er stand auf und ging zurück, fest entschlossen zu erfahren, wer der Lehrer wirklich war und – das war ihm noch wichtiger – welche Dummheit seines Vaters dazu geführt hatte, dass er ohne Mutter aufgewachsen war.

In den nächsten Tagen sah Kaj seinen Vater nicht mehr. Es war nicht ungewöhnlich, dass Jakov tagelang fortblieb, auf der Suche nach einem neuen Baum mit einem neuen Bienenschwarm zum Beispiel, doch in solchen Fällen hatte er Kaj immer mitgeteilt, dass er fortbleiben würde; dieses Mal war er ohne ein Wort verschwunden. Nach all dem, was er in der Scheune gehört hatte, war Kaj ernsthaft besorgt, aber er wollte das Dorf nicht mit seinen Fragen nach dem Vater beunruhigen. Doch die anderen fragten nach ihm. Auch der Lehrer.

»Er sucht nach einem neuen Schwarm«, antwortete Kaj.

»Wieso bist du nicht mitgegangen?«, fragte der Lehrer.

Kaj schlug die Axt in einen Baumstumpf, wischte sich den Schweiß von seinem Gesicht und hielt seinen Blick auf den Lehrer gerichtet.

»Jemand muss das hier erledigen«, lächelte er und zeigte auf den Haufen Holzscheite.

Der Lehrer nickte.

»Ja«, sagte er, »der alte Jakov hatte immer mehr Neigung zu Büchern und zum Erzählen. Aber ich möchte mich gern mit dir über etwas unterhalten.«

»Über das Leben?«, fragte Kaj und ging zur Hütte. »Wir können uns reinsetzen, ich möchte gern etwas essen.«

Kaj verstellte sich, er fühlte sich, als wäre ihm eine fremde Haut übergestülpt worden, eine kalte, steife Haut, die ihn zwickte und kratzte, und das Einzige, was er sich wünschte, war, sie wieder abzustreifen, um dann dem Lehrer zu sagen, dass er jenes Gespräch in der Scheune mitangehört habe, und ihn zu fragen, was es zu bedeuten habe. Doch die innere Stimme wandte sich schon wieder an ihn und sagte, er möge noch ein wenig in dieser fremden Haut ausharren, so tun, als würde sie ihm gehören, denn würde er dem Lehrer verraten, dass er ihn und seinen Vater bei ihrem Streit gehört habe, könne ihm etwas Schlimmes widerfahren. Und deshalb nahm Kaj eine Schüssel mit Amarantbrei, den er schon am Morgen gekocht hatte, und eine Schale mit getrockneten Heidelbeeren aus der handgezimmerten Kommode, die sein Vater und er zusammen angefertigt hatten, und fragte den Lehrer, ob er mitessen wolle, aber der lehnte ab, und dann setzten sich beide an den Tisch aus Kirschholz, den sein Vater schon vor Kajs Geburt gebaut hatte; bis heute rühmte er sich damit, als hätte er ein Schloss aus Holz gebaut. Es stimmte überhaupt nicht, dass er nur eine Begabung für Bücher hatte, so wie der Lehrer behauptete, ging es Kaj durch den Kopf. Die Stühle, auf welchen sie saßen, waren keine Handarbeit. Alle im Dorf hatten die gleichen Stühle, die, so sagte man, aus der Schule in der Bergbausiedlung stammten. Und viele im Dorf hatten auch Tische aus der Schule. Einer dieser Tische stand bei ihnen in der Scheune, an dem saß sein Vater häufig und las. Sie saßen in der Stille, Kaj aß, und der Lehrer beobachtete ihn.

»Über das Leben haben wir in den letzten Monaten genug gesprochen«, sagte der Lehrer, als Kaj den letzten

Löffel Brei in den Mund geschoben hatte. »Und deshalb wollen wir heute über deine Zukunft reden.«

»Über die Zukunft?«, murmelte Kaj kauend. »Hast du nicht gesagt, dass es keine Zukunft gibt, dass es nur diesen Augenblick gibt, in dem wir beide hier sitzen und uns unterhalten?«

»Das heißt nicht, dass wir uns nicht darüber unterhalten können«, sagte der Lehrer säuerlich. »Außerdem sollst du nicht alles wortwörtlich nehmen. Ich wollte dir sagen, dass für dich die Zeit gekommen ist, einen Teil meiner Aufgaben zu übernehmen.«

Kaj schluckte seinen letzten Bissen hinunter und verzog das Gesicht.

»Wie soll ich das tun, wenn ich nichts weiß«, sagte er.

»Du weißt viel, aber du weißt noch nicht, dass du etwas weißt.«

»Das läuft auf dasselbe hinaus«, sagte Kaj. »Ich glaube, dass du dich geirrt hast, als du mich auswähltest.«

Der Lehrer schüttelte den Kopf.

»Nicht ich habe dich ausgewählt, du ragtest zwischen den anderen Kindern heraus. Ich habe das lediglich akzeptiert.«

»Alles, was du sagst, hört sich glatt an«, sagte Kaj, »ich kann mich an deinen Worten nicht festhalten.«

»Was ist dir nicht klar, was verstehst du nicht?«

»Ich verstehe alles nicht«, lachte Kaj bitter, und aus dem Tonkrug, den sein Nachbar Sven, ein Töpfer, gedreht hatte, goss er Wasser in die Tonschüssel, aus der er gegessen hatte, ebenfalls ein Produkt seines Nachbarn. »Zum Beispiel die Frage, seit wann wir hier und von wo wir gekommen sind.«

Der Körper des Lehrers spannte sich an. Kaj konnte

es spüren, während er die Schüssel mit den Heidelbeeren zurück in die Kommode stellte. Und er begriff, dass er gegenüber dem Lehrer im Vorteil war, denn er wusste von der Auseinandersetzung in der Scheune, während der Lehrer von seinem Wissen nichts ahnte. Und jetzt war er, so dachte Kaj, hierhergekommen, um zu erfahren, was ich im Schilde führte. So wie er es seinem Vater gesagt hatte. Kaj konnte sich entspannen, er kehrte in seine eigene Haut zurück; jetzt hatte er den Lehrer beim Nachspionieren erwischt.

»Es gibt keinen Ort, von dem wir gekommen sind«, sagte der Lehrer, »es gibt nur das Hier, den Ort, an dem wir jetzt sind, alles andere ist nicht wichtig.«

»Das ist keine Antwort auf meine Frage«, sagte Kaj.

»Ich sage dir, dass es nicht wichtig ist«, sagte der Lehrer nervös. »Wichtig ist das, was den Menschen als wichtig benannt wird. Geschehen ist das, was ihnen gesagt wird. Wir sind von dort hierhergekommen, von einem Ort, den wir ihnen nennen, und dann sagt man ihnen auch, wann wir gekommen sind.«

Kaj wurde schwindelig, als er die Worte des Lehrers hörte. Hatte der Lehrer nicht immer gesagt, dass die Worte eine Mauer zwischen den Menschen und der Realität darstellen, dass sie im Dienste der Lüge stehen, dort bei den Vergifteten, wo man eher den Worten als den eigenen Augen vertraut. Und nun bediente er sich selbst dieser Art, die Worte zu verwenden.

Er fragte den Lehrer, als sie die Hütte verließen, ob auch sie sich der Lüge bedienten, so wie die Vergifteten. Doch er biss sich sofort auf die Zunge, denn er selbst hatte gelogen, genauer gesagt, er hatte dem Lehrer verschwiegen, dass er das Gespräch in der Scheune belauscht hatte, und das war ebenfalls eine Lüge. Er sah dabei zum Himmel, an dem hoch oben weit auseinandergezogene weiße Wolken als Vorboten eines Sturms aufgetaucht waren.

»Jedes Wesen hat seine dunkle Seite, so auch wir«, sagte der Lehrer. Der Vormittagswind kroch in den Fichtenwald und ließ ihn aufwallen, und der Lehrer fuhr fort: »Doch wie ich dir gesagt habe, werden wir vom Leben und nicht von der Lüge angetrieben. Du hast dich bestimmt schon einmal gefragt, ob die Vergifteten von uns wissen.«

»Stimmt«, gab Kaj zu.

»Und was, glaubst du, wissen sie von uns?«

»Wenn wir von ihnen wissen, dann wissen sie vermutlich auch von uns.«

»Gut, aber warum kommen sie dann nicht hierher?«

»Das weiß ich nicht, aber wahrscheinlich haben sie vor irgendetwas Angst.«

»Und wovor?«

Kaj zuckte mit den Schultern.

»Darüber habe ich noch nicht nachgedacht«, sagte er.

»Ja, sie haben tatsächlich Angst«, sagte der Lehrer. »Sie fürchten sich davor, dass sie sich hier eine tödliche Krankheit einfangen könnten, da ihnen gesagt wurde, dass sich bei uns lebensgefährliche giftige Substanzen befinden. Das ist natürlich eine Lüge, aber sie sind vollständig in die Lüge eingetaucht, alles, was sie tun, alles, worin sie Zufriedenheit finden, alles, was sie sich wünschen, all das besteht aus einem Haufen Lügen, ohne die ihr Leben keinen Sinn hätte. Sie würden ohne Lügen sterben. Und das Verrückteste ist, dass sie in einer vergifteten Welt leben, ohne sich dessen bewusst zu sein, da ihnen gesagt wurde, dass dort alles in Ordnung sei. Aus demselben Grund, aus dem sie nicht hierherkommen, gehen wir nicht zu ihnen. Allerdings stimmt es, dass ihre Welt vergiftet ist. Genauso wie es stimmt, dass unser Tal nicht vergiftet ist. Wir haben darüber gesprochen, dass wir die Winde nicht daran hindern können, vergiftete Wolken zu uns zu tragen, die hier ihren Regen ausschütten, genauso wie wir die unterirdisch fließenden Gewässer nicht daran hindern können, dass sie unsere Bäche und unseren Fluss speisen, aber wir können dennoch das Wasser trinken, niemand ist bislang krank davon geworden.«

»Ich verstehe«, sagte Kaj. »Aber warum sollte sich jemand ausdenken, dass unser Tal vergiftet ist?«

»Ein Mensch, ein reicher und guter Mensch, was eine Seltenheit darstellt, will alle Krankheiten ausrotten. Er will die Menschen besser, gesünder und glücklicher machen, und deshalb hat er sich all das ausgedacht, und wir sind in Absprache mit ihm hierhergekommen.«

Der Chef, schoss es Kaj durch den Kopf.

»Bedeutet das«, fragte er, »dass wir noch gar nicht so lange hier sind, wie immer behauptet wird?«

Der Lehrer nickte.

»Wir sind einige Jahre vor deiner Geburt gekommen, und du bist das erste Kind, das hier geboren wurde.«

»Jahre«, fragte Kaj, »bedeutet das Frühling, Sommer, Herbst und Winter?«

»Ja, das ist ein Jahr«, sagte der Lehrer.

»Ich verstehe nicht, warum wir hierhergekommen sind«, sagte Kaj, »und warum so viele Geheimnisse darum gemacht werden.«

»Wahrscheinlich wird es dir am Anfang schwerfallen, es zu begreifen«, sagte der Lehrer, »wir haben uns darüber noch nie unterhalten, aber einige Menschen dort, die viel über den menschlichen Körper wissen, glauben, dass dieser mangelhaft ist, dass er schlecht zusammengesetzt ist, um es einmal so auszudrücken. Dass er schwach und nicht widerstandsfähig ist. Dass er kräftiger sein könnte. Dass wir so schnell wie ein Hase laufen könnten und dass es einen Weg gibt, genau das zu erreichen, das heißt, den Körper umzuordnen und zu reparieren.«

Kaj verstand nicht, warum er so schnell wie ein Hase laufen können sollte. Ein Hase ist ein Hase, dachte er, und ich bin ich, und warum soll ich überhaupt rennen, außer beim Spielen und wenn ich vor dem Regen flüchten muss, obwohl es auch dumm ist, vor dem Regen zu flüchten. Man verfault ja nicht, nur weil es regnet. Und eine seiner angenehmsten Erinnerungen war ein Tag, an dem ihn ein Regenschauer zusammen mit einem kalten Wind im Wald überrascht hatte. Es war Spätherbst gewesen, es wurde dunkel, und deshalb wollte er sich nicht unter den Fichten verstecken, wo es auch während der größten Regenfälle trocken bleibt. Er wollte nicht warten, bis der Regen aufhört, und so begleitete ihn der Windregen bis zu seiner Hütte, er war durchgefroren, und in der Hütte loderte das Feuer im Kamin, sein Vater hatte einige Holzscheite aufgelegt und schlief auf der Bank unter dem Fenster. Und Kaj hatte die durchnässte Kleidung ausgezogen, sich eine trockene Hose übergestreift und lange vor dem Feuer gesessen, dessen Widerschein an den Wänden tänzelte, und er hatte damals verstanden, dass die Wärme des Feuers deshalb angenehm ist, weil der eisige Windregen unangenehm ist. Doch jetzt verstand er nicht, warum sein Körper schlecht sein und warum er so schnell wie ein Hase laufen sollte, aber dennoch stellte er dem Lehrer diese Fragen nicht. Er fragte ihn nicht, weil er seit jenem Gespräch in der Scheune, das er belauscht hatte, zwischen sich und dem Lehrer eine Wand spürte, er hatte das Gefühl, dass der Lehrer sprach, um etwas zu verbergen und zu verdunkeln.

Der Lehrer begann wieder zu sprechen. Er sagte, sie seien hierhergekommen, um so zu leben, wie man einst gelebt hatte, als es auf der Welt noch viel weniger Menschen gab und viel mehr andere Lebewesen, als die Welt noch nicht vergiftet war. »Wir sind die Hüter der gesunden Körper, und ich glaube, dass wir die Saat der neuen Menschen sein werden, von gesunden und starken Menschen, die widerstandsfähig gegenüber allen Krankheiten sind.«

Bei diesen Worten des Lehrers durchströmte Kaj eine Kälte wie bei dem Windregen damals. Er wünschte sich, dass ihr Gespräch bald zu Ende wäre. Er fragte aber noch, ob die anderen wüssten, was er gerade erzählt habe.

»Alle Erwachsenen wissen das natürlich«, sagte der Lehrer, »aber keiner von euch Jüngeren wusste es bisher, du bist der Erste.«

»Und was wirst du ihnen sagen«, fragte Kaj, »wenn sie dich fragen, warum wir hier sind und warum niemand von den Vergifteten hierherkommt? Und irgendwann fragt dich das bestimmt einmal einer.«

»Die Mehrheit wird es nicht fragen«, sagte der Lehrer. »Es ist ihnen egal, oder sie glauben, dass es so sein muss, wie es ist.«

Genauso wie die Vergifteten glauben, ihre Welt sei gut, und alles müsse so sein, dachte Kaj.

»Und selbst wenn jemand fragt«, sagte der Lehrer, »werde ich antworten, dass es sich so verhält, wie Jakov es in seiner Geschichte über den Anfang erzählt. Die Menschen sind so, sie müssen an etwas glauben, und sie wollen an etwas glauben, und sie werden alles glauben, was man ihnen sagt. Und wenn all das nicht genügen sollte, dann werde ich Jakov bitten«, er lächelte steif, »sich eine Geschichte auszudenken. Er liest viel und hat eine blühende Phantasie. Als wäre es so wichtig, wann wir gekommen sind, vor fünfhundert Jahren oder gestern, es ist egal, wichtig ist nur, dass wir hier sind.«

»Und was, wenn ich dir sage, dass ich nicht der Lehrer werden will?«, fragte Kaj und zog die Axt aus dem Baumstumpf. Er blickte dem Lehrer in die Augen.

»Nichts.« Der Lehrer erwiderte seinen Blick. »Dann finde ich einen anderen. Und dich und deinen Vater gebe ich den Vergifteten zurück.«

Seine Augen waren kalt. Kaj hatte sie noch nie so gesehen. Er legte einen Holzscheit auf den Baumstumpf und holte mit der Axt aus.

Wir fuhren durch die Nacht, durch Regen und Wind. Über Europa zog ein Zyklon, begleitet von heftigen Stürmen und Donnerschlägen. Aus schwarzvioletten Wolken ergoss sich Regen. Aus irgendeinem Grund empfanden die Menschen das als ungewöhnlich. In einer Welt, in der eine Sonnenfinsternis, eine Flutwelle und ein Wirbelsturm am Meer als übernatürliche Erscheinungen gelten, so dass tagelang über sie gesprochen und geschrieben wird, erhielt auch dieses Unwetter viel Aufmerksamkeit. Die Medien berichteten ausführlich über den Sturm, es gab unzählige Fotos des dunklen, von dicken Blitzadern durchzogenen Himmels, von leeren Straßen, durch die Sturzbäche strömten, überfluteten Kellern und Souterrainwohnungen, die Überschriften in den Zeitungen und Webportalen schrien APOKALYPSE, ENTSETZLICH, TÖDLICH, und der Sturm bekam sogar einen Namen: Lydia. Eine solche Behandlung in den Medien gibt es nicht bei Massensterben aufgrund von Hungersnöten, Ebola- und Tuberkuloseepidemien, Massakern an Zivilisten, bei Horden von Spezialpolizei, die gewaltsam Bürgerproteste ersticken, oder bei Elendsvierteln, die sich um die Städte herum wie eitrige Wunden öffnen und ausbreiten. All das ist völlig normal in einer Welt, in der es abnormal ist, dass Wind weht und Regen fällt.

Der Morgen dämmerte weiß, während wir auf dem Gleis eines Bahnhofs saßen, der in dichtem Nebel lag. Die Journalisten werden sich über diese Erscheinung wundern, über sie schwatzen und schreiben, sie werden ihr vielleicht sogar einen Namen geben, obwohl es sich bekanntlich nur darum handelt, dass die Erde dem Himmel das Wasser zurückgibt, das er einen Tag zuvor über sie vergossen hat. Und er wird es auch wieder zurückgeben, und zwar in Form von Tau, von Schauern oder von Sturzregen, dieses Rad dreht sich, seitdem es die Welt gibt. Die Natur strebt zum Gleichgewicht. Sie nimmt dort, wo zu viel ist, und fügt hinzu, wo zu wenig ist. Niemand schreibt Verluste oder Gewinne, alle Rechnungen in der Natur werden beglichen. Aus diesem Grund hat der Mensch das Weite gesucht. Er hat der Natur abgeschworen, da ihm diese Unschuld unerträglich war und er es nicht aushalten konnte, ein Gleicher unter Gleichen zu sein. Mila und Josip blickten sich unbehaglich um und fragten sich, wo sie sich befanden, versuchten, durch den Nebel hindurch etwas zu erkennen, doch sie konnten nur die Schienen sehen, wie sie aus dem Nebel auf- und in ihn eintauchten. Und eine Wiese, die vom Nebel verschluckt wurde. Die Stille war vollkommen, es schien, als wäre die ganze Welt vom Nebel umhüllt.

Heute werden wir in die Kommune kommen. Der Zug, mit dem wir angereist sind, ist im Nebel verschwunden. Hier werden wir in den Schienenbus umsteigen.

»Kann man hier irgendwo einen Kaffee bekommen?«, fragte Josip an niemanden gerichtet, so dass er auch keine Antwort bekam.

Ich zeigte ihm die eingeschlagenen Fenster des Bahnhofsgebäudes, das schon lange verlassen war. Mila setzte sich auf eine altersschwache Holzbank neben dem Eingang, legte sich ihren Rucksack auf den Schoß und umarmte ihn. Kurz danach gesellten wir uns zu ihr auf die Bank. Wir unterhielten uns nicht viel, da uns nach der Nachtfahrt die Müdigkeit noch in den Knochen steckte. Ich beobachtete Mila, sie spürte meinen Blick, drehte den Kopf zu mir und lächelte. Ich konnte nicht einen Grund finden, warum jemand wie sie sich zu einer solchen Reise entschloss. Ich hatte sie heute Nacht danach gefragt, während wir die Regentropfen beobachteten, wie sie an den Fenstern des dahinrasenden Zuges entlangglitten, doch sie schenkte mir nur eines ihrer Lächeln, und dabei sah sie überhaupt nicht aus wie eine verwöhnte Göre, die aus irgendeinem Grund gegen ihren Vater aufbegehrt. Als mir Josip an jenem Abend, als wir über die Brücke der Freiheit gingen, gesagt hatte, wessen Tochter sie ist, konnte ich es nicht glauben.

»Völlig unmöglich, dass sie die Tochter von Salar ist«, erwiderte ich ihm.

»Warum meinst du das?«, fragte Josip.

»Weil Kinder aus solchen Familien einfach nicht so sind.«

»Wie, so?«

»Na ja, eben so normal. Solche Kinder würden zum Beispiel nie in irgendeine Armenküche kommen, dort Kaffee trinken und sich mit Menschen wie uns unterhalten.«

»Wie viele Kinder aus solchen Familien kennst du denn?«

»Und wie viele Kinder aus solchen Familien kennst du, die uns auf einer solchen Reise begleiten würden?«

»Viele von ihnen stehen auf Alpinismus, Paragliding und andere adrenalintreibende Hobbys«, sagte Josip.

»Das hier hat nichts mit Adrenalin zu tun«, sagte ich, »hier geht es um Überzeugungen.«

»Was für Überzeugungen?«

»Solche, die uns sagen, was gut und was schlecht ist. Kinder von Menschen wie Salar werden nicht von solchen Zweifeln geplagt«, sagte ich ihm an jenem Abend, als wir durch den Wind, der den Fluss entlangwehte, über die Brücke der Freiheit zum Hochhaus in der Viktor-Kovačić-Straße in Sopot gingen, in dem Dora wohnt. Und dann holte mich die Stimme von Josip zurück in den Morgennebel:

»Wann kommt dieser Schienenbus?«

»Er hätte schon hier sein sollen«, sagte ich.

»Vielleicht kann er bei diesem Nebel den Bahnhof nicht finden«, sagte Mila, erhob sich von der Bank und reckte sich mit katzenartigen Bewegungen.

Josip begann zu lachen, aber als er unsere zweifelnden Blicke sah, hörte er beschämt auf.

»Ich kenne das«, sagte er und zeigte mit der Hand um sich, »ich meine, den Nebel.«

Jetzt prusteten Mila und ich los.

»Noch gestern«, fuhr er fort, ohne sich um uns zu kümmern, »fühlte ich mich, als wäre ich…«, er hielt inne auf der Suche nach dem richtigen Wort, »als wäre ich der Nebel. Nicht als wäre ich im Nebel gewesen, sondern als ob der Nebel in mir gewesen wäre. Ich konnte nicht denken, nichts sehen, nicht arbeiten, ich bin einfach nur… gewesen. Ich kann mich nicht daran erinnern, was ich in diesen Tagen gegessen habe, wen ich getroffen habe, ob ich überhaupt jemanden getroffen habe, ich weiß überhaupt nicht, was ich in den Tagen getan habe, außer dass ich der Nebel gewesen bin. Wie Milas Schienenbus, der im Nebel den Bahnhof nicht findet, konnte ich im Nebel mich selbst nicht finden. Ich erinnere mich nur und zwar sehr lebhaft an einen Traum. Ich glaube, dass mich gerade dieser Traum vom Nebel befreit hat.«

Mir kam es so vor, als zuckte Mila bei der Erwähnung des Traumes zusammen.

»Was für ein Traum?«, fragte sie.

»Ein merkwürdiger Traum«, sagte er. »Zuerst träumte ich von Stimmen.«

»Von Stimmen?«, fragte Mila.

»Ja, von Stimmen, sie erzählten allerlei Verrücktheiten, etwas von Puten, die gackern und aus diesem Grund weniger Eier legen. Und über Arbeiter, die quatschen und deshalb weniger arbeiten. Und dann noch über irgendwelche Arbeiter, die nicht mehr das Bedürfnis haben, auf die Toilette zu gehen, aber zu viel erzählen, und deswegen hatte man es aufgegeben, Menschen in Fabriken zu beschäftigen, und alle Arbeiten wurden von Robotern und Maschinen erledigt. Und was sie nicht tun konnten, erledigten irgendwelche Menschoiden. Neben Nahrung, Kleidung und Medikamenten werden auch Hunger, Durst, Wünsche und Krankheiten produziert ...«

Er erzählte uns seinen Traum in allen Details.

»Was ist denn daran merkwürdig?«, fragte ich, als er zu Ende erzählt hatte. »All das, was du erzählst, gibt es doch, wir leben in einer derartigen Welt.«

»Genau genommen stimmt das«, gab Josip zu. »Doch dann begann ein Kopf in meinen Träumen aufzutauchen.«

»Ein Kopf?«

 »Ein Kopf. Er hatte Schweinsohren, den Mund und

die Augen eines Fisches und die Haut einer Schlange. Meist starrte er mich wortlos an, aber wenn er plötzlich sprach, sagte er, dass die Menschen nicht denken können, dass sie alles, was sie berühren, zerstören, dass sie keine Ahnung haben, was das Leben ist, dass sie nur herumzappeln …«

»Auch das stimmt«, sagte ich zu ihm.

»Es geht nicht darum, ob es stimmt oder nicht«, sagte Josip leicht genervt, weil ich seinen Traum nicht ernst nahm. »Es geht darum, dass dieser Kopf mir dabei geholfen hat, mich in dem Nebel, der ich war, selbst zu finden und mit dem Leben zu beginnen.«

◆

Nebel, Nebel, Nebel, dachtest du, der Nebel ist nicht mehr in mir, ich bin nicht mehr der Nebel. Der Nebel ist jetzt dort, wo er sein soll. Außerhalb von mir. Und daraus wird bestimmt kein Kopf mehr auftauchen. Wenn er sich gelichtet hat, wird eine Landschaft, der Himmel und die Ferne zum Vorschein kommen. Warum habe ich überhaupt darüber gesprochen, und zu wem, zu einem Mann, den ich seit Jahren nicht gesehen habe, und zu einem Mädchen, das ich gerade erst kennengelernt habe. Okay, Mirko ist ein guter Mensch, wäre er es nicht, dann hätte er mir nicht Essen und eine Unterkunft angeboten. Viele andere, die ich für Freunde hielt, haben sich mir gegenüber nicht so benommen. Und auch Mila scheint in Ordnung zu sein, diese kurze Zeit, die ich mit den beiden verbracht habe, so dachtest du, reichte aus, um die

Verbitterung wegen des Verlusts des Arbeitsplatzes, des Dachs über dem Kopf, des Bodens unter den Füßen, von eigentlich allem, was ich hatte und was ich war, zu vergessen. Und dann hörtest du Mirko sagen: Schaut mal dort! Du dachtest, dass er den Schienenbus meint, du horchtest auf, aber da du kein Geräusch hörtest, blicktest du zu Mirko, und er zeigte mit dem Finger nach oben, und du schautest in diese Richtung und erblicktest das Blau, das sich durch den aufgerissenen weißen Schleier zeigte. In diesem Augenblick spürtest du ein angenehmes Stechen im Plexus, das Auflodern eines Feuers, das du seit langem nicht gespürt hattest. Du standst auf, überquertest das Gleis und gingst auf die feuchte Wiese, die, nun konntest du es erkennen, gesprenkelt war mit gelben, roten, violetten und dunkelblauen Inseln aus Wiesenblumen. Mein Gott, so dachtest du, kann es sein, dass es so etwas noch immer gibt? Und dann kam dir in den Sinn, dass du all diese Jahre blind durchs Leben gelaufen warst, mit verdrehten Pupillen, die nur nach innen schauten, in dich selbst, überzogen von einer undurchlässigen Membran, die du dir zugelegt hattest und die verhindert hatte, dass du in Berührung mit der Welt um dich herum kommen konntest, dass du empfingst und gabst und tauschtest. Ich war wie eine beschissene Thermosflasche, dachtest du, und nun waren die Wiesenblumen in dich eingedrungen, gemeinsam mit dem Duft der Wiese und dem Blau des Himmels. Und du spürtest den Wind auf deinem Gesicht, im Mund, in den Ohren und in den Nasenlöchern, es schien, als würde das innere Feuer stärker zu lodern beginnen, als würde die Wärme bis zu den Zehenspitzen dringen, bis in die Spitze jedes deiner Härchen, und das Lachen saß schon in deinem

Hals, aber dann erlosch dieses Aufflackern, deine Bauchmuskeln verhärteten sich zu einem Krampf, dein Inneres wurde steif, kalt, wie in all den Jahren zuvor. Doch etwas blieb – die Erkenntnis, warum du Mirkos Einladung angenommen und diese Reise angetreten hattest. Nicht weil du dich in einer aussichtslosen Situation befunden und einen Ausweg daraus gesucht hättest, sondern weil du dich auf die Suche begeben wolltest nach dem, was du gerade für einen Moment gespürt hattest.

Der Nebel lichtete sich schnell, und bald wart ihr nicht mehr Bewohner eines verlassenen Bahnhofs, der in Nebel getaucht war, sondern einer weitläufigen Anhöhe, die auf einer Seite von einem mit Gras bewachsenen Hügel begrenzt war, an dessen Fuß man hier und da die roten Dächer einzelner Häuser sehen konnte, und auf der anderen Seite von einem hohen Bergmassiv mit bewaldeten Hängen und einem kahlen Grat, auf halber Höhe umgeben von Nebelschwaden. Die Straße folgte den Schienen, und beide folgten der Idee irgendeines Ingenieurs und verloren sich hinter dem Hügel. Du sahst, wie Mila die Straße entlanglief und dabei hüpfte, als würde sie Himmel und Hölle spielen. Du gingst hinter ihr her, aber sie drehte sich um und sagte, dass sie lieber allein pinkeln würde. Du bliebst verschämt stehen, und sie lachte glockenhaft auf und verschwand hinter einem Haselbusch.

»Donnerwetter, die sagt wirklich immer, was sie denkt«, hörtest du Mirko sagen.

»Übrigens, dieser Traum, über den Sie gerade gesprochen haben …«, sagte Mila, als sie zurückkam.

»Ja?«

»Das ist eigentlich kein Traum.«

»Wieso?«

»Ein Bekannter von mir, ein Biotechnologe, hat mir neulich etwas darüber erzählt, genau darüber, was Sie geträumt haben. Allerdings hat er nicht wie von einem Traum erzählt, sondern als handele es sich um die Routine des Labors, in dem er arbeitet.«

»Ich nehme an, dass es sich um das Labor deines Vaters handelt«, sagtest du.

»Das spielt keine Rolle, wichtig ist, dass er von den gleichen Dingen berichtet hat wie Sie, aber mit einer anderen Sprache. Ein guter Freund von mir«, so fuhr sie fort, während aus der Höhe ein Jubelschrei ertönte, und ihr erblicktet zwei Adler, die durch das Blau glitten und sich einander etwas zuriefen, »hat mir erzählt, dass die alten Chinesen Traum und Wachzustand nicht unterschieden haben, beides war für sie gleich real. An unserer Stelle würden sie sich jetzt darüber unterhalten, ob Sie geträumt haben, in diesem hellen Saal gewesen zu sein, oder ob Sie wirklich dort waren oder ob Sie jetzt träumen, dass wir uns über Ihren Traum unterhalten, und vielleicht ist all das, diese ganze Situation, nur ein Traum von mir.«

In diesem Moment hörte man das Surren der Elektroleitungen, und ein Schienenbus tauchte aus der Kurve auf.

Ihr wart die einzigen Passagiere. Der Fahrer kam aus seiner Kabine heraus, ein großer, dürrer Fünfzigjähriger, er nickte euch zu und begann, sich eine Zigarette zu drehen. Die Jubelschreie waren nicht mehr zu hören. Die Adler waren im Blau verschwunden.

»Wir fahren los, wenn ich aufgeraucht habe«, sagte der Fahrer. »Im Bus ist das Rauchen verboten«, fügte er hinzu, als wolle er sich entschuldigen.

»Wer würde Sie sehen, wenn Sie da drin rauchen?«, fragtest du.

»Die Kameras«, erwiderte er.

»Gibt es auch hier welche?«

Er nickte und lachte.

»Sie sind der teuerste Teil der Ausstattung, würde ich sagen, sie werden ständig gewartet und kontrolliert, während sie die Bremsen kaum einmal im Jahr überprüfen.«

»Ist es dann überhaupt sicher, mit Ihnen zu fahren?«, fragtest du scherzhaft.

»Heute ja«, antwortete er. »In diesem Monat haben die Bremsen schon einmal versagt, zum Glück an einem flachen Streckenabschnitt.«

»Und was, wenn sie heute versagen?«, fragtest du schon ein wenig besorgter.

»Nichts.« Er zuckte mit den Schultern, warf den Zigarettenstummel auf die Erde und trat ihn mit der Fußspitze aus. »Wir fahren los. Ihr habt doch Fahrkarten, oder?«

Die wahre Überraschung erwartete dich an der letzten Haltestelle, wo ihr euch von dem Fahrer verabschiedetet, der sich schon wieder eine Zigarette drehte und dabei verträumt zu dem in der Ferne liegenden Bergmassiv schaute, das mit der dunstigen Luft verschmolz.

»Dorthin wollen Sie also«, sagte er. »Mein Bruder hat dort in einem Bergwerk gearbeitet, das war vor …« Er hielt inne und winkte ab. »Vor oder nach, ist doch ganz egal«, murmelte er. »Viel Glück, wir sehen uns, wenn Sie wieder zurückkommen.«

Ihr gingt um das Bahnhofsgebäude herum, das genauso aussah wie das vorherige, und vor dem Bahnhof erblicktest du im Schatten eines riesigen Ahorns einen Pferdekarren, zwei grünlich graue Pferde vor eine Kutsche gespannt. Auf dem Kutschbock saß eine Frau.

»Ihr seid spät«, sagte sie und blickte zu Mirko.

»Das ist Marija«, sagte Mirko, »unsere Taxifahrerin, und das hier sind unsere Gäste, Mila und Josip.«

♠♦♣

»Bist du noch nie mit einer Kutsche gefahren?«, fragte Marija Mila.

Mila saß neben ihr, und die Männer hockten hinten in der Kutsche leger auf den Holzbänken, einander gegenüber, eingelullt von dem Klingeln kleiner Schellen. Eine Zeitlang fuhren sie über die Straße, die sich neben der Eisenbahnlinie durch das Tal schlängelte, und dann bogen sie auf einen asphaltierten, vernachlässigten Weg, der leicht emporstieg. Sie fuhren an Häusern in überwucherten Höfen vorbei, die Zäune waren mit Ackerwinde und Brombeeren bewachsen, die Dächer waren eingefallen, und aus ihnen wuchsen Holunder und Robinien.

»Doch«, sagte Mila, »einmal in Zagreb und einmal in Wien.«

»Oh, dann bist du eine erfahrene Kutscherin«, sagte Marija und drückte ihr die abgewetzten Lederzügel in die Hände. »Fahr du.«

»Wie macht man das denn?«

»Du musst nur die Zügel halten, die Pferde kennen den Weg«, sagte Marija. »Weißt du, das war hier einst eine sehr gepflegte Gegend, Obstgärten, Weinberge, Äcker, die Bauern hielten ihre Höfe in Schuss, hier gab es keinen unordentlichen Hof.«

»Leben Sie hier schon so lange, dass Sie das mit Sicherheit sagen können?«, fragte Mila.

Marija schaute sie an.

»Ja, ich bin alt genug, um mich auch an diese Tage zu erinnern. Ich bin in dieser Gegend geboren und aufgewachsen. Dann bin ich zum Studium nach Zagreb gegangen und so lange geblieben, bis … Seit wann sind wir hier?« Sie drehte sich zu Mirko um.

»Lange genug, um zu vergessen, wann wir gekommen sind«, lachte Mirko.

»Und wo sind die Menschen?«, fragte Mila.

»Gestorben«, sagte Marija, »fortgezogen. Die Menschen, die die idiotische Mülldeponie im Japodental nicht vertrieben hat, wurden von der noch idiotischeren Agrarpolitik vertrieben. Man ließ die Bauern nicht in Ruhe. Die Bauern waren hungrig inmitten eines großen Nahrungsmittelüberflusses.«

»Hungrig inmitten eines großen Nahrungsmittelüberflusses?«, fragte Mila.

»Ja, zuerst überredete man sie, dass es unvernünftig und nicht profitabel sei, drei oder vier Kühe zu halten, wie sie es jahrzehntelang getan hatten, und man räumte ihnen Kredite ein, um mehr Vieh anzuschaffen. Doch als sich die Bauern verschuldeten und ganze Herden kauften, stellte sich heraus, dass für so viel Milch nicht genügend Abnehmer existierten, so dass sie die Kredite nicht zurückzahlen konnten, und am Ende hatten sie keine Kühe mehr und keine Bauernhöfe, so war das. Die wunderbare hässliche Geschichte von Kapitalismus und Fortschritt, bei dem alles hochgeschätzt und gut bezahlt wird außer physischer Arbeit.«

Sie fuhren durch einen alten Buchenwald, der von Sonnenlicht gesprenkelt war. Der Waldboden war bedeckt von einem Teppich aus rotbraunen Blättern, es roch nach Humus und Pilzen. Die Amseln gärtnerten auf dem Boden herum, auf der Suche nach Maden und Regenwürmern. Von irgendwoher konnte man ein Kreischen hören, das war der Eichelhäher, der allen, die es interessierte, ankündigte, dass Menschen im Anmarsch waren.

»Wieso«, sagte Mila, »sieht das, was der Mensch gebaut und gepflegt hat, sofort wie zerstört aus, sobald er es aufgibt, wie die Häuser und Höfe, an denen wir vorbeigekommen sind, während das, was die Natur erschafft, immer irgendwie harmonisch und schön ist?«

»Du siehst nicht alt genug aus, um über solche Fragen nachzudenken und zu sprechen«, lachte Marija.

»Ich beobachte nur und sehe«, rechtfertigte sich Mila.

»Warum verwendet ihr Pferde?«, fragte Josip.

»Das gehört in die Rubrik häufigste Fragen«, flüsterte Marija Mila ins Ohr. »Heu und Gras sind billiger als Benzin«, sagte sie laut, ohne sich umzudrehen. »Das gibt es überall zuhauf, es macht weniger Dreck, und Pferde und eine Kutsche sind doch auch schöner als diese Blechkisten, oder etwa nicht? Aber sag mal, Mirko, ich frage nicht danach, und du erzählt auch nichts, was ist nun mit den Vergessenen?«

 »Nichts«, sagte er, »irgend so ein verzweifelter Typ hat

geglaubt, dass er sich den Rest seines Lebens finanzieren kann, indem er uns Informationen über sie verkauft. Angeblich hat er einige Dokumente, und für einen Teil der Dokumente verlangte er…«

»Genauso wie das letzte Mal«, unterbrach ihn Marija, »der hat uns irgendwelche wertlosen Papiere verkauft, hat sich die Kohle geschnappt und ist dann spurlos verschwunden.«

»Ja, so ähnlich, nur dass der damals Peanuts im Vergleich mit diesem hier verlangt hat.«

»Und genauso frage ich nicht, und du sagst auch nichts über unsere neuen Freunde hier, sind sie gekommen, um hierzubleiben, oder sind sie nur zu Besuch?«

»Entschuldige«, sagte Mirko, »Josip ist ein alter Bekannter, wir haben uns zufällig auf der Straße getroffen, ihm wurde neulich gekündigt, so dass das hier für ihn wie ein ungeplanter Urlaub ist. Und Mila ist unsere Volontärin in Zagreb. Sie interessiert sich für das, was wir hier tun. Außerdem wollten wir auch ein wenig Bergsteigen.«

Sie erreichten einen Bergsattel, wo sich der Blick auf ein kleines Tal erstreckte, in dessen nordöstlichem Teil auf einem Hügel eine Ansammlung von Häusern zu sehen war. Das Tal war hier und da durchzogen von Weizen- und Maisfeldern, Kartoffeläckern… Marija hielt die Kutsche an.

»Das sind wir«, sagte sie und zeichnete mit ihrer Hand einen Bogen in die Luft. »Als ich hierherkam«, sie wandte sich an Mila, »konnte man die Häuser dort nur mit Hilfe einer Machete erreichen. Heute ist alles tipptopp. Die Häuschen, das wirst du noch sehen, sind gemütlich und schick. Wir haben sogar Strom.«

»Ihr habt also nicht alle Verbindungen gekappt?«, meldete sich Josip.

»Den Strom produzieren wir selbst«, sagte Mirko. »Wir haben Windräder und einen Generator, der von Biodiesel angetrieben wird, den wir selbst herstellen. Und trotzdem – es ist gar nicht möglich, alle Verbindungen abzubrechen. Eine Zeitlang lebten wir hier in besetzten Häusern, aber wir hatten ständig die Polizei am Hals, so dass wir am Ende einen Bauernhof gekauft haben und dann noch ein paar Häuser und etwas Land, das wir bearbeiten. Seitdem zahlen wir Abgaben auf das Land und die Immobilien. Wenn du nichts hast, quält dich die Polizei, und wenn du etwas hast, quält dich die Steuerbehörde. Außerdem zahlen wir auch eine Abgabe für das Grundwasser.«

»Vergiss nicht die Müllabfuhr«, ergänzte Marija.

»Ja, obwohl es hier überhaupt keine Müllabfuhr gibt, und wir brauchen so etwas auch nicht, da wir unseren ganzen Abfall recyceln, trotzdem zahlen wir dafür.«

»Ihr bezahlt eine Dienstleistung, die es gar nicht gibt?«

»Es ist kein großer Betrag«, sagte Mirko, »ungefähr zehn Kuna monatlich pro Haushalt, aber offensichtlich ist es diesen Bastarden sehr wichtig, dass wir nicht einen Augenblick lang vergessen, dass es kein Entkommen gibt, dass wir Gefangene des Arbeitslagers genannt Erdkugel sind. Ist das nicht perfekt? Es gibt keine Wächter, keinen Drahtzaun, durch den Strom fließt, nur Steuern und Abgaben.«

Am Nachmittag saßen sie zum Essen an einem langen Holztisch im Schatten der Pflaumenbäume im Hof von Marijas Haus. Die Hitze ließ nach, der Nachmittagswind begann, leicht zu wehen. Einige Bauern gesellten sich zu ihnen. Ein Mann, der als Damir vorgestellt wurde, nahm sich aus dem Kessel, den Marija soeben vom Feuer genommen hatte, einen Eintopf aus Gartengemüse, Giersch, Brennnesseln, Hafer und Kartoffeln und wandte sich an Mirko:

»Wir stehen kurz vor der Ernte, und du willst wieder in den Bergen herumlatschen.«

»Ist unsere Kommune etwa eine Softversion von dem, was wir hinter uns gelassen haben?«, erwiderte Mirko barsch.

»Aber wir haben nicht die Arbeit hinter uns gelassen«, sagte Damir.

»Stimmt, haben wir nicht, jedoch jeden Druck, irgendwelche Verpflichtungen, die Umweltverschmutzung, das Malochen zu jeder Tages- und Nachtzeit und all solche Dinge.« Mirko gab sich nicht geschlagen.

»Der Weizen kann nicht warten«, sagte Damir.

Mirko seufzte auf, streifte mit seinem Blick über die Gesichter der Anwesenden, als wolle er sich entschuldigen, und begann zu essen.

»Und musstest du wirklich zwei Tage länger in Zagreb bleiben?« Damir ließ nicht locker. »Vor allem, da sich die Sache mit den Vergessenen schon wieder als Ente erwiesen hat.«

Mirko legte seinen Löffel auf den Tisch.

»Ich gebe dir recht«, sagte er, »der Weizen kann nicht warten, aber müssen wir jedes Jahr mehr aussäen, obwohl wir gar nicht mehr werden? Für unseren Bedarf reichen uns die drei Äcker am Jasens Hain, und zwei, drei Stunden Arbeit am Tag vom Frühjahr bis zum Herbst. Und was tun wir? Wir bebauen zehn Äcker mit Weizen, arbeiten den ganzen lieben langen Tag, den Überschuss verkaufen wir an die Mühle, und dann sitzen wir auf dem Geld. Genauso läuft es auch mit dem Gemüse, wir säen und pflanzen viel mehr, als wir brauchen.«

»Wir müssen uns absichern«, sagte Damir, »die Wetterverhältnisse werden immer unvorhersehbarer, man weiß nie, ob es genügend Sonnentage geben wird, damit die Früchte reif werden, oder ob die Ernte bei Regen und Nässe verfault, so etwas ist uns ja schon passiert. Außerdem werden die Kinder älter, sie werden Geld für das Studium brauchen.«

Mila beugte sich zu Marija und flüsterte ihr zu: »Wo sind die Kinder?«

»In den Ferien, bei ihren Omas und Opas in den Städten«, antwortete Marija.

»Schon wieder sprichst du über Wetter und Unwetter«, sagte Mirko. »Es würde nicht schaden, wenn du etwas mehr Vertrauen in die Natur hättest. Dass eine ganze Ernte ausfällt, das habe ich schon gesehen, aber ich habe noch nie erlebt, dass in der Natur etwas komplett ausgefallen ist, etwa dass im Frühjahr die Birken und die Linden keine Blätter getrieben hätten, dass Giersch, Sauerampfer, Bärlauch und Brennnessel nicht gewachsen wären. Wir können uns von wild wachsenden Pflanzen ernähren, und das, was wir züchten, kann uns als Dessert dienen. Wir heißen UNKRAUT und wir essen Unkraut, so haben die ersten UNKRAUT-Mitglieder gesungen, und wenn wir diesen Grundsatz verraten, werden wir den Grund für unsere Existenz verlieren. Du hast erwähnt, dass die Kinder zum Studium gehen sollen. Haben wir nicht vereinbart, dass sie nur die achtjährige Pflichtschule besuchen und dass wir sie danach selbst unterrichten? Alles, was sie brauchen, können sie hier lernen.«

»Ich meine, dass wir nicht über ihre Zukunft entscheiden sollten«, mischte sich eine Frau ein, die neben Josip saß. »Die Kinder müssen nicht unseren Lebensentwurf übernehmen, sie haben das Recht, selbst zu entscheiden.«

»Einverstanden, Tinka«, sagte Mirko, »doch das soll dann das Problem ihrer Eltern und nicht das der ganzen Kommune sein. Ich wiederhole, die Idee war nicht, dass wir uns hier zu Tode schuften, ein solcher Weg wäre falsch, und es wäre auch sicher kein Weg zu etwas Neuem. Und zu diesem Zweck sind wir doch hierhergekommen.«

»Das ist eine sehr egoistische Betrachtungsweise«, sagte Damir.

»Ich weiß nicht, ob es egoistisch ist oder nicht, aber ich weiß, dass wir nicht hierhergekommen sind, um das nachzuahmen, was wir verlassen haben. Und was die Dauer meines Aufenthalts in Zagreb betrifft, das geht dich wirklich nichts an. Wir sind immer noch ein Teil von UNKRAUT, jedes Mal geht ein anderer zu den gemeinsamen Treffen, und wenn jemandem das nicht passt, dann kann er ja darüber abstimmen lassen, dass wir dieses Netzwerk verlassen. Und dann werden wir unsere eigene kleine, süße Pyramide aufbauen«, fügte er höhnisch hinzu.

Den Rest der Zeit, den sie am Tisch zubrachten, tranken sie Wein, Holundersaft und Kräutertee in einer Atmosphäre, die von einfacher Zufriedenheit geprägt war, man redete über den Sommer, der gut für den Weizen, aber nicht für den Mais sei, jemand erzählte Josip, dass sie zwar auf Autos und landwirtschaftliche Gerätschaften, die mit Diesel betrieben werden, verzichteten, aber den Zauberkreis der Technologie noch nicht vollständig verlassen hätten, jemand fügte hinzu, dass man nur durch den vollständigen Ausstieg aus der Technologie mit einer wie auch immer gearteten Zukunft rechnen könnte, danach wurde über den Fortschritt gesprochen, der nicht mehr das Anwachsen des allgemeinen Wohlstands bedeute, sondern die Entwicklung technologischer Innovationen, schließlich wäre das Internet nicht für die Kommunikation untereinander erfunden worden, sondern damit Kohle und Kapital schneller fließen könnten, dann erwähnte jemand den Mythos von Odysseus, der das endgültige Verlassen der freien Welt der vorlandwirtschaftlichen Epoche symbolisiere sowie den Übergang in die Welt der Zivilisation und der Technologie, weshalb Odysseus veranlasst habe, dass man ihn an einen Mast band, als sein Schiff an der Insel der Sirenen vorbeifuhr, und die Ruderer seinen Schiffes mussten sich Wachs in die Ohren gießen, all das, um dem Ruf der Sirenen zu widerstehen, und die Menschen heutzutage bänden sich nur an etwas andere Masten, wie ein vervielfältigtes und verstärktes Echo auf Odysseus' Verzicht auf ein sorgloses freies Leben, sie verstopften sich die Ohren mit den Kopfhörern von MP3-Playern und Handys, mit dem Lärm der Fernseher und verschiedenen anderen Lärmarten, nur damit man den befreienden Ruf nicht höre, danach sprach man über den finnischen Ofen in Tinkas Haus, vielleicht könne man ihn vor dem Winter umschichten, über die Armut und den Hunger in den Städten und über Menschen, die wie einst in den

Zeiten der großen Kriege und des großen Hungers auch heute noch die Dörfer abklapperten und dort bettelten, und wie sie dann den Nachtfaltern ähnlich, die unwiderstehlich vom tödlichen Kerzenfeuer angezogen würden, in die Städte zurückkehrten, darüber, dass in Europa an verschiedenen Orten Fälle von Kannibalismus aufgetreten seien und dass das ein sicheres Zeichen für ökologische Instabilität sei, wenn eine Spezies beginne, sich von den eigenen Jungen zu ernähren, und daraufhin kamen die Vergessenen an die Reihe und die Geschichten, die über sie zirkulierten – währenddessen verblasste der Tag, und die Abendfrische schlich aus den Talsenken empor –, dass die Vergessenen erfüllte, glückliche Menschen seien, die die Welt unmittelbar mit allen Sinnen erlebten, einige Geschichte besagten, dass sie überhaupt keine Sprache, keine Schrift, keine Zahlen und keine Kunst kennen würden, genauso wie die Tiere nicht wüssten, was die Planck'sche Konstante ist, sie hörten keinen Schostakowitsch und läsen keinen Whitman, aber sie hätten es trotzdem gut, während wiederum andere Geschichten besagten, dass es sich um gewaltsam gefangene Menschen handele, die irgendwo in den Alpen lebten, dass es dabei um ein gesetzwidriges Geschäft einer Biotechnologiefirma gehe, in Zusammenarbeit mit der korrupten Regierung jenes Landes, auf dessen Territorium sie leben würden, und dass alles andere nur Gerüchte und Märchen seien, da nur Idioten glauben könnten, dass es einen Stamm gebe, der in vorzivilisatorischer Zeit steckengeblieben sei, und dass sie alle ihre Unschuld bewahrt haben könnten in einer Welt, in der jedes Guayaki-Kind ein Handy besitze und in der die Kunst schon längst aufgehört habe, ein Ersatz für das verlorene Paradies zu sein, und zu einer gewöhnlichen Ware verkommen sei, was bereits Hieronymus Bosch gezeigt habe, der Menschen gemalt habe, gekreuzigt an einer Laute und einer Harfe, um die sich eidechsen- und schlangenartige Wesen wänden, wobei die Gekreuzigten die Kunstkonsumenten darstellten, während die eidechsen- und schlangenartigen Widerlinge die seien, die an der Kunst verdienten, was wohl jedem klar sein sollte.

♦

Du zucktest zusammen, als Hieronymus Bosch erwähnt wurde. Den wirst du nicht los. Genauso wie den Kopf. Der Kopf hatte ähnlich über Kunst gesprochen, und auch sonst hatte er allerlei Einfälle gehabt. »Hoch sollst du leben, du Haufen Bakterien«, hatte er einmal gesagt, als er aus dem Weiß auftauchte. »Wie bitte?«, sagtest du. Immer erwischte er dich unvorbereitet. Er zwang dich zum Rückzug, brachte dein Herz zum Rasen. »Nichts Besonderes«, sagte er damals, »nur dass dein Körper aus mehr Bakterien als menschlichen Zellen besteht. Hast du nicht gewusst, dass du eine Bakterienwolke bist? Komisch, ist das Bildungsniveau in der Zwischenzeit so weit abgestürzt? Allein in deinem Mund zum Beispiel«, er hatte zu schauspielern begonnen, und seine Stimme wechselte ins Falsett, »leben mehr als siebenhundert Bakterienarten. Würde man die biologische Klassifikation aufgrund der Anzahl der Zellen durchführen, dann würde man deine Spezies als ein bakterielles Ökosystem bestimmen, und dabei gebt ihr euch so stolz, als wäret ihr aus reinem Licht erschaffen. Ihr ekelt euch davor, eine streunende Katze zu streicheln, wenn sie auf der Suche nach Zuwendung und Nahrung zu euch kommt, aber sie bekommt weder das eine noch das andere von euch tiefgefrorenen Bakteriensuppen.«

In der Abenddämmerung zerstreute sich die Gruppe. Mila und du kamen bei Marija unter. Mirko hatte sich schon auf einen Heuboden zurückgezogen, auf dem er immer im Sommer schlief.

»Nimm bitte Damir seine Worte nicht übel«, sagte Marija, als ihr allein am Tisch zurückgeblieben wart, »er hat sich nichts Böses dabei gedacht.«

»Wer?«, fragtest du.

»Damir, der Typ, der sich beschwert hat. Er ist kein schlechter Mensch, aber er macht sich zu viele Gedanken, alles geht ihm zu nahe.«

»Eigentlich habe ich ihm überhaupt nicht zugehört«, sagtest du und fragtest dann, ob es sich wirklich lohne, die Erde auf altmodische Art und ohne Maschinen zu bearbeiten.

»Nur so lohnt es sich«, antwortete sie. »Wenn man in Betracht zieht, wie teuer die Maschinen sind, dann noch der Treibstoff, die Anmeldung und die Steuer, um die Dünger und Pestizide gar nicht zu erwähnen. Dieser Weg ist am wenigsten rentabel und am teuersten. Eigentlich würde es sich am meisten lohnen, die Erde mit einer Hacke zu bearbeiten, aber da wir sowieso Pferde für den Transport haben, haben wir uns entschlossen, sie auch bei landwirtschaftlichen Arbeiten einzusetzen. Hier muss sich jeder sein Mittagessen verdienen, sogar die Pferde.«

»Das ist fair«, sagtest du.

»Es würde sich für uns überhaupt nicht lohnen, uns mit Landwirtschaft zu beschäftigen, wenn wir die Wunder der modernen Landwirtschaft anwenden würden. Das ist etwas für die Agrobusinessleute«, sagte sie ironisch. »Wir hier stehen mehr darauf, alles zu Fuß zu machen, mit ein wenig Hilfe der Pferde.«

»Benötigt ihr nicht viel mehr Zeit auf diese Art, und Zeit ist Geld?« Du versuchtest, humorvoll zu sein.

»Dümmer als dieses Sprichwort ist nur noch das, das besagt, dass Zeit zu verlieren eine Sünde ist. Ich mag gerne Zeit verlieren, ich liebe es, auf der Wiese zu liegen und die Wolken zu betrachten oder hier zu sitzen und die Vögel zu beobachten. Die Zeit ist der Reichtum der Armen.«

Du sagtest nichts, du schautest nur Mila zu, die mit einem Kätzchen vor der Scheune spielte.

»Einmal war ich mit meinem ehemaligen Mann«, fuhr Marija fort, »in einer Stadt, in der es einen See gibt, an dessen Ufer ein Künstler eine Installation aufgestellt hatte. An einer langen Metallstange hatte er etwas angebracht, was so aussah wie eine Fernsehantenne, zwischen deren Rippen er einen Text gelötet hatte. Wir lagen darunter im Gras und lasen den Text, und der lautete so: Mein Lieber! Du liegst im Gras, den Kopf im Nacken, um dich herum keine Menschenseele, du hörst nur den Wind und schaust hinauf in den offenen Himmel – in das Blau dort oben, wo die Wolken ziehen –, das ist vielleicht das Schönste, was du im Leben getan und gesehen hast. Ich glaube, dass es sich genau darum handelt«, endete Marija.

♥

Kajs Vater kehrte genauso plötzlich zurück, wie er verschwunden war. Eines Morgens saß Kaj vor dem Fenster und wickelte ein Seil auf eine große Holzspule, als Jakov in der Tür erschien.

»Willst du deine Hose zum Trocknen aufhängen?«, sagte er spöttisch.

Kajs Augen leuchteten auf.

»Wo warst du?«

»Überall ein wenig«, sagte Jakov, »ich bin hungrig.«

»Ich habe noch frittierten Fisch von gestern.«

»Hast du den Fisch gefangen?«

»Nein, Rufus hat ihn mir mitgebracht. Er hat sich einen neuen Dreizack gebaut, und die Beute war wirklich gut. Und das«, er zeigte auf die Holzspule, »ich wollte heute Fallen bauen.«

»Das können wir zusammen tun«, sagte Jakov, »lass mich nur schnell etwas essen.«

Sie schwiegen, bis sie den Fluss überquert hatten. Von der Sonne war noch nichts zu sehen, der Sturm der letzten Nacht hatte die Erde, aus der dichter Nebel aufstieg, reich durchtränkt. Vor ihren Augen glitt geräuschlos ein Fischreiher vorbei, er sah aus wie ein schneeweißes, zartes Tüchlein aus Spitze.

»Wo hast du die Nächte verbracht?«, fragte Kaj, als der Fischreiher mit dem Weiß der Umgebung verschmolzen war.

»Im Bergwerk«, sagte Jakov.

»Im Bergwerk?«, wunderte sich Kaj.

»Warum wunderst du dich?«, fragte Jakov. »Dort ist es doch trocken. Aber sag mal, wo willst du denn die Fallen aufstellen?«

»Im Vesna-Tal«, sagte Kaj. »Warum heißt dieses Tal überhaupt so?«

»Ich weiß es nicht«, sagte Jakov, »wahrscheinlich nach einer Frau.«

»Und wer ist der Chef?«, fragte Kaj völlig unvermittelt.

»Ich wollte mich gerade mit dir darüber unterhalten«, sagte Jakov ruhig.

»Es tut mir leid, dass ich dich die ganze Zeit angelogen habe«, sagte Jakov, als sie sich auf eine trockene Nadeldecke unter einer alten Fichte am Waldrand gesetzt hatten, von wo aus man das milchig weiße Nebelmeer sehen konnte, dem sie gerade entstiegen waren.

»Schon gut«, sagte Kaj und wandte den Kopf ab, als sei ihm die Situation unangenehm.

»Bevor ich es vergesse, hat der Lehrer nach mir gefragt?«

»Nicht nur er, auch die anderen haben nach dir gefragt. Ich habe ihnen gesagt, dass du auf der Suche nach einem neuen Bienenvolk bist.«

»Das hast du gut gemacht«, sagte Jakov. »Übrigens, sein Name ist Milan Tabak. Und unser Nachname ist Radaković. Auch wir haben, genauso wie die Vergifteten, mehr als einen Namen.«

»Es ist mir egal, wie der Lehrer heißt und wie viele Namen wir haben«, sagte Kaj, »aber er hat mir viele Dinge gesagt, die ich nicht verstehe, und ich weiß auch nicht, was ich davon halten soll.«

»Du hast unseren Streit in der Scheune mitangehört, nicht wahr?«, fragte Jakov.

»Ja.«

»Und weiß er, dass du uns gehört hast?«

»Er weiß es nicht.«

»Sehr gut«, sagte Jakov. »Was hat er dir denn nun erzählt?«

Kaj berichtete seinem Vater von seinem letzten Gespräch mit dem Lehrer.

»Hat er mich belogen?«, fragte er am Ende.

»Eigentlich nicht«, sagte Jakov, »er hat dir nur nicht alles gesagt.«

»Die ganze Zeit quält mich das«, sagte Kaj, »was er dir in der Scheue gesagt hat: dass du Mama verloren hast und dass du dich vorsehen sollst, mich nicht auch noch zu verlieren. Was soll das bedeuten?«

»Langsam, wir müssen von vorn anfangen«, sagte Jakov. »Es stimmt, dass wir zwei Jahre vor deiner Geburt hierherkamen und dass wir freiwillig im Rahmen eines großen Forschungsvorhabens umgesiedelt sind. Unterbrich mich ruhig, wenn du etwas nicht verstehst.«

»Ich weiß, was Forschung bedeutet.«

»Uns hatte man unter vielen anderen ausgewählt, jeder von uns konnte etwas, was uns hier von Nutzen sein würde, so wie Sven Dinge aus Ton herstellen kann, so wie Vlatka weben und Kleidung nähen kann, so wie Daniel Tiere fangen, Fallen aufstellen, diverse Netze knüpfen, Pfeil und Bogen und alles andere, was man für die Jagd braucht, herstellen kann, so wie Nina und Roman Hütten bauen können ...«

»Und was konnte Mama?«

»Asja?« Jakovs Gesicht wurde melancholisch. »Sie konnte auch Hütten bauen, aber vor allem hat sie alles über Pflanzen gewusst. Welche essbar sind und welche nicht, zu welchen Zeiten man welche Pflanzen essen soll, welche Teile man von einer Pflanze essen kann ... Sie hat uns alles darüber beigebracht. Sie sagte gern, dass wir mitten in einem Supermarkt leben.« Er blickte zu Kaj, und der nickte, um zu bestätigen, dass ihm die Bedeutung dieses Wortes geläufig sei. »Nur dass hier alles kostenlos ist.«

»Und du?«

Jakov schaute ihn an.

»Du weißt nicht, was ich kann?«

»Geschichten erzählen?«, fragte Kaj verunsichert.

»Ja, Geschichten erzählen«, erwiderte Jakov beinahe traurig. »Nichts Besonderes, nichts, was uns beim Überleben hier hätte helfen können. Schlimmer noch, ich habe mir Lügen ausgedacht, ich habe mir die Geschichte unseres Kommens ausgedacht, dann habe ich dem Fluss, den Bächen, den Bergen, den Bergkämmen, den Hainen, den Wäldern und Wäldchen, den Lichtungen und den Tälern Namen gegeben.«

»Das Vesna-Tal«, sagte Kaj.

»Ja, gerade eben habe ich dich wieder angelogen. Manchmal habe ich den Eindruck, dass mein ganzes Leben eine Lüge war. Die Welt der Vergifteten beruht auf Lügen und Einbildungen, aber auch wir hier haben die Welt für euch auf Lügen und Einbildungen gebaut. Wir können davor nicht flüchten. Und jenes Tal habe ich nach der Dichterin Vesna Parun benannt.«

»Ich habe kein Buch von ihr in der Scheune gesehen.«

»Es ist auch keins da. Es gab mal eins, aber es ist verschwunden. Wahrscheinlich hat es jemand zum Feuermachen verwendet. Es gibt ein Gedicht von ihr, ›Reisen entlang des Mondmeridians‹, darin spricht sie über das Reisen und die Suche. Dieses Gedicht hat Asja und mir viel bedeutet, als wir noch glaubten, dass es einen Ort gibt… Ach, es ist nicht wichtig. Die Worte des Gedichtes haben mich verlassen, ich erinnere mich nur noch an das Ende.«

Er schwieg und starrte auf den See aus Nebel vor ihnen.

»Kannst du es mir aufsagen?«, fragte Kaj.

»Es geht ungefähr so:

Zu Reisen wie die Augen, wie der Regen,
nachdem wir vergessen haben, dass wir einst
träumten.
Verurteilt dazu, pausenlos den Himmel der
Veränderung
anzuschauen, den wir so sehr liebten,
und die vier erdachten Himmelsrichtungen.
Zu fahren in einer Kutsche aus Moos,
zu verschwinden im Feuer des Meeres.

Und dann, als wir glaubten, dass wir den Ort gefunden haben, an dem wir in Ruhe alt werden können, endete alles so, wie es eben endete. Heute weiß ich, dass die Probleme hinter uns herlaufen und dass wir ihnen nicht einmal dann entkommen können, wenn wir ununterbrochen reisen und die Orte wechseln. Ja, ich war kein Zimmermann, kein Töpfer, kein Kräuterkundiger, kein Koch, sondern ein Ausdenker«, lachte er bitter.

»Du hast dir auch die Geschichte über das Rotkehlchen ausgedacht?«, fragte Kaj.

»Ja, das habe ich.«

»Noch heute«, sagte Kaj, »bleibe ich häufig stehen, wenn ich in den Schatten einer Wolke trete, und dann schaue ich mich um, in der Hoffnung, das Rotkehlchen zu erblicken.«

Es handelte sich um die Geschichte über ein geheimnisvolles Rotkehlchen, dessen Gesang man hören kann, auch den Schlag seiner Flügel, man kann im Winter hören, wie es die trockenen Früchte der Wildrosen aufpickt, man spürt den Lufthauch, wenn es an einem vorbeifliegt, man kann seinen Schatten sehen, der über den Boden huscht, nur das Rotkehlchen selbst kann man nicht sehen. Jakov pflegte die Geschichte so lange zu erzählen und ihre einzelnen Abschnitte so lange zu wiederholen, bis eines der Kinder die Geduld verlor, und immer fand sich eins, das schließlich fragte:

»Wo ist denn dieses Rotkehlchen?«

Und Jakov antwortete dann siegesgewiss: »Das Rotkehlchen ist überall um uns herum. Den Schlag seiner Flügel nennen wir Wind, seinen Schatten nennen wir den Schatten der Wolken, der Schnee ist sein Flaum, den es abwirft, wenn die Bäume in der Kälte knarren, sagen wir, dass das Rotkehlchen Hagebutten pickt, und sein Singen ist das Singen aller Vögel. Die Welt befindet sich in den Eingeweiden des Rotkehlchens.«

»Wir erzählen allzu viel, und besonders verschwenden wir zu viele Worte auf das, was man überhaupt nicht aussprechen sollte«, fuhr Jakov fort. »Einst, vor langer Zeit, war es nicht üblich, dass die menschlichen Wesen sprechen, wir waren den anderen Tieren ähnlich. Wir waren eins mit der Natur. Und dann haben wir uns von der Natur entfernt. Man sagt, dass das geschah, als die Menschen begannen, die Tiere zu zähmen, das Land zu umzäunen und zu beackern. Dann begannen sie, die Dinge zu benennen, die Wände zu bemalen, zu singen und zu tanzen. So wollten sie das Verlorene ersetzen, die Leere füllen, die durch die Entfernung von der Natur entstanden war. Vergeblich. Diese Leere spüren wir heute noch und versuchen, sie auf verschiedene Arten und Weisen zu füllen. Der eine füllt sie mit Geld, der andere sagt den Menschen, was sie zu tun haben, ein Dritter denkt sich Geschichten aus … Uns beiden dienen die Worte jetzt, um einander etwas sagen zu können. Ich erzähle dir, was vor deiner Geburt geschah, du fragst mich nach dem, was du nicht kennst und was du nicht verstehst, du erzählst mir von deinen Gedanken und deinen Absichten, aber dieselben Worte können auch zu Betrug und Lüge dienen, wie du ja selbst erfahren hast, und das, was wir sagen, ist häufig wichtiger als das, was wir tun.«

»So wie das, was geschrieben steht, den Vergifteten wichtiger ist als das, was ist«, sagte Kaj.

»Ja, ungefähr so. Die Worte dienen dazu, etwas zu verbergen, die Aufmerksamkeit auf das Gesagte zu lenken und nicht auf das, was wir sehen und empfinden.«

»Auch der Lehrer hat mir davon erzählt, hat er das von dir gelernt?«

»Gut möglich«, sagte Jakov. »Wie ich schon sagte, ich habe mir die Geschichten ausgedacht. Zwei Jahre lang haben wir uns vorbereitet, um hier leben zu können. Wir haben voneinander gelernt ... Trotz alldem bedaure ich nicht, dass wir hierhergekommen sind. Es hat sich gezeigt, dass es möglich ist, anders als die Vergifteten zu leben, dass man keine Mensch-Maschine sein muss.«

»Mensch-Maschine?«, fragte Kaj.

»Dort«, sagte Jakov, »können die Menschen, wenn sie morgens aufwachen, nicht frei entscheiden, was sie an dem Tag tun werden. Sie müssen arbeiten, und sie arbeiten jeden Tag, und nur sehr selten können sie sich so verhalten, wie es ihnen beliebt, und das tun, was sie wirklich mögen. Für sie ist jeder Tag wie der andere. Wenn sie am Morgen aufwachen, wissen sie, dass sie an diesem Tag dasselbe tun werden wie am Tag zuvor. Und so jeden kommenden Tag, bis sie sterben. Nur so können sie überleben.«

Kaj schüttelte sich bei dem Versuch, sich vorzustellen, wie es aussieht, wenn du jeden Tag wiederholst, was du gestern getan hast, und so immer wieder, ohne Ende.

»Was war der Lehrer früher?«, fragte Kaj.

»Was war er früher? Er sagt, dass er Betriebswirt war, aber ich glaube nicht daran, denn von der Ökonomie haben wir keinen Nutzen.«

»Ökonomie?«

»Noch so eine Dummheit unter vielen anderen, die sich der Mensch ausgedacht und auf Luft gebaut hat, die nur wieder zur Versklavung führt. Die Ökonomie ist die Kunst der Organisation, unnötige Dinge herzustellen, die dann verteilt werden, so dass einige weniger, andere mehr bekommen und wieder andere gar nichts. Er war, wenn man danach urteilt, wie er mich bei unserem Streit in der Scheune zu Boden geworfen hat, vermutlich Polizist. Er ist das Bindeglied zwischen uns und dem Chef. Er ist als Einziger ohne Frau gekommen. Aber wer der Chef ist, weiß ich nicht genau. Die Vergifteten leben nicht so wie wir. Ich habe dir schon erzählt, dass sie nicht tun können, was sie wollen, dass jemand anderer ihr Leben lenkt. Hier sind wir alle gleich wichtig, es gibt keine Unwichtigen, Wichtigen und noch Wichtigeren. Aber der Lehrer versucht manchmal, wichtiger als alle anderen zu sein. Wir sind wie ein Netz.«

Und Jakov malte mit einem abgebrochenen Ästlein eine Zeichnung auf den Boden:

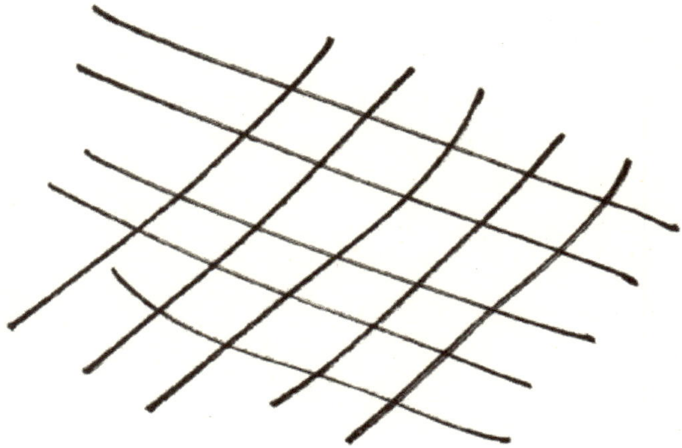

»Die Stellen, an denen sich die Fäden kreuzen«, er zeigte mit dem Ästlein darauf, »nennt man Maschen. Jeder von uns ist eine Masche, die von anderen Maschen abhängig ist, aber auch die anderen Maschen hängen von dir ab.

Die Vergifteten dagegen leben in einer großen Gemeinschaft, die sie den Staat nennen und die folgende Form hat.«

Er malte eine neue Zeichnung auf den Boden:

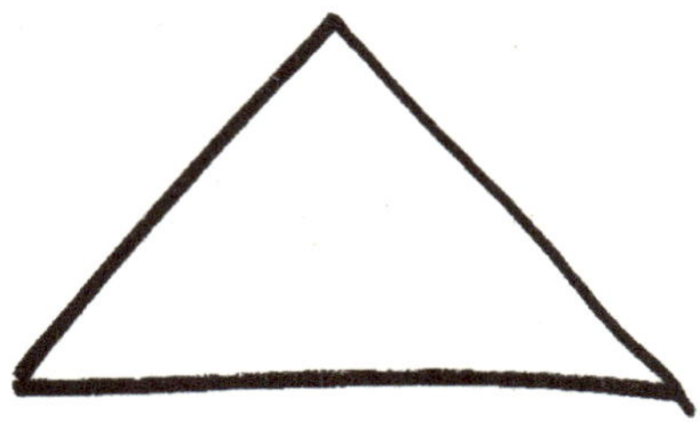

»An der Spitze stehen die Menschen, die am meisten Geld zusammensammeln können, um andere Menschen davon zu überzeugen, dass sie sie als Führer auswählen, und wenn sie gewählt werden, bestimmen sie alles, was zu tun ist, sie erlassen Regeln, die sie Gesetze nennen, wie es ihnen gerade passt und die nur ihnen und denen dienen, die ihnen am meisten Geld gegeben haben, damit sie Führer werden können, verstehst du?«

Kaj nickte.

»Und die, die am meisten Geld haben«, fuhr sein Vater fort, »heißen Banker, Milliardäre, Unternehmer, Tycoons, es gibt viele Namen für sie, und die Armen nennen sie gierige Arschlöcher, Diebe, Schweine und so weiter. Ich glaube, dass einer von ihnen der Chef ist, den der Lehrer erwähnt hat. Diese reichen Menschen stehen im Grunde über den Führern, doch das geschieht nicht offen, und darüber spricht man nicht laut, denn das könnte die gewöhnlichen Menschen, die glauben, dass sie selbst die Führer wählen und dass diese zu ihrem Wohl arbeiten, zornig machen. Wenn diese gewöhnlichen Menschen – sie befinden sich unter dieser Linie …« Er zeichnete Folgendes auf den Boden:

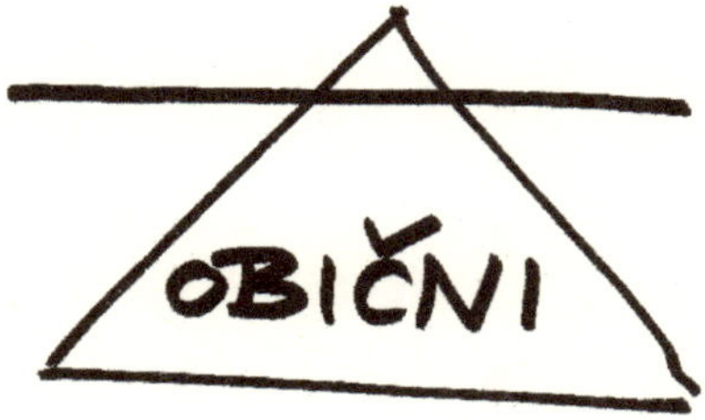

»Wenn die Gewöhnlichen also doch irgendwann einmal wegen etwas sauer werden, auf die Straße gehen, zu rufen beginnen, dass es jetzt reicht, dass sie niemand mehr zum Narren halten und ausnutzen wird, dann schicken die Führer ihre Polizei, manchmal auch die Armee, um sie zu verprügeln und von den Straßen zu vertreiben. Es ist interessant, dass die Armee und die Polizei nicht von den Bankern und Milliardären ernährt, eingekleidet und bezahlt werden, sondern von den Menschen, die nun von ihnen geschlagen und misshandelt werden. Das Militär und die Polizei siegen immer, nicht weil es mehr von ihnen gäbe oder weil sie stärker als die gewöhnlichen Menschen wären, sondern weil diese Angst vor ihnen haben und weil man sie davon überzeugt hat, dass es verboten ist, sich zu verteidigen, wenn man von einem Polizisten angegriffen wird, und zurückzuschlagen. Das Militär und die Polizei befinden sich in der Pyramide unterhalb der Führer, unter ihnen gibt es viele verschiedene Organisationen … Was sind Organisationen? Das sind kleinere oder größere Gruppierungen von Menschen, die Angst vor sich selbst haben und sich deshalb um eine Idee versammeln – du weißt doch, was eine

Idee ist, das, was wir uns ausdenken, was es nirgendwo außer in unserem Kopf gibt. Oder sie versammeln sich um einen Menschen, und es gibt nichts, was sie nicht bereit wären zu tun, nur um sich selbst zu vergessen. Dort gibt es viele Organisationen, die dem Selbstvergessen dienen, außerdem sollen sie die Menschen in Unterwürfigkeit, Unwissen und Angst halten. Wie zum Beispiel die Kirchen, die Schulen und die Universitäten. Die Kirche ist eine Organisation, die unglaublich viele Menschen um sich versammelt, und ihre Aufgabe besteht darin, diese davon zu überzeugen, dass jeder Mensch zwei Leben hat, das, welches er gerade lebt, und das, welches er nach seinem Tod leben wird. Deshalb kann die Kirche den Armen einreden, dass es ganz natürlich und normal sei, im Jetzt schlecht zu leben, in Armut und Elend, dass es kein Problem sei, wenn ihr Leben voller Leiden und Entbehrungen ist, und dass sie sich nicht aufzuregen brauchten, da sie im Jenseits gut leben und glücklich sein würden. Kannst du dir einen größeren Blödsinn vorstellen? Sie haben auch die Aufgabe, die Menschen davon zu überzeugen, dass alles, was existiert, von Gott und nicht vom Teufel erschaffen wurde, du weißt, wer die beiden sind, ich habe viele Geschichten über sie erzählt, Gott ist der Gute, und der Teufel ist der Böse. Manche Menschen haben begriffen, dass da etwas nicht stimmen kann. Sie haben sich gefragt, wieso die Führer, die Milliardäre und die Polizei sich gegenüber einigen Menschen verhalten, als wären sie Tiere, wenn doch alle Menschen nach dem Abbild Gottes geschaffen sind, wie die Kirche behauptet. Eine Gruppe sehr gescheiter Menschen, die man Bogumilen nannte, lehrte, dass die sichtbare Welt ein Werk des Teufels sei, da in Gottes Welt ganz bestimmt das Gute an erster Stelle stünde, doch diese Leute wurden von der Kirche verfolgt, sie wurden eingesperrt und wie Holzscheite verbrannt. Dann gibt es noch Schulen und Universitäten, Orte, an denen man Kinder und junge Menschen darauf trainiert, dass sie das, was sie dort lernen und was man fälschlicherweise Wissen nennt, verwenden, um sich wichtigzumachen, andere Menschen für dumm zu verkaufen, sie auszunutzen und ihnen Befehle zu erteilen.«

»Auweia«, sagte Kaj, »kein Wunder, dass ihr hierher geflüchtet seid.«

»Asja und ich haben lange darüber nachgedacht, die Stadt zu verlassen, irgendwohin in die Wildnis oder in ein Dorf zu gehen, dorthin, wo weniger Menschen leben, aber dafür hatten wir nicht genug Geld, so dass wir die Anzeige damals als Zeichen gesehen haben. Hier lief alles bestens, bis du zwei Jahre alt wurdest. Zu der Zeit bekamen Anja und Branko ein Baby, ein Mädchen.« Jakov hob die Hand, um Kajs Nachfrage zu verhindern. »Kaum zwei Monate vergingen, da landete hier ein Hubschrauber. Die Vergifteten waren gekommen, um das Baby zu holen. Anja und Branko wollten das nicht akzeptieren, sie wehrten sich, flehten und weinten, sie sagten, dass es so nicht in den Verträgen vereinbart worden sei, die wir alle unterschrieben hatten. Und sie hatten recht. Wir waren alle auf ihrer Seite, alle außer dem Lehrer. Doch es half nichts. Bewaffnete kamen aus dem Hubschrauber, sie fesselten Anja und brachten sie und das Baby fort. Sie sagten uns, dass sie uns immer, wenn es notwendig sei, unsere Kinder wegnehmen würden, und wenn sich jemand wehren würde, würden sie ihn absondern, und wenn der eine Probleme machen würde, würden sie den anderen töten. Dasselbe würde auch geschehen, wenn unsere Frauen aufhörten, Kinder zu gebären. Ich habe mir aus diesem Grund für euch, die ihr hier geboren seid, das Fabrikonschin ausgedacht und diesen ganzen Blödsinn mit dem Singen. Ich schäme mich furchtbar deswegen.«

Kaj starrte vor sich hin und schüttelte den Kopf, er versuchte zu begreifen, was er gerade von seinem Vater gehört hatte.

»Ich werde über all das noch nachdenken müssen«, sagte er und fragte dann: »Was bedeutet Fabrikonschin?«

»Das ist ein dummer Witz von mir«, sagte Jakov, »es bedeutet ›fabriziert in China‹. In diesem Land wurden früher viele minderwertige, gefälschte Waren produziert.«

»Gefälschte Waren?«

»Zum Beispiel baust du dir eine Schleuder, und du verbietest, dass irgendein anderer genau solche Schleudern baut – und so etwas ist bei den Vergifteten möglich –, und dann beginne ich, genau solche Schleudern zu bauen. Meine Schleudern sind dann nicht die echten, sondern gefälschte. So sind auch alle meine Geschichten gefälscht, als wären sie in China produziert, und sie sollten euch, die ihr hier geboren seid, als Wahrheit dienen. Das ist nicht gut, alles, was auf Lügen beruht, endet schlecht«, sagte Jakov, während im Tal vereinzelte Bäume aus dem Nebel auftauchten.

»Das bedeutet, dass sie jeden von uns holen können, Rufus, Dornröschen, Jan, Majda …«

»Ja, alle, nur dich nicht.«

»Weil ich zum Lehrer bestimmt wurde.«

 »Ja.«

»Warum hat er ausgerechnet mich ausgewählt?«

»Ich weiß es nicht. Welchen Grund auch immer er gehabt haben mag, es freut mich auf jeden Fall, dass es so ist.«

»Er sagte, dass er dich und mich zu den Vergifteten schicken wird, wenn ich es ablehnen sollte, der Lehrer zu werden.«

»Das hat er gesagt?«

»Ja.«

Eine Zeitlang schwiegen sie, Kajs Mund war trocken, er konnte kaum schlucken, und Jakov starrte vor sich hin und zeichnete mit dem Ästlein auf dem Boden herum, dann sagte er:

»Gar nichts wird er tun! Aber lass mich die Geschichte weitererzählen. Branko konnte nicht ertragen, was ihm widerfahren war. Kurz nach dem Vorfall ging er weg und kam nicht mehr zurück, wir glauben, dass er sich von der Brücke neben dem Kraftwerk gestürzt und dass das Wasser ihn fortgetragen hat. Dann haben Asja und ich uns entschlossen, mit dir zu fliehen.« Er streichelte Kaj über den Kopf. »Es lief gut, wir waren entschlossen und irrsinnig mutig, und obwohl wir keine Erfahrungen beim Klettern hatten, sind wir ziemlich leicht durch Marunas Felsen gekommen, aber als wir auf der anderen Seite in das Tal gestiegen waren, empfing uns die Polizei. Ich habe dir das früher erzählt, ohne zu erwähnen, dass du und Asja dabei wart. Ich weiß nicht, warum sie es so entschieden haben, aber sie nahmen Asja mit, und dich und mich brachten sie hierher zurück, und zwar unter der Androhung, dass sie sowohl dich als auch Asja töten würden, sollte ich versuchen, irgendetwas zu unternehmen.«

»Was ist mit Mama?«, fragte Kaj, der sich abgewandt hatte, um seine Tränen zu verbergen. »Weißt du irgendetwas über sie?«

Jakov schüttelte stumm den Kopf.

»Lass uns die Fallen aufstellen«, sagte er.

♠♦♣

♦

Du hattest schlecht geschlafen, allzu viele fremde Töne und Geräusche, du schrecktest auf wegen eines entfernten Bellens, weil irgendetwas auf dem Dachboden herumwuselte, und du fragtest dich, was es sei und ob es wiederkommen würde. Und als dich endlich der Schlaf umfing, wurde dein Bewusstsein wieder durch einen Schrei aufgeschreckt, ein Pusten, ein Rasseln, ein Knacken und ein Fiepen… Hier ist es schlimmer als in einer Straße voller Kneipen und Besoffener, dachtest du. Was für eine Lüge, all diese Bücher über Ruhe und Idylle im Dorf.

Ein Hahn weckte dich auf. Er krähte und krähte, er krähte mit Unterbrechungen. War er etwa heiser, hustete er, oder lenkte ihn etwas vom Krähen ab? Du hörtest Vogelgesang, das Quietschen einer Tür, Schritte im Hof, das Meckern der Ziegen. Durch das Mückennetz aus Gaze sahst du den Morgen dämmern, das blasse Licht, das den Raum durchflutete, du sahst, wie aus dem Dunkel die unebenen, mit Kalk geweißelten Wände und ein Holzschrank in einer Ecke des Zimmers sichtbar wurden. Du zogst die Gaze zur Seite und standst auf, das Berühren des rauen Holzbodens mit den Füßen überraschte dich. Beim Anziehen gingst du zum Fensterchen und beobachtetest die Nebelsträhnen im Tal und die Sonne, die aus einem pfirsichfarbenen Schaum aufstieg.

Mila und du hattet heute Nacht den Sternenhimmel betrachtet. Nach dem Sturm in der Nacht zuvor war der Himmel klar gewesen. Nie zuvor hatte Mila so viele Sterne gesehen.

»Nein, noch nie«, sagte sie, »nur auf Fotos. Auch Ziegen habe ich bisher nur auf Fotos gesehen. Und auch einen solchen Garten. Mein Lehrer sagt, dass wir in einer Welt der Bilder und nicht der Wirklichkeit leben.«

Du hattest auch selbst vergessen, wie der Nachthimmel aussieht. Du hattest dich gefühlt, als hättest du etwas wiedergefunden, was du schon vor langer Zeit verloren und vergessen hattest.

»Merkwürdig, ich spüre, wie es mich anzieht, als stünde ich am Rande des Daches eines Hochhauses«, sagte Mila.

Und du wurdest traurig, du dachtest, wie schwer es sei, dieses Getrenntsein zu ertragen, ohne dass du hättest sagen können, wovon du getrennt warst und was dir fehlte. Da war nur dieses heftige Gefühl des Verlusts.

Du gingst auf die schmale, überdachte Veranda, die sich über die ganze Seite des Hauses erstreckte, und sahst Marija dabei zu, wie sie die Ziegen aus dem Stall ließ. Sie spürte deinen Blick, drehte sich um und rief dir zu, dass du dich im Brunnen waschen könnest, ein Handtuch liege auf dem Stuhl in der Küche. Du winktest ab, du brauchtest kein Handtuch. Du fragtest sie, was sie denn auf ihrem Dachboden halte, eine Herde Wildpferde vielleicht?

»Das sind nur Siebenschläfer«, sagte sie, »in diesem Jahr gibt es viele davon, es gibt reichlich Bucheckern.«

Du hobst den Deckel vom Brunnen und beugtest dich über das Wasser, das Wasser war wie dunkelblauschwarze Sülze. Es gelang dir nicht sofort, mit dem verbeulten Blecheimer die Oberfläche zu durchstoßen. Du zogst die Kette hin und her und hörtest Marija lachen. Endlich gelang es dir, etwas Wasser herauszuholen und in eine Waschschüssel zu gießen. Du fragtest, ob dieses Wasser trinkbar sei, Marija erwiderte, dass es kein anderes gebe, die Quelle sei an der anderen Seite des Tals, sie trinke aus dem Brunnen. Du trankst einen Schluck, putztest die Zähne, dann schöpftest du etwas Wasser mit den Händen, um dir das Gesicht zu waschen, aus den Augenlidern verschwand die Schwere der schlaflosen Nacht.

Die Sonne war aufgetaucht aus dem pfirsichfarbenen Schaum und nahm ihren Lauf über den Himmel, der durchzogen war von milchigen Wolken und Spuren von Flugzeugen. Schon wieder hattest du das Gefühl, dass jenes Feuer in dir aufloderte. Deine Gedanken kreisten um Schiffe und Flugzeuge und um die Spuren, die sie hinterlassen, die Spur eines Schiffes wird immer blasser, je weiter sich das Schiff entfernt, aber die eines Flugzeugs wird immer sichtbarer. Wie ist das möglich?, fragtest du dich und setztest in deinem Kopf ein Liedchen zusammen: Chemtrails, Chemtrails, wer setzt euch aus und warum?

»Damit sie die Menschen gehorsam machen?«, sagtest du laut.

»Wie bitte?«, fragte Marija überrascht.

Du erzähltest ihr von Chemtrails.

»Alles Blödsinn«, sagte sie, »aber selbst wenn es so wäre, würden sie ihr Geld und ihre Zeit zum Fenster hinausschmeißen. Unsere Spezies ist erschaffen, um gehorsam zu sein, um das zu tun, was man ihr sagt, nicht um viel nachzudenken. Wir sind zu Gewalt und Tyrannei verdammt.«

»Bist du immer so optimistisch?«, fragtest du.

»Immer«, sagte sie.

Du beobachtetest eine Katze, die zusammengekauert vor der Veranda lag und vorsichtig ihre Pfote unter einen Balken schob und sie dann schnell wieder zurückzog. Marija folgte deinem Blick.

»Katze, lass die Schlange zufrieden«, sagte sie. »Sie erwürgt dich einmal, wenn sie groß ist, Nattern sind nachtragend.«

Es sah nicht so aus, als würde die Katze diese Warnung ernst nehmen. Sie schob auch weiterhin ihre Pfote unter den Balken.

»Da hat sich eine Schlange eingenistet«, erklärte Marija dir, »und ein Haus, in dem eine Schlange lebt, hat keine Probleme mit Mäusen. Doch die Katze lässt sie nicht in Frieden. Lass uns zum Garten gehen, etwas fürs Frühstück holen.«

»Fangen denn nicht die Katzen Mäuse?«, fragtest du.

»Diese hier nicht. Die Mäuse laufen an ihr vorbei, wie an einem Friedhof. Manchmal glaube ich, dass sie für die Mäuse arbeitet, dass sie von irgendeiner Mäuselobby finanziert wird, auf jeden Fall ist sie sehr tolerant gegenüber Mäusen. Woher kennst du eigentlich Mirko?«

»Wir sind zusammen in die Schule gegangen.«

»Und jetzt wollt ihr ein bisschen in die Berge gehen?«

Du nicktest und bliebst an einem Dornenbusch voller grüner Beeren stehen.

»Schlehdorn«, sagte Marija, »daraus machen wir Saft.«

»Wie schmeckt der?«

»Gut.«

»Ist es dir nie langweilig hier?«, fragtest du.

»Langweilig?« Sie schaute dich verwundert an. »Langeweile ist die Angst vor der Begegnung mit dem eigenen Selbst, mit den eigenen Gedanken. Hast du Angst vor dir selbst?«

»Nein«, antwortetest du, »eigentlich dachte ich an die Einsamkeit hier. Allein zu leben ist kein großes Glück, das weiß ich aus eigener Erfahrung.«

»Seit wann brauchen wir Menschen, um nicht einsam zu sein? Es reichen ein Strauch Schlehdorn, ein paar Pfingstrosen«, sie zeigte auf einen mit kräftig roten Blüten geschmückten Busch, »die Flechten auf einem Stein, ein Ahorn, eine Schlange, eine Katze... Wann kommt ihr zurück von eurem Berg?« Sie blickte dich an. »Wann fährst du zurück nach Zagreb?«

»Ich habe dort nichts zurückgelassen«, sagtest du. »Ich würde gern eine Zeitlang hierbleiben, aber ich kann nichts, also nichts, was bei euch von Nutzen wäre.«

»Das meinst du nur«, sagte sie, »niemand ist nutzlos. Du kannst Holz hacken, Weizensäcke schleppen, Kartoffeln und Mais ernten, und vermutlich würdest du schnell ein tief verborgenes Spezialtalent entdecken, zum Beispiel Pferde beschlagen.«

»Ich weiß nicht«, lachtest du verlegen.

»Wenn du dich entscheidest zu bleiben, kannst du jedenfalls bei mir wohnen«, sagte sie, »es sei denn, du hast Angst vor Frauen und Schlangen. Mirko überwintert auch bei mir«, fügte sie hinzu.

Du halfst Marija dabei, die Ziegen vom Gartenzaun zu vertreiben. Die Ziegen bewegten sich nur ungern, entfernten sich aber schließlich.

»Sie sind unglaublich«, sagte sie, »sie können in alle Himmelsrichtungen im Umkreis von hundert Kilometern frei äsen, und du hast ja gesehen, dass sie wirklich genug zu futtern haben, aber nein, das reicht ihnen nicht. Sobald ich ihnen den Rücken kehre, strecken sie ihre Köpfe durch den Gartenzaun und fressen dort. Und sie fressen immer zuerst das Wertvollste, was du in deinem Garten hast. Ich schwöre es dir, wenn ich keine Vegetarierin wäre, dann wären sie schon längst in der Röhre gelandet.«

Du lachtest und dann rutschte dir eine Frage über ihren Exmann heraus.

»Er hat sich hier nicht gut zurechtgefunden«, sagte sie. »Der Schlamm störte ihn, die Mücken, der Geruch des Rauches, der Hühnerdreck im Hof, alles störte ihn, und dazu hat er noch ständig darüber nachgedacht, was ihn störte. Typisch für euch Männer, würde ich sagen. Wenn ihr nicht mit euren Pimmeln beschäftigt seid, dann tauchen Gedanken auf. Ein vollständig neues Territorium für euch. Und das bringt euch um den Verstand. Eines Tages hat er seine Sachen zusammengepackt und ist fortgegangen.«

Während du im Morgenlicht durch die Beete hinter Marija herliefst, kam dir plötzlich der Gedanke, dass all das viel Sinn ergab: Du bearbeitest die Erde, säst Samen und daraus wachsen Karotten, Tomaten, Paprika, Schoten, was auch immer, du isst das alles, und so geht es dein Leben lang weiter. Du warst begeistert von dieser Entdeckung und teiltest sie ihr mit. Sie zeigte keine Begeisterung für deine Entdeckung.

»Hast du nie einen Garten gesehen?«, fragte sie.

 »Ich habe früher einige Gärten in Zagreb gesehen«,

antwortetest du, ohne ihre milde Ironie zu bemerken, »ich habe auch Gärten an der Küste und bei Freunden in der Zagorje gesehen, ich habe sie allerdings nicht beachtet, sie waren mir nie wichtig.«

»Was war dir denn wichtig?«, fragte sie und beugte sich dabei, um eine Paprika zu pflücken. »Hier«, fügte sie hinzu, »du kannst sofort anfangen, die sehr anspruchsvolle und komplexe Kunst des Paprikapflückens zu lernen.«

»Welche soll ich denn pflücken?«, fragtest du überrascht.

»Die größten, saftigsten und reifsten«, sagte sie. »Drei oder vier Stück. Wir werden sie mit Eiern braten.«

»Was mir wichtig war?«, sagtest du, während du dich hinhocktest, um nach den grüngelben Früchten zu tasten. »Nichts Besonderes, genügend Geld zum Leben zu verdienen, würde ich sagen.«

»Zum Leben brauchst du nicht viel Geld«, sagte sie. »Würden die Menschen nur das kaufen, was sie wirklich brauchen, würden sie weniger arbeiten, sie hätten viel weniger Gerümpel in ihren Häusern und viel mehr Zeit und Zufriedenheit. Glaubst du nicht?«

»Wahrscheinlich hast du recht«, sagtest du und zeigtest ihr die Paprikaschote, die du gerade gepflückt hattest. »Ist die gut?«

»Sie ist phantastisch«, sagte sie, »man sieht sofort, dass du ein geborener Paprikapflücker bist. Die Tatsache, dass du soeben ein königliches Exemplar gepflückt hast, war bestimmt kein Anfängerglück. Weißt du, die Schlaufüchse verkaufen den naiven Menschen Dinge, die sie überhaupt nicht brauchen, sie ziehen sie bis auf die nackte Haut aus.«

»Wie meinst du das?«, fragtest du, während du die Paprikaschoten abschätztest.

»So meine ich das: Ein kluger Mensch kauft von dem, was er wirklich braucht, nur so viel, wie er braucht, alles andere ist doch Unsinn, oder etwa nicht?«

Du nicktest, ohne zu verstehen, worauf sie hinauswollte. Du reichtest ihr unentschlossen eine der Paprikaschoten, die du gepflückt hattest, was, so schoss es dir durch den Kopf, bestimmt ziemlich blöd aussah.

»Niemand kann sich an jemandem bereichern, wenn er ihm nur das verkauft, was der andere wirklich braucht. Zum Beispiel wäre es normal, dass ein Mensch ein Paar Schuhe für den Frühling und den Herbst hat und ein Paar für den Winter und eventuell ein Paar Sandalen für den Sommer. Mehr als ein Paar gleichzeitig kann man nicht anziehen, wie es so schön heißt, nicht wahr? Doch wir alle haben mehr als ein Paar Schuhe für jede Jahreszeit, und anstatt dieses Paar zu tragen, bis es zerfällt beziehungsweise bis es nicht mehr zu reparieren ist, sind unsere Schuhschränke vollgestopft. Immer mehr, jedes Jahr kaufen wir neue, immer neue, wir ersticken in den Schuhen, wir haben mittlerweile völlig das Maß verloren, sind völlig von Sinnen, wir wissen nicht mehr, was wir brauchen und was nicht, und wir können nicht aufhören zu kaufen. Und die Schlaufüchse reiben sich die Hände und lachen uns hinter unserem Rücken aus. Hier«, sie zeigte auf seine Füße, »die Schuhe, die du trägst, sind bestimmt ein Teil deiner hochwertigen Sammlung. Zu Hause hast du bestimmt zehn oder fünfzehn Paar verschiedener Schuhe.«

»So viele nicht gerade«, sagtest du, »außer diesen besitze ich nur noch ein Paar Bergstiefel, die ich in meinem Rucksack habe.«

Du sagtest ihr nicht, dass Mila dir diese Bergstiefel gekauft hatte, genauso wie den Rucksack und deine Windjacke. Ihr hattet abgemacht, den Leuten in der Kommune nicht zu sagen, dass ihr in das Japodental gehen wolltet. Ihr hattet ihnen gesagt, dass ihr eine Bergwanderung plant. Mirko meinte, dass es umso besser sei, je weniger Menschen euer wahres Ziel kannten. »Wenn Salar begreift, dass seine Tochter weg ist«, so hatte Mirko gesagt, »dann wird die Polizei und irgendein privater Sicherheitsdienst alarmiert, und wenn sie einen Zusammenhang zwischen Mila und UNKRAUT und der Kommune herstellen und hierherkommen, dann ist es besser, wenn man ihnen hier erzählt, dass wir in den Bergen wandern.« Mila hatte ihnen nicht erklären wollen, warum sie ihrem Vater nicht einfach gesagt hatte, dass sie mit Freunden einen Ausflug plane und einige Tage nicht da sein werde. »Fragt mich nicht, warum!«, hatte sie gesagt, und ihr hattet sie nicht weiter damit belästigt.

Marija sah dich ungläubig an, und als sie begriff, dass du keinen Scherz gemacht hattest, nickte sie.

»Du bist wirklich eine Ausnahme, zumindest was die Schuhe betrifft«, sagte sie, »also muss man deinen Fetisch irgendwo anders suchen. Kleidung, Immobilien, Autos, Aktien …«

»Alles, was ich besitze, habe ich am Körper, oder es ist in meinem Rucksack«, sagtest du und wandtest dich von ihr ab. »Und mein Rucksack ist beinahe leer.«

»In dem Fall«, sagte sie, »bist du bei uns richtig. Aber ehe ich es vergesse, was macht die Tochter von Zoran Salar hier? Erzähl mir aber bitte nicht, dass sie als Volontärin bei UNKRAUT in Zagreb arbeitet, das glaubt euch doch kein Mensch.«

»Woher weißt du, dass Mila Salars Tochter ist?«

»Wir leben doch nicht in der Steinzeit hier.« Sie verzog das Gesicht. »Die Signale kommen auch zu uns durch. Ich habe heute früh gesehen, dass ihr Verschwinden auf allen Internetportalen als Hauptnachricht gebracht wird.«

»Was schreiben die denn?«

»Es wird angenommen, dass sie entführt wurde, um Lösegeld zu erpressen, da in ihrer Wohnung ihr Handy, ihr iPad und all die anderen Dinge, ohne die die jungen Menschen heutzutage nicht einmal mehr aufs Klo gehen, gefunden wurden. Zuerst glaubten sie, dass sie nur kurz ausgegangen sei, um etwas in der Nachbarschaft einzukaufen. Doch an einem Geldautomaten hat sie mit all ihren Karten jeweils den maximalen Betrag abgehoben, was nicht gerade so aussieht, als wollte sie sich ein Eis kaufen. Und daraus haben die Fahnder geschlossen, dass es sich vielleicht um eine Entführung handelt. Sie schreiben, dass als Erster irgendein Aikido-Lehrer festgenommen wurde, der wurde dann aber sofort wieder freigelassen. Bei dem hat sie wohl trainiert, und die beiden standen sich sehr nahe. Jetzt werden Aufnahmen von Überwachungskameras überprüft, und sie checken, mit wem sie in letzter Zeit per E-Mail und Handy Kontakt hatte.«

»Vielleicht wäre es besser, wenn du Mirko nach ihr fragst«, sagtest du. »Ich bin nur ein Anhängsel. Auf jeden Fall haben wir sie bestimmt nicht entführt.«

»Das sehe ich«, sagte sie.

♣

»Ich bin volljährig, ich kann gehen, wohin ich will, ohne mich bei meinem Vater oder irgendjemand anderem abmelden zu müssen«, sagte Mila ruhig, als Marija ihr mitteilte, dass man nach ihr suche. »Ich lebe nicht bei ihm, und ich bin nicht sein Besitz.«

»Gut, dass du sie damals aus einer Telefonzelle angerufen hast«, sagte Josip zu Mirko.

»Ich habe ja kein Handy«, sagte Mirko.

»Was tuschelt ihr denn da?«, fragte Marija.

Mirko erzählte ihr, was sie vorhatten.

»Ich möchte dich aber bitten, dass du das für dich behältst«, sagte er am Ende.

»Darf ich es der Katze und der Schlange sagen?«, fragte sie.

»Weiß dein Aikido-Lehrer irgendetwas?«, fragte Mirko Mila.

»Nein«, log Mila, weil sie nicht erklären wollte, dass Sensei Tohić eher sterben würde, als sie zu verraten. »Und meinen Freunden habe ich auch nichts gesagt.«

»Es ist unglaublich, dass uns nie eingefallen ist, die Sache mit dem Nuklearabfall zu prüfen«, sagte Marija, »und das lässt sich nun wirklich mit dem einfachsten Geigerzähler nachweisen.«

»Dem Staat kann man ja normalerweise glauben, wenn es sich um irgendeine Scheiße handelt«, sagte Mirko.

»Und wir haben all diese Jahre alles darangesetzt, uns vom Japodental fernzuhalten.«

»Wenn wir Geld hätten, könnten wir all die Grundstücke um das Tal herum aufkaufen, wir würden sie für einen Appel und ein Ei bekommen, und wenn dann bekannt würde, dass die Geschichte mit dem Abfall eine Ente war, könnten wir Milliarden verdienen«, sagte Josip.

Marija und Mirko schauten ihn nur an.

»In Ordnung, in Ordnung, ich habe nur einen Witz gemacht«, sagte Josip.

»Es wäre nicht schlecht, wenn wir sofort losgehen«, sagte Mirko. »Wir haben bisher nicht viele Spuren hinterlassen, aber wir sollten uns trotzdem beeilen, vielleicht gibt es bei der Polizei den einen oder anderen cleveren Jungen, was meint ihr?«

»Wahrscheinlich sind diese Grundstücke sowieso schon im Besitz von Salar und Konsorten. Entschuldige, Mila«, sagte Josip.

»Wollen wir also?«, fragte Mirko.

In diesem Moment sahen sie Damir, der durch den Obstgarten auf sie zurannte.

»Der fehlte uns gerade noch«, grummelte Mirko.

»Kann mir jemand erklären, was hier läuft. Warum sucht euch die Polizei?«, rief Damir wütend.

»Ich kann Ihnen das erklären«, sagte Mila ruhig. »Nur ich werde gesucht, und ich bin vor den Misshandlungen meines Vaters geflüchtet.«

Damir schrak zurück, als hätte er eine Schlange unter seinen Füßen erblickt.

»Bitte seien Sie mir nicht böse«, sie blickte zu Mirko, »ich hätte Ihnen das sofort sagen sollen, doch ich will niemandem hier Probleme machen, deshalb gehe ich sofort.«

»Du bist also nicht entführt worden?«, fragte Damir.

Alle schauten ihn an.

 »Dennoch«, sagte Mila, »würde ich gern die Berge

sehen, von denen Sie mir erzählt haben, das haben Sie mir doch versprochen.«

♠

Ich schaue Mila an, sie sieht so unschuldig aus, aber lügen tut sie sehr routiniert. Sie hat nicht einmal mit der Wimper gezuckt, als sie Damir von den Misshandlungen durch ihren Vater erzählt hat, und selbst ich habe ihr fast geglaubt. Andererseits lügt sie vielleicht gar nicht, möglicherweise hat dieses Schwein sie tatsächlich misshandelt, es würde mich nicht wundern. Menschen von seinem Schlag sind imstande, alles Mögliche zu tun. Seit einigen Tagen, eigentlich von dem Tag an, an dem Mila uns die Dokumente gezeigt hat, erinnere ich mich an die alten, nie geprüften Berichte über verdächtige Geschäfte von SalarLab. Ohne etwas zu behaupten, wurde zwischen den Zeilen suggeriert, dass in den Labors unerlaubte Experimente an Menschen durchgeführt wurden. Es wurde daran erinnert, dass Salar, bevor er sein Geld in die Biotechnologie investiert hatte, durch Immobiliengeschäfte reich geworden war, es wurde ein dubioser Handel erwähnt, in der Luft hing Handel mit menschlichen Organen, doch all das gut verpackt, versehen mit Fragezeichen in den Zeitungsüberschriften, ein Kennzeichen des erpresserischen Journalismus, dieses am häufigsten angewandten journalistischen Genres der letzten dreißig Jahre, so dass ich den Berichten keine gesteigerte Aufmerksamkeit geschenkt hatte, und mit der Zeit hatte ich sie sogar vergessen, bis Mila die Dokumente über das

Projekt Paradies 3000 vor uns ausbreitete. Wer Fabriken kauft, um sie gleich wieder zu schließen und alle Arbeiter auf die Straße zu setzen, um dann dort Wohn- und Geschäftshäuser zu bauen, ist auch imstande, Handel mit Menschen und Organen zu betreiben. Wo liegt schließlich der Unterschied zwischen dem Verfügen über menschliche Schicksale und menschliche Organe.

Wir laufen seit heute Morgen. Marija hat uns mit der Kutsche bis zum letzten bewohnten Dorf gebracht, direkt an den Rand des ersten Ringes um das Japodental, der als besonders gefährlich für Menschen gilt und aus dem alle Bewohner evakuiert wurden. Der zweite Ring, in dem sich auch die Kommune befindet, wird als Risikozone betrachtet, in der Menschen auf eigene Verantwortung leben dürfen. In dem Dorf wohnen einige alte Menschen, die dort sterben wollen, wo sie geboren wurden, und deren Angehörige ein- oder zweimal im Monat kommen und Nahrung bringen. Aber bevor der Winter und der Schnee das Dorf vom Rest der Welt abschneiden, holen sie die alten Menschen zu sich nach Hause.

»Es ist wenig wahrscheinlich, dass die hier im Internet herumhängen«, hatte Marija gesagt und konnte ihre Gehässigkeit nicht verbergen, »aber dennoch lasse ich euch hinter den letzten Häusern aussteigen.«

Ich sagte ihr, sie sei paranoid.

»Und wenn schon«, sagte sie, »alte Menschen sind neugierig wie Katzen, und selbst dem allerdementesten Gehirn kann es passieren, dass es sich etwas merkt, was es sich nicht merken sollte. Deshalb ist es besser, wenn sie Mila nicht sehen.«

 Als wir uns von Marija getrennt hatten, hielten wir uns

eine Zeitlang auf einer Straße, die von Gras, Moos, Farn und vereinzelten Büschen bewachsen war. Unter dem Bewuchs lag Asphalt. Die Straße wand sich in leichten Steigungen zu den Hängen des Bergmassivs, das im Osten das Japodental begrenzt. Wir hatten es heute Morgen von der Kommune aus betrachtet, im blauen Dunst sah es weit entfernt aus mit seinen bewaldeten Hängen, aus denen der felsige, durchbrochene Grat herausragte. Bald warnten uns rote und orangefarbene Tafeln mit einem Totenkopf, einem flüchtenden Menschen, einem Ventilator und einer Flamme:

DURCHGANG VERBOTEN – DEPONIE FÜR HOCHRADIOAKTIVEN UND CHEMISCHEN ABFALL

Etwas später betraten wir einen Himbeerhain: Nach links und nach rechts erstreckte sich ein Dschungel von Staudengewächsen, die mit hellroten Kügelchen gepunktet waren. »Ich gehe nicht weiter, bevor ich das alles aufgegessen habe«, hörte ich Josip sagen, Mila zeigte lautstark ihre Begeisterung, und wir warfen alle drei unsere Rucksäcke zur Seite und stürzten uns auf die Beeren. Als wir nicht mehr konnten, gingen wir von der Straße weiter zu einer Lichtung, von wo aus sich der Blick auf das Tal öffnete, das wir gerade hinter uns gelassen hatten, und auf die Hügel, an denen verstreut einige Häuser lagen. »Das dort«, ich zeigte mit dem Finger in eine Richtung, »das ist unsere Kommune.«

»Ich habe das Gefühl, als wäre ich seit Tagen unterwegs«, sagte Mila, und ich sah sie an und dachte, wie unschuldig sie aussieht und wie geschickt sie Damir getäuscht hat. Wir setzten uns in den Schatten eines riesigen Bergahornbaums, der mitten auf der Lichtung stand. »Ich würde gern ein Nickerchen machen«, sagte

Josip, streckte sich aus, lehnte den Kopf an seinen Rucksack, und bald konnten wir sein leises Schnarchen hören. Unsere Rucksäcke waren nicht übermäßig schwer, wir hatten Lebensmittel für fünf Tage mitgenommen, so lange, glaubten wir, würde unsere Reise maximal dauern. In Zagreb hatten wir uns mit Schokolade, Keksen und verschiedenen Energieriegeln versorgt. Marija hatte für Mila vegetarische Bratlinge, Tofu und gekochten Reis vorbereitet, wir beide waren mit weißem Speck und Würstchen zufrieden, und jeder hatte noch ein rundes Maisbrot bekommen. Wasser wollten wir unterwegs suchen, und allem Anschein nach würde es uns an Obst nicht mangeln. Dann hatten wir noch Schlafsäcke und Militärplanen, um unsere Schlafstellen zu überdachen. Mila hatte ein leichtes Zelt für eine Person dabei. Aus einer Tasche des Rucksacks holte sie ein zusammengefaltetes Stück Papier.

»Wir haben heute früh über den Eingang ins Tal gesprochen«, sagte sie und reichte mir das Blatt. »Das ist die Karte mit dem eingezeichneten Eingang.«

Es war der Ausdruck einer alten Militärkarte im Maßstab 1:25 000. Der Verlauf des Flusses Bistrica teilte die Karte in zwei Hälften. Im Japodental tauchte der Fluss vor der Bergbausiedlung auf, in den nächsten beiden Quadraten floss er durch den Canyon, die nächsten vier Quadrate durch die Ebene bis zum Dorf Međuvode, das heute unbewohnt ist, und in der Nähe dieses Dorfes verließ er die Karte. In Međuvode war damals, als das Japodental eingezäunt worden war, die Basis der Spezialpolizei gewesen, mit der wir in Konflikt gerieten, als wir versuchten, die Arbeiten zu verhindern. Die Straße und die Eisenbahnlinie folgten dem Fluss von Međuvode bis zur Bergbausiedlung, wo sie endeten. Im Canyon war die Straße in ein steiles Felsmassiv gesprengt worden, und für die Eisenbahn hatten sie einen Tunnel gebaut. Heute führen die Straße und die Eisenbahnlinie nur noch auf der Karte bis zur Bergbausiedlung, denn ein Teil der Straße und des Tunnels sind vor langer Zeit durch eine Steinlawine verschüttet worden. Der Schaden wurde nie behoben, da es zu teuer gewesen wäre, und die Zeitungen schrieben damals, dass in Zukunft der Abfall mit Cargo-Hubschraubern ins Tal transportiert werden würde. Auf der Karte konnte man den Eingang in die Mine und zum Wasserkraftwerk erkennen. Milas Finger zeigte auf das Quadrat, in dem sich aus Richtung Međuvode der Schlund des Canyons öffnete. An der Stelle war ein Zeichen für eine Höhle eingetragen, und darüber hatte jemand mit der Hand ein x geschrieben.

»Glaubst du, dieses Kreuzchen bedeutet, dass die Höhle der Eingang zum Tal ist?« Ich blickte zu Mila.

»Was sollte es sonst bedeuten«, antwortete sie.

Östlich vom Canyon zeigte die Karte bewaldete Hänge und den felsigen Rücken des Berges Staretina. Von dieser Seite kamen wir. Auf der Karte konnte man keine gefährlichen Stellen erkennen, und auch in der Realität schien alles in Ordnung zu sein. Ich betrachtete die eingezeichneten Pfade für Viehherden und die blauen Pünktchen, die Quellen bezeichneten. Ich entzifferte die Namen der Felder, der Täler und der Gipfel Četinarica, Visibaba, Vijojla, Cerov dol, Javornik. Mein Blick wanderte von der Karte zu der Wiese und zum Wald um uns herum, ich lauschte dem Wind, der durch das Gras und die Baumkrone des Ahorns strich, und dem Rufen der Meisen.

♥

»Was tun wir jetzt?«, fragte Kaj, nachdem er die Schlinge der letzten Falle vertäut hatte.

»Wir können ein nettes Plätzchen für ein Nickerchen suchen, und dann werden wir etwas essen«, sagte Jakov. »Ich befürchte, dass wir vor Hunger sterben werden, wenn wir darauf warten, dass sich irgendetwas in deine Fallen verläuft.«

»Was fehlt meinen Fallen?«, fragte Kaj.

»Die Fallen sind gut, sie sind auch gut aufgestellt, aber die Hasen werden immer schlauer. Der Tag ist nicht mehr fern, dann gehen wir ihnen in die Falle.«

»Dann lass uns Heuschrecken und Krebse suchen«, sagte Kaj, »ich habe nicht das Gefühl, dass sie einen Deut schlauer sind als letztes Jahr.«

»Ich habe lange gebraucht, bis ich mich an rohe Heuschrecken gewöhnt habe«, sagte Jakov, während er kaute. »Dort essen sie überhaupt keine Heuschrecken, weder roh noch frittiert«, fuhr er fort, nachdem er Kajs erstaunten Blick gesehen hatte. »Zumindest haben sie sie nicht gegessen, solange ich dort lebte.«

»Warum nicht?«, fragte Kaj, holte eine Heuschrecke aus dem abgebundenen Ärmel seines Hemds und schob sie sich in den Mund.

Es war bald Mittag, sie saßen auf einer Sandbank inmitten der Frische des Flusses. Er strömte hier grün schimmernd und schnell.

»Es ist kein Brauch dort«, antwortete Jakov. »Ich meine, sich Nahrung aus der Natur zu holen.«

»Weil alles vergiftet ist?«

»Nicht nur deshalb. Sie glauben, dass sie alles, was sie brauchen, kaufen müssen, die Nahrung, ihre Kleidung, die Häuser, in denen sie leben und alles andere. Irgendein anderer züchtet, pflückt, näht und baut, und du kaufst. So läuft das bei denen. Habe ich dir je erzählt, dass sich einige von ihnen sogar die Samen der Pflanzen angeeignet haben und sie anderen verkaufen?«

»Ach komm«, sagte Kaj, »du machst Witze.«

»Keineswegs. Wie du weißt, müssen die Vergifteten schwer arbeiten, damit die Pflanzen, die sie essen, wachsen und Früchte tragen können. Sie züchten die Pflanzen auf Äckern, so nennen sie die Plätze, an denen sie zuerst den Boden so aufwerfen«, er pflügte mit dem Finger durch den Sand und zog eine Furche, »und dann legen sie Samen dort hinein. Das Problem besteht darin, dass die Pflanzen, die aus diesen Samen sprießen, Samen produzieren, aus denen keine neuen Pflanzen wachsen können. Sie essen diesen fruchtlosen, toten Samen, aber aus ihm kann keine neue Pflanze entstehen. Deshalb sind sie dazu verurteilt, immer wieder neuen Samen zu kaufen. Und damit ihre Pflanzen wachsen können, reichen ihnen nicht Boden, Sonne und Regen, sondern sie müssen die Pflanzen füttern, und dieses Futter muss man auch kaufen. Am Ende haben sie mit diesem Pflanzenfutter die Erde so weit zerstört, dass darauf nichts mehr ohne diese Hilfe wachsen kann. Ganz anders als bei uns, wo die Wiesen ohne unsere Hilfe wachsen. Eine Wiese kehrt jedes Jahr im Frühling zurück. So wie alles in der Natur, das im Winter fortgeht, im Frühling wiederkommt. Fortgang und Wiederkehr lösen sich ab, die Sonne geht auf und wieder unter, die Trauerweide wirft ihre Blätter ab, und später schlagen wieder neue aus, so ist es überall außer in der Welt der Vergifteten, die den Wechsel verhindert und so das Leben zerstört haben. Weißt du, was das Leben ist?«

»Ich weiß das, was du immer gesagt hast: Das Leben ist eine Massenerscheinung.« Kaj prustete los.

»Du merkst dir nur Blödsinn«, sagte Jakov.

»Und außerdem«, sagte Kaj weiter, »weiß ich, dass das Leben dir und mir gemeinsam ist, den Heuschrecken, den Trauerweiden, allem, was läuft, fliegt, schwimmt, hüpft, kriecht, sprießt, wächst, blüht... Schau her, ich nehme dieser Heuschrecke das Leben«, er zerquetschte die kleine Kreatur zwischen den Fingern und schob sie sich in den Mund, »damit ich meinen Hunger stillen und leben kann. Das ist auch eine Art Zerstörung des Lebens.«

»Nein«, sagte Jakov. »Du hast ein Wesen aus einem guten Grund getötet, aber du hast nicht den Lebenszyklus aller Heuschrecken verhindert, du hast nicht den ständigen Wechsel aus der Ordnung gebracht.«

»Papa, ich habe nur einen Scherz gemacht«, sagte Kaj. »Hast du denn gar keinen Humor?«

»Heute nicht«, sagte Jakov. »Ich mache mir Sorgen darüber, wie wir das Problem mit dem Lehrer lösen können und was mit uns allen hier sein wird.«

»Ich habe den Eindruck, dass der Lehrer nicht mehr unser Problem ist«, sagte Kaj. »Nach allem, was ich heute gehört habe, will ich nicht mehr hierbleiben. Ich komme mir vor wie in den Lagern, die ich auf Fotos gesehen habe. Wie du ja gesagt hast, wir sind mit Stacheldraht eingezäunt. Und wir dienen irgendjemandem als …«, er hielt inne und blickte zu Jakov, »als was dienen wir denn eigentlich, und warum sind wir hier?«

»Ich weiß es selbst nicht mehr«, sagte Jakov und blickte zu dem Wäldchen mit jungen Birken, das auf einem Hang stand. Die Bäume waren wie unter einer schrecklichen Last gebeugt, und die Spitzen einiger Bäume berührten fast den Boden. Am Ende des Winters war das Tal von Eisregen heimgesucht worden, damals waren viele Äste abgeknickt und viele Bäume umgestürzt, aber nicht diese jungen Birken.

»Ich dachte, dass sie überhaupt keine Blätter mehr austreiben würden.« Er zeigte auf das gebeugte Wäldchen.

»Als Allererstes möchte ich gern wissen«, sagte Kaj, »wie eure Eltern, Brüder und Schwestern auf euer Fortgehen reagiert haben. Ich meine, auf die Tatsache, dass sie euch nie mehr sehen werden.«

Jakov seufzte.

»Erst später, als wir uns hier gut kennengelernt hatten, fiel uns auf, dass niemand von uns noch Eltern hatte und dass wir auch alle keine Geschwister hatten. Doch wir haben das für einen Zufall gehalten und nicht weiter beachtet. Bis man begann, einige von uns fortzuholen.«

»Ich will nicht der Samen für neue Menschen sein«, sagte Kaj.

»Wie meinst du das?«

»So hat uns der Lehrer beschrieben, wir seien der Samen für neue Menschen. Es würde mich nicht wundern, wenn sie sich auch uns aneignen und uns verkaufen, nach all dem, was ihr uns über die Vergifteten erzählt habt, vor allem, dass sie sich alles aneignen und verkaufen.« Er schüttelte heftig den Kopf. »Es ist für uns die Zeit gekommen, fortzugehen und Mama zu suchen.« Er blickte Jakov an.

»Was wird mit den anderen geschehen?«, fragte Jakov.

»Wir werden es wissen, wenn wir Mama gefunden haben und wenn wir erfahren, wozu all das hier dienen soll.«

Sie schwiegen eine Weile und beobachteten das Wasser, das im Licht des Nachmittags glitzerte.

»Gut«, sagte Jakov endlich, »wollen wir es durch Marunas Felsen versuchen?«

»Nein«, antwortete Kaj, »wir gehen durch die Mine. Ich bin dem Lehrer gefolgt, als er Jasna fortbrachte, ich glaube, dass der Durchgang sich in der Mine verbirgt.«

»Der Tag ist schon fortgeschritten«, sagte Jakov. »Lass uns in unsere Hütte zurückkehren, der Lehrer ist deinetwegen ein wenig nervös, er wittert, dass etwas nicht in Ordnung ist. Es ist besser, wenn er uns heute noch sieht. Wir werden morgen früh aufbrechen. Außerdem werden wir eine Kerze, einen Feuerstein, einen Zunderschwamm und ein Tau mitnehmen, das werden wir brauchen können, und es wird so aussehen, als wollten wir Honig sammeln.«

Unterwegs trafen sie eine Gruppe Pflücker. Auch der Lehrer war bei ihnen.

»Ich habe mich gerade gefragt, wo ihr beide seid«, sagte er.

»Morgen wird dir der Hase sagen, wo wir waren«, sagte Jakov.

»Wenn du die Fallen gelegt hast, dann wird nichts daraus«, erwiderte der Lehrer.

»Ich wäre nicht überrascht«, sagte Jakov, »wenn sich auch ein größeres Tier in der Falle verfangen würde.«

»Hast du Honig gefunden?«, fragte Dornröschen.

»Mach dir keine Sorgen, Mädchen«, lachte Jakov. »Für dich wird sich immer etwas Honig finden. Übrigens«, er wandte sich an die anderen, »ich weiß nicht, was mit den Bienen geschieht, jedes Jahr gibt es weniger. Morgen werde ich Slamnigs Wald erkunden und von dort bis zum Bergwerk laufen. In Simos Wald und in Richtung Šoljan-Pass und bei Majetićs Tor habe ich nur drei Bienenvölker entdeckt. Letztes Jahr waren es fünf.«

Am Abend sah Kaj seinem Vater dabei zu, wie er mit Feuerstein und Messerspitze den Zunderschwamm anzündete.

»Wie heißt das noch mal, womit sie Feuer machen?«, fragte Kaj.

»Feuerzeug und Streichhölzer«, sagte Jakov, während er den Zunderschwamm zum Glühen brachte und die Kerze anzündete. »Wenn die Bienen fort sind«, sagte er, »werden wir keinen Honig und keine Kerzen mehr haben.«

»Hast du dich doch entschlossen hierzubleiben?«, fragte Kaj.

»Ich kann mir nur schwer vorstellen, hier wegzugehen«, sagte Jakov. »Dort habe ich nichts und niemanden. Hier sind meine Freunde, alles, was mir etwas bedeutet und was ich kenne.«

»Und Mama?«, fragte Kaj.

Jakov dachte nach.

»Mit der Zeit habe ich Asja in meinen Erinnerungen ganz nach hinten geschoben«, sagte er, »ich habe mich nur um dich gekümmert. Dabei hatte ich manchmal den

Eindruck, dass ich dich nötiger hatte als du mich, dass du meinen Kopf über Wasser gehalten hast.«

»Ach, schon gut«, sagte Kaj, dem dieses Gespräch etwas unangenehm wurde.

»Natürlich brechen wir morgen früh auf«, sagte Jakov, »aber wie gesagt, ich kann mir kaum vorstellen, wie all das werden wird. Wir haben dort keine Bleibe, wir haben keine Dokumente ... Du weißt nicht, was Dokumente sind. Das sind Papiere, die jeder haben muss, ich muss ja nicht wiederholen, dass dort nur das zählt, was auf dem Papier steht. Einige Dokumente dienen dir dazu zu beweisen, dass du du bist. Darauf steht dein Name, wo du wohnst, wann du geboren bist, wo du geboren bist, auch ein Foto von dir klebt darauf, in einem anderen Dokument steht, wie viel Geld du hast, in einem dritten, was sich alles in deinem Besitz befindet und so weiter, verstehst du?«

»Ich kann nicht sagen, dass ich das verstehe, aber ich kann sagen, dass ich mich über nichts mehr wundere«, sagte Kaj.

»Alles in allem bist du dort ohne Dokumente wie ein Toter. Früher hatte ich welche, und vielleicht kann ich sie wiederbekommen, aber du nicht. Für die Vergifteten existierst du nicht. Außerdem haben wir kein Geld, ich kenne niemanden ...«

»Du kennst niemanden dort?«

»Es ist zu viel Zeit vergangen, wer weiß, wo die Menschen jetzt alle sind. Und selbst wenn ich sie finden würde, warum sollten sie mir nicht die Tür vor der Nase zuknallen? Die Welt hat sich verändert, ich habe mich verändert, sie haben sich verändert, ich habe kein Recht, mich auf irgendetwas zu berufen, was früher einmal war.«

»Können wir nicht so wie hier irgendeinen Ort finden, der uns gefällt, eine Hütte bauen…?«

»Völlig unmöglich.« Jakov begann zu lachen. »Für alles muss man dort Dokumente und Geld haben. Im Grunde gibt es auch dort Menschen, die frei leben, sie schlafen in verlassenen Häusern, in Parks, auf der Straße, man nennt sie Obdachlose und Landstreicher.«

»Dann werden wir eben auch so leben«, sagte Kaj begeistert, »so wie die Wandervögel, die Rotkehlchen und die Zaunkönige.«

♠♦♣

♦

Am frühen Nachmittag erstreckte sich das Tal vor euren Augen. Ihr standet an dem felsigen Bergsattel, der frische Westwind kroch durch euer Haar, in eure Münder und Nasenlöcher. Tief unter euch lag ein schmaler grüner Fleck, darin in der Mitte ein Fluss, der sich als funkelndes Band dahinschlängelte. Der Anblick kam völlig unerwartet. Nur einige Augenblicke zuvor irrtet ihr noch auf der felsigen Anhöhe herum, lieft vorbei an Steinblöcken, bis zu den Knöcheln in Steingries versinkend. Es schien, als lägen mehrere Tagesmärsche vor euch, in allen Richtungen nur Stein und Durst. Aber dann erreichtet ihr plötzlich den Bergsattel. Die andere Seite des Bergrückens war eine von Gras bewachsene abfallende Ebene, zwanzig Meter unter dem Sattel wuchs eine einsame Lärche.

Auf dem Weg hierher hattet ihr die ganze Zeit die Straße und die steile Anhöhe beobachtet. Das war Mirkos Idee gewesen. Er dachte, dass die Wachmänner hier irgendwo einen Kontrollpunkt haben könnten oder dass sie eventuell sogar patrouillieren würden.

»Hier haben wir uns damals einen echten Krieg mit der Polizei geliefert«, sagte er. »Die sind nicht einmal davor zurückgeschreckt, auf die zu schießen, die die Steilwand dort heruntergerutscht sind oder den Fluss von dieser

Seite überqueren wollten, um zur Straße und zur Bergbausiedlung zu gelangen. Ich war in einer Gruppe, die die Straße hinter Međuvode blockiert hat, um den Nachschub von Baumaterial zu verhindern. Die Schweine sparten Pfefferspray«, lachte er, »sie haben mit Stahlkappenstiefeln auf uns eingetreten und mit elektrischen Schlagstöcken auf uns eingeprügelt. Sie warfen uns wie Müllsäcke in ihre Mannschaftswagen, es war wirklich übel.«

Im Schatten der einsamen Lärche, der wie ein durchwebtes Spitzentuch anmutete, ruhtet ihr euch aus. Von diesem Ort aus konnte man gut die Kurven, die die Straße und die Eisenbahnlinie beschrieben, erkennen. Auf der Straße tat sich nichts, kein Lebenszeichen. Mirko sah durch ein altes Militärfernglas und versuchte, auf der gegenüberliegenden Seite die Höhle zu orten, die auf der Karte eingezeichnet war. Doch er fand nur eine Gruppe Rehe, die auf einer Lichtung grasten. Er reichte Mila das Fernglas, und sie beobachtete atemlos die Tiere. Du lagst mit deinem Kopf auf dem Rucksack. Du warst wie benommen vom Wandern und vom vielen Sauerstoff. Diese wenigen Tage, seitdem du Zagreb verlassen hattest, kamen dir nun wie Jahre vor, und du konntest dir kaum eine Rückkehr vorstellen. Das Wort Rückkehr kratzte an dir. Wie konnte man an einen Ort zurückkehren, an dem man nichts und niemanden zurückgelassen hatte? Und wie sollte es bei dir weitergehen? Du hattest dich in den letzten Tagen gut gefühlt. Der Gedanke, den Rest deines Lebens mit dem Laufen von einem Ort zum anderen zu verbringen, kam dir immer anziehender vor, so wie ein Vagabund, den Sommer im Norden und den Winter im Süden verbringen, unter freiem Himmel schlafen, unter einem Wachstuch, so wie heute Nacht, in verlassenen Häusern, sich die Nahrung erbetteln oder für Nahrung und Bleibe arbeiten und sterben, wenn die Zeit gekommen ist, aber nie wieder in einem Nebel sein und nie mehr herumzappeln. Dann dachtest du über Marija und ihre Einladung nach. Konntest du dorthin zurückkehren, konnte man so etwas als Rückkehr bezeichnen?

»Wie war Marijas Mann?«, fragtest du Mirko.

»Oho«, erwiderte Mirko.

»Was, oho?«

»Oho, bist du etwa auf Marija heiß?«

»Ich frage nach ihrem Mann und nicht nach ihr«, sagtest du.

Du hörtest Mila leise kichern.

»Wie war Petar?«, sagte Mirko. »Was weiß ich, ein schlechter Landwirt, würde ich sagen. Aber er war unübertrefflich, wenn es darum ging, sich Aktionen auszudenken, etwa als wir über den Zaun eines Golfclubs gesprungen sind, um die Rasenfläche in Beete aufzuteilen, wir wollten dort einen Gemüsegarten anlegen.«

»Ich erinnere mich daran«, sagtest du, »das wurde damals in allen Nachrichten gebracht.«

»Ja, die Typen haben uns dann zur Zusammenarbeit aufgefordert, so etwas in Richtung einen grünen Club aufbauen, und wir kamen mit Forken, Schaufeln und Hacken. Petars Gehirn arbeitete ständig, er konnte nie Ruhe geben. Für Menschen von seinem Schlag ist unsere Kommune so etwas wie eine Einzelzelle. Eines Tages ist er einfach abgehauen.«

»Wo ist er jetzt?«

»Ich weiß es nicht, er hat sich bei niemandem mehr gemeldet.«

»Die Rehe sind geflüchtet«, hörtest du Mila sagen, und dann hallte ein Schuss durch das Tal.

Du sprangst auf und hocktest dich sofort wieder hin. Auch Mirko reagierte so, während Mila sitzen blieb, ohne das Fernglas von den Augen zu nehmen.

»Jäger«, sagte sie, »es sind zwei, sie kommen gerade aus dem Wald heraus, ich sehe, wie sie über die Lichtung gehen.«

»Nur zwei?«, fragte Mirko.

»Ja, sie sind stehen geblieben und betrachten etwas, was im Gras liegt. Der eine gibt dem anderen sein Gewehr, er hebt einen Körper vom Boden auf und wirft ihn sich über die Schulter. Ich glaube, sie haben ein Kitz getötet, das arme Kleine, wie konnten sie nur?«

Du konntest mit bloßen Augen zwei schwarze Gestalten erkennen, die über die von der Sonne durchflutete Lichtung liefen und im Wald verschwanden, um etwas später auf der Straße wiederaufzutauchen und sich in Richtung Dorf zu bewegen.

»Sie tragen Uniformen«, sagte Mila, »ähnlich den Uniformen der Sicherheitsmänner, die das Labor meines Vaters bewachen.«

»Beinahe alle Sicherheitsfirmen haben schwarze Uniformen«, erwidertest du, »sie unterscheiden sich nur durch ihre Abzeichen.«

»Das Japodental wird von der Firma Dobermann Security bewacht«, sagte Mirko.

»Woher weißt du das?«, fragtest du ihn.

»Es steht in den Dokumenten«, sagte er.

»Auch SalarLab wird von Dobermann Security bewacht«, bestätigtest du.

»Wie auch immer«, sagte Mirko, »sie sind nicht auf

Patrouille, sie haben nur gejagt. Es sieht so aus, als hätten sie nur einen Kontrollpunkt in Medvode, was uns in die Hände spielt. Mir fällt gerade ein, Mila, ist es möglich, dass dein Vater bemerkt hat, dass du die Dokumente genommen hast?«

»Ich glaube nicht«, antwortete sie, »ich habe alles vor Ort eingescannt, auf einen Stick geladen und die Dokumente, die Karte und die Fotos sofort wieder zurückgelegt. Drucken lassen habe ich es in der Stadt.«

»Und wie hast du das alles mit den Vergessenen und mit uns in Zusammenhang gebracht?«

»Ich bin doch nicht blöd, von Zeit zu Zeit taucht der Vergessenen-Mythos auf irgendeinem Internetportal auf, und auf der UNKRAUT-Website habe ich viel über sie gelesen.«

»Glaubst du an diesen Mythos?«, fragte er sie.

»Wir werden bald sehen, ob es sich um einen Mythos handelt oder nicht«, antwortete sie, »aber wie ich meinen Vater kenne, glaube ich, dass dort Menschen leben und dass sie es nicht leicht haben.«

♠

Was für eine Art Mensch muss einer sein, damit seine Tochter so über ihn spricht. Aus Mila spricht kein Hass, es ist auch keine Verachtung, sie ist vollständig ruhig und desinteressiert, als würde sie darüber sprechen, dass gerade Mittag vorbei ist, und nicht, dass ihr Vater ein Scheusal ist. Und Mittag ist schon längst vorbei, der Schatten der Lärche wird länger, die Natur ist eine Sonnenuhr, die verkündet, dass es nun Zeit ist für einen Tee aus Bergkräutern. Während ich den Gaskocher montiere und das Wasser in den Teekessel gieße, holt Mila eine Blechdose aus ihrem Rucksack. Sie fragt mich, ob wir schwarzen Tee trinken wollen. Ich öffne die Dose voller schwarzer und goldener gerösteter Blättchen, sie riechen nach Heu. Dieser Duft entführt mich in einen Teeladen, in dem ich vor langer Zeit einmal Tee kaufen wollte, und die Frau hinter dem Tresen, wie sich später herausstellte, die Besitzerin des Ladens, grüßte mich freundlich und sagte, dass ich, falls ich es eilig hätte, irgendwo anders hingehen solle, um Tee zu kaufen, denn hier würde alles langsam gehen. Ich war überrascht, niemand außer uns beiden war in dem Geschäft, und sie zeigte auf eine Bank im hinteren Teil des Ladens, bat mich, dort Platz zu nehmen, und brachte mir eine Tasse Tee. Erst nachdem ich einige Schlucke der bernsteinfarbenen Flüssigkeit zu mir genommen hatte, die Herbsternte des Darjeelingtees, wie sie betonte, fragte sie, was ich wünschte. Ich antwortete mit Gegenfragen: »Wie läuft das hier eigentlich, wenn zehn Menschen gleichzeitig kommen? Bieten Sie allen zunächst Tee an und gehen dann zum Verkauf über? Und wieso gehen sie nicht pleite in einer Zeit, in der es nur auf Geschwindigkeit ankommt?« Sie sagte, schon ihr Vater habe das Geschäft so geführt, ihre Kunden wüssten, dass man nicht nur zum Kaufen hierherkomme, sondern auch Tee trinken, sich unterhalten oder lesen könne, sie zeigte auf ein Bücherregal, und natürlich könne man auch so ein Geschäft führen, wenn das Ziel nur sei, ein angemessenes Gehalt zu verdienen. »Tee und Eile gehen überhaupt nicht zusammen«, sagte sie. Sie möge es nicht, wenn irgendjemand Stress und Nervosität in ihren Laden bringe. Manchmal müsse sie solchen Menschen gegenüber unangenehm werden. »Ich trinke meistens billige Schwarzteesorten aus China oder Ceylon«, sagte ich. »Sie klingen wie ein Mensch, der weiß, was er will«, sagte sie, ohne ihren Spott zu verbergen, »und solche Menschen haben meistens Angst, etwas Neues zu erforschen und zu experimentieren.« Ich spürte, wie ich rot und heiß wurde, ein wenig aufgrund des Tees und ein wenig aufgrund ihrer Bemerkung. »Auf jeden Fall«, sagte sie, »ist der Tee, den Sie gerade trinken, etwas teurer als der Ceylontee Nuwar Ely, aber wenn Sie keine Angst vor Abenteuern haben, dann nehmen Sie auch davon mindestens hundert Gramm.« Ich verließ das Geschäft mit drei Päckchen Tee. Das dritte war ein Assamtee. Ich hatte auch ein Buch über die Geschichte des Tees erstanden, und lange Zeit konnte ich mich des Gefühls nicht erwehren, betrogen worden zu sein, weil mir diese freundliche Dame mit ihrer Philosophie der Entschleunigung und ihrer Antikonsumhaltung drei Dinge untergejubelt hatte, die ich gar nicht kaufen wollte.

Ich trank Tee und schielte in die Nachmittagssonne. Mila und Josip unterhielten sich über Sicherheitskameras.

»Es gibt keinen Grund dafür, dass sie an der Straße welche aufgestellt haben«, sagte er. »Sie stehen wahrscheinlich an einer gut sichtbaren Stelle, am Zaun oder in der Nähe des Zauns, vor allem um zu warnen und mögliche Eindringlinge abzuwehren.« Er bezweifelte, dass sie auch den Eingang in die Höhle überwachen würden, falls diese überhaupt in das Tal führe. Und schließlich müsse er uns jetzt etwas mitteilen, was er uns nicht sofort hatte sagen wollen, was sich aber bestätigen würde, sobald wir dort ankämen: Seitdem er in dieser Firma gearbeitet habe, und das sei eine recht lange Zeit, habe SalarLab die Überwachungssysteme an dieser Stelle weder kontrolliert noch ausgewechselt. Er hätte es mitbekommen, denn das wäre eine Riesenaufgabe gewesen. »Ich glaube, dass sie«, so sagte er, »wenn sie die Wahl zwischen Sicherheit und Sparmaßnahmen haben, eher sparen, und dass das Sicherheitssystem, um es kurz und knapp auszudrücken, nicht mehr funktioniert.«

»Warum hast du uns das nicht früher gesagt?«, fragte ich.

»Weil ich nicht ganz sicher war«, sagte Josip und fragte, welchen Plan wir hätten, in das Tal zu gelangen, und was wir zu tun beabsichtigten, falls es keinen Eingang gäbe.

»Unser Plan ist, dass wir es hier noch ein bisschen genießen wollen«, sagte ich und fragte Mila, ob noch welche von Marijas Haselnussplätzchen da seien. Sie holte einen Karton mit Keksen aus ihrem Rucksack.

»Und dann«, sagte ich, »sieht der Plan so aus: Wir müssen einen geeigneten Platz für unser Lager finden, und morgen früh in der Dämmerung gehen wir zum Fluss, überqueren ihn und suchen den Eingang.«

»Ein sehr komplexer Plan«, sagte Josip nur. »Dann könntest du mir ja in der Zwischenzeit erzählen, wie du dich entschlossen hast, Mitglied der Kommune zu werden.«

»Wie ich mich entschlossen habe, der Kommune beizutreten? Das war so: Eines Morgens konnte ich meinen Laptop nicht mehr hochfahren, das heißt, das System brauchte Stunden, um zu laden, es summte und stöhnte und zischte, die Lämpchen blinkten und zwinkerten, ich konnte kein einziges Programm öffnen, egal wohin ich auch geklickt habe, es regte sich nichts, und dann geschah Folgendes: Ich drehte total durch. Wie ein Blitz schlug der Gedanke in mir ein, dass ich ein Sklave dieser Kiste bin, in der es nichts gibt, wirklich nichts, was ich zum Leben brauche, weder Wasser noch Sauerstoff noch Nahrung, und die mich dazu noch verarscht. Und dann habe ich den Laptop auf den Boden geworfen und sprang darauf herum, bis ich sicher war, ihn komplett erledigt zu haben. Dann setzte ich mich in den Zug und fuhr zur Kommune.«

»Du machst Witze.«

»Nein. Weißt du übrigens, dass man zur Produktion eines gewöhnlichen Chips von zwei Gramm mehr als anderthalb Liter Benzin, hundert Gramm diverser Chemikalien und mehr als dreißig Liter Wasser braucht? Diese Technologie gräbt uns allen ein tiefes Grab.«

»Trotzdem hast du wieder einen Laptop«, sagte Josip.

Ich beobachtete die schräg einfallenden Sonnenstrahlen, die das blass- und smaragdgrüne Muster des Tals beleuchteten.

»Das ist ein gemeinschaftlicher Laptop«, sagte ich. »Wir haben einige davon in der Kommune. Aber hier brauchen wir keinen. Wir gelangen in das Tal, indem wir einfach ins Tal gelangen, durch den Durchgang oder durch den Drahtzaun, ganz egal, wir haben doch einen Bolzenschneider zum Durchtrennen des Drahts, oder etwa nicht? Vorausgesetzt natürlich, dass wir vorher nicht von den Jägern erschossen werden. Was denkst du, Mila?«

»Wir müssen hoffen, dass sie ihre mörderischen Triebe für die kommenden Tage befriedigt haben«, sagte sie,

»und dass wir morgen nicht auf zwei weitere Jäger treffen.«

»Ich weiß nicht, wie wir mit denen fertigwerden sollen, wenn wir ihnen begegnen. Wahrscheinlich würden wir den Kürzeren ziehen, aber wenn wir auf Kameras und anderen Hightech-Kram stoßen«, ich zeigte auf meinen Stock aus Eschenholz, »werden wir sie auf altmodische Art neutralisieren.«

Etwas später stiegen wir einen Berghang hinab, der mit Inseln aus Zwergkiefern bewachsen war. Von einem Bergsattel im Schatten eines hohen Felsenturms erblickten wir eine sonnige und grasbewachsene Hochebene, die umsäumt war von Fichten und Lärchen. Einige riesige Felsblöcke lagen in der Mitte der Ebene. Als wir näher kamen, hörten wir das Plätschern von Wasser. Hinter den Felsen verbarg sich eine Quelle, der Bach verschwand nach einigen Metern in einem Kiesbett, aber dennoch konnten wir unseren Durst stillen und uns waschen.

Die Felsen umschlossen einen Raum von ungefähr zwanzig Quadratmetern. Es schien so, als könnten wir heute Abend Feuer entzünden, die Felsen würden die Flammen vor ungebetenen Blicken schützen. Der Tag näherte sich seinem Ende, als wir unser Lager aufschlugen und auf die Lichtung traten, um die letzten Sonnenstrahlen zu erhaschen. Das Rufen der Meisen umströmte uns, von irgendwoher meldete sich eine Drossel mit ihrem Lied. Ich beobachtete einen Käfer, der grünblau war wie ein Pfau, er kroch langsam über eine wollartige Klettenblüte, er erstarrte wie vereist, als die Sonne hinter dem Berg untertauchte. Morgen früh wird er seinen Weg fortsetzen, wenn die Sonnenstrahlen seinen Panzer erneut erwärmen. In der Dämmerung sammelten wir trockene Zweige. Dunkel und Stille sprudelten aus der Erde und überfluteten den Wald. Auch das Rufen der Meisen verstummte. Schweigend bückten wir uns auf der Suche nach trockenem Holz, keiner von uns wollte die Stille stören, die jetzt allgegenwärtig wie die Luft war. Es gibt Momente, in denen alles, was man sagt, wie das schlimmste Schimpfwort klingt, das war einer dieser Momente, und deshalb fand jeder von uns seinen Baum, setzte sich unter ihn und gab sich der Stille hin.

»Sagt mir, wie ein Baum aussieht«, sagte Mila, während wir, jeder mit seinem Bündel Holz, zurück ins Lager gingen.

»Wie bitte?«

»Entschuldigung«, sagte sie, »ich denke nur laut nach. So heißt das Buch eines spanischen Dichters, der viele Jahre im Gefängnis verbracht hat. Mir kommt es manchmal auch so vor, als hätte ich all diese Jahre in einem Gefängnis verbracht, als wäre ich sogar in einem Gefängnis geboren worden. Das ist das erste Mal, das ich an einem Ort wie diesem bin, in der Wildnis. Genauso habe ich heute zum ersten Mal frei herumlaufende Rehe gesehen.«

Am Abend zündeten wir ein Feuer an. Das Feuer vertrieb die Dunkelheit und die Angst. In der Kommune zündeten wir häufig Feuer im Hof an, setzten uns im Kreis darum herum und unterhielten uns. So war es auch an diesem Abend, wir saßen am Feuer, so ähnlich wie die ersten Menschen, in einer Blase aus Licht, die uns Sicherheit bot. Vor wilden Tieren, vor der Dunkelheit um uns herum und über uns. Unsere Lichtblase kam uns in dieser Nacht so vor wie die Erde in der Dunkelheit des

Universums. Warum auch nicht? Das eine beinhaltet das Ganze, das Ganze beinhaltet das eine. Es prasselten die lodernden Zweige, aus denen Funken schlugen, die in die Höhe stiebten und in der Dunkelheit verlöschten. Die Wärme und der Duft von Harz umhüllten mich. Ich betrachtete die glimmende Glut. Hoch oben durch die unsichtbaren Bäume rauschte der Wind, und alles war in schönster Ordnung. Die Gegenwart hätte nicht besser sein können, die Zukunft machte mir keine Sorgen.

»Warum ist es dir so wichtig, das Tal zu sehen?«, fragte ich Mila.

Es kam mir so vor, als erwachte sie aus einem Traum.

»Ich glaube, dass ich dort den Mann meiner Mutter finden kann«, sagte sie, ohne ihren Blick vom Feuer abzuwenden.

»Bist du nicht eine der …?«, begann Josip.

»Nein, das bin ich nicht«, sagte sie scharf. »Ich habe eine Mutter, ihr Name ist Asja Radaković, sie und ihr Mann wurden für dieses Projekt ausgewählt. Warum und wieso sie das Tal verlassen hat und mit meinem Vater zusammen war, weiß ich nicht. Ich hoffe, dass ich die Antwort auf diese Frage im Tal finden werde.«

»Warum fragst du sie nicht einfach?«, fragte ich und bereute es sofort.

»Sie ist vor langer Zeit gestorben«, sagte Mila, während sie das Feuer anstarrte, das nur noch glühte.

»Entschuldige bitte«, sagte ich, »das war nur dumme Neugier.«

»Schon gut«, sagte sie. »Ist es nicht ungewöhnlich, dass mir eine Person fehlt, an die ich mich nicht erinnere und über die ich auch nichts weiß?«

Ich sagte nichts dazu, und Mila erwartete auch keine

Antwort. Meine Eltern sind vor langer Zeit bei einem Verkehrsunfall ums Leben gekommen, und manchmal fehlen sie mir so sehr, dass ich um mich schaue und nach Botschaften von ihnen aus dem Jenseits suche. Einmal habe ich an einem Spätnachmittag in der Nähe des Neumonds am Himmel zwei Wolken entdeckt, und ich war ganz sicher, dass sie es waren. Ich stand ganz gerührt da und sah ihnen zu, bis sie auseinanderliefen und eine andere Form annahmen. Ein anderes Mal habe ich sie am Hang hinter Marijas Haus in zwei Schwertlilien erkannt, und Marija schaute aus dem Fenster und fragte, mit wem ich mich unterhielte. Ich legte Holz auf das Feuer, und dann saßen wir noch eine Zeitlang still da. Dann wünschte uns Mila eine gute Nacht und zog sich in ihr Zelt zurück.

»Ich verziehe mich auch in meinen Schlafsack«, sagte Josip.

Ein Windstoß drang zwischen den Felsblöcken in unser Lager und entfachte das Feuer wieder. Ich fragte mich, was uns im Tal erwarten würde. Ich hatte bisher nicht darüber nachgedacht, es war nicht nötig gewesen, doch jetzt waren wir hier. Ich zweifelte nicht daran, dass wir dorthin gelangen würden. Mila behauptete zwar, es sei eine Lüge, dass das Tal eine chemisch-nukleare Bombe sei, aber offensichtlich war es doch ein Ort, den man weitläufig umging, so dass die Wächter nur den Zugang über die Straße im Auge behalten mussten. Außerdem war es sehr wahrscheinlich, dass sie mehr Interesse an wilden Tieren als an möglichen Eindringlingen hatten. Schließlich warf ich noch einige trockene Zweige ins Feuer und kroch selbst in den Schlafsack. Meine Füße legte ich nahe an die Feuerstelle. Bevor es dämmerte, kühlte es immer ab. Gestern Morgen waren meine Zehen kalt gewesen. Eine Weile noch hörte ich das Knistern des Feuers und Josips gleichmäßiges Atmen. Dann ertönten aus der Dunkelheit Getümmel und Schreie. Ich spitzte die Ohren, etwas lief durch die Nacht.

♥

Kaj erwachte mit dem ersten Grau, das in den Fenstern auftauchte. Die Hütte hatte zwei Fenster in der nach Süden gelegenen Wand, in der sich auch die Tür befand. Auch an sonnigen Tagen war sie ein dunkler Ort. Doch in der Hütte lebte man nicht. Hier schlief man nur, man hielt sich im Winter und an verregneten Tagen darin auf. Man lebte draußen unter freiem Himmel. Ein alter Dichter schrieb einmal, dass seine Hütte weder Wände noch Dach habe, dass sie nie feucht sei und dass kein Sturm sie zerstören könne. In einer solchen Hütte lebten Kaj und sein Vater. An diesem Morgen spürte Kaj die Anwesenheit seines Vaters in der Hütte nicht und fragte sich, wohin er wohl gegangen war. Er hörte die Amseln, die den neuen Tag ankündigten. Er zog sich an und trat in die kühle Morgendämmerung. Er warf einen Blick auf den Himmel oberhalb von Marunas Felsen, der die Farbe von Milch angenommen hatte. Nichts sprach dafür, dass sein Vater in der Scheune sein könnte. Dann hörte er trockenes Gras, das unter Schritten knisterte, und bald tauchte Jakov hinter der nächsten Ecke auf. Er trug eine große Axt in der Hand.

»Du bist wach«, sagte er und lehnte die Axt an die Wand der Hütte.

 »Wo warst du?«

»Ich habe das Problem mit dem Lehrer gelöst.«

Kaj spürte, wie etwas Kaltes und Lebendiges ihm aus dem Magen durch die Brust in den Hals schoss.

»Was hast du mit ihm gemacht?«

»Dasselbe, was wir mit den Heuschrecken tun«, sagte Jakov beiläufig. »Wir töten sie, um zu leben. Nur dass wir den Lehrer nicht aufessen werden.«

Kaj wusste nicht, was er dazu sagen sollte, dass sein Vater den Lehrer wie eine Heuschrecke totgeschlagen hatte. Es war für ihn eine neue Erfahrung, dass ein Mensch, noch dazu sein Vater, der immer ruhig und gefasst war, einen anderen Menschen töten konnte. Er hatte über solche Dinge in Büchern gelesen, der Lehrer und die anderen hatten von Morden erzählt, als seien sie in der Welt der Vergifteten etwas ganz Normales. Jetzt war es auch im Tal geschehen.

»Ich würde mir an deiner Stelle nicht so viele Sorgen machen«, sagte Jakov, der Kajs Erschütterung gespürt hatte. »Das wird bei mir nicht zur Gewohnheit werden. Außerdem«, er holte etwas Schwarzes aus seiner Tasche, das bedrohlich wirkte und vor dem Kaj wie vor einer Schlange zurückwich, obwohl er so etwas nie zuvor gesehen hatte, »hat der Lehrer das hier besessen.«

»Was ist das?«, fragte Kaj.

»Eine Pistole«, sagte Jakov. »Sie hat dieselbe Funktion wie ein Gewehr.« Er hielt sie Kaj hin.

Kaj schob seine Hände hinter den Rücken.

»Ich will das nicht«, sagte er. »Warum hatte der Lehrer so etwas?«

»Da kann ich nur mutmaßen«, sagte Jakov.

»Warum hast du sie an dich genommen?«

»Ich werde sie mit aus dem Tal nehmen«, sagte Jakov.

»Hier benötigt sie niemand, aber vielleicht können wir sie unterwegs brauchen.«

»Ich verstehe das nicht.«

»Ich glaube, dass die Polizisten immer noch das Tal bewachen«, sagte Jakov, »und sie könnten auf unangenehme Gedanken kommen, wenn wir ihnen begegnen.«

»Du würdest sie also …?«

Kaj konnte kein passendes Wort finden. Er fand es unangemessen, das Wort »benutzen« für etwas zu verwenden, das nur dazu gemacht war, Tod zu bringen, und dennoch, so dachte er, hatte der Vater allem Anschein nach die Axt benutzt, ein gutes und nützliches Werkzeug, um damit Böses herbeizuführen – den Tod des Lehrers. Er versuchte, sich vorzustellen, was Jakov dem Lehrer angetan hatte. Er hatte ihn mit der Axt niedergestreckt, es konnte nicht anders zugegangen sein. So wie wir mit einem Holzprügel Fische töten, die mit Hilfe einer Reuse gefangen werden, um ihnen die Qualen zu ersparen, denn wir erkennen, dass sie leiden, wenn sie hin und her zappeln und nach Luft schnappen. Oder wir erschlagen einen Frosch mit einem Stein, bevor wir seine Haut abziehen, um ihn nicht bei lebendigem Leib zu quälen. Aber sein Vater hatte dem Lehrer nicht die Qualen ersparen wollen, es wird eher so gewesen sein, dass er ihn erschlagen hatte wie Daniel damals, als er einen Eber erschlug, der ihm in die Falle gegangen war. Die Schlinge hatte sich um den Hinterlauf des Ebers gelegt, er war wütend geworden, als sie sich ihm näherten, seine Augen hatten Pfeile auf Daniel abgeschossen, er versuchte, sich zu befreien und Daniel anzugreifen, doch dieser näherte sich ganz ruhig bis auf einen Schritt Entfernung, er sagte dem Tier, dass seine Mühen umsonst seien und dass es mit ihm zu Ende gehe, er holte mit der Axt aus und traf ihn zwischen den Ohren. Kaj erinnerte sich daran, dass dem Eber augenblicklich die Kraft aus den Läufen entwichen war, er kniete nieder und fiel ins Dunkel, so wie unter der Axt seines Vaters wohl auch der Lehrer ins Dunkel gestürzt war.

»Du meinst, ob ich sie benutzen würde?«, fragte Jakov. »Ja, das würde ich, aber das hängt ganz von der Situation ab.«

»Woher weißt du, wie man sie benutzt?«

»Ich habe noch nie eine in der Hand gehabt«, sagte Jakov, »aber ich kann sie benutzen. Für die Vergifteten«, so fügte er hinzu, »ist das wie Atmen.«

»Du bist aber kein Vergifteter«, sagte Kaj.

»Ich bin als Vergifteter geboren«, sagte sein Vater.

Die Hütten lagen noch im Schlaf, als sie aufbrachen. Jakov trug ein langes Seil über seiner Schulter, einen Rucksack aus wasserdichtem Material und eine kleine Axt, die an einem langen Stiel befestigt war, der ihm auch als Gehstock diente. Kaj hatte nur einen Stock aus Eschenholz dabei. Er blickte immer wieder zurück, bis eine grasbewachsene Schräge ihre Hütte verdeckte.

»Ich kann nicht glauben, dass ich nie mehr unsere Hütte, Jan, Dornröschen und die anderen sehen werde.«

»Wir wissen, was gestern war«, sagte Jakov, »aber wir wissen nie, was morgen sein wird.«

»Die Fallen«, sagte Kaj, »wir müssen nach ihnen schauen. Wir können nicht die Tiere darin verenden lassen.«

»Wir haben Zeit«, sagte Jakov. »Das ganze Leben liegt vor uns.«

Der Tag war bereits angebrochen, als sie das Vesna-Tal erreichten. Die Fallen waren leer.

»Ich hab's doch gesagt«, rief Jakov beinahe begeistert. »Die Tiere werden immer misstrauischer, sie prüfen die Dinge immer genauer, es fehlt nicht viel, und sie beginnen zu philosophieren.«

»Was werden sie beginnen?«, fragte Kaj, während er die Fallen abbaute und die Seile zusammenrollte.

»Ach, gar nichts, ich rede nur Unsinn«, antwortete Jakov und holte Dosen mit Honig und getrockneten Heidelbeeren aus seinem Rucksack, zwei Holzlöffel und zwei Schalen aus Robinienholz. »Die Zukunft liegt im Vegetarismus«, murmelte er vor sich hin.

»Wie bitte?«, fragte Kaj.

»Ich sage, dass es Zeit fürs Frühstück ist.«

»Für dich ist es immer Zeit fürs Frühstück.«

»Keineswegs«, sagte Jakov. »Im Vesna-Tal ist Zeit fürs Frühstück, wenn die Sonne den Gipfel dort hinten beleuchtet.« Er zeigte auf einen Felsenkopf auf einer Felswand, die den Canyon von Westen her begrenzte.

»Und was, wenn es bewölkt ist?«

»Nichts, dann frühstückt man nicht, sondern man wartet, bis das Magengrummeln die Zeit zum Mittagessen ankündigt.«

»Du hast immer eine Antwort«, sagte Kaj.

»Und du eine Frage zu jeder meiner Antworten.«

»Das stimmt«, sagte Kaj. »Ich habe mich allerdings nie gefragt, woher wir zum Beispiel deinen Rucksack haben oder deine Axt oder die Regenmäntel. Niemand bei uns stellt sie her, und ich dachte mir, dass ihr sie wahrscheinlich in der Bergbausiedlung gefunden habt, das kam mir irgendwie logisch vor.«

»Auf eine gewisse Art ist das richtig«, sagte Jakov. »All das haben die Vergifteten hergestellt. Ich habe die Axt tatsächlich in einem Gebäude in der Bergbausiedlung gefunden, und den Stiel habe ich natürlich«, so fügte er stolz hinzu, »selbst aus Eschenholz gemacht.«

Die Sonne stand schon hoch am Himmel, als sie die Brücke überquerten und den Grubeneingang erreichten.

»Ich habe Kerzen mitgenommen«, sagte Jakov, »ich weiß aber nicht, ob sie da drinnen brennen werden, ich war noch nie in einer Mine, und ich weiß nicht, ob das funktioniert. Und was noch wichtiger ist, ich weiß auch nicht, ob es in dieser Mine Gase gibt, die explodieren können, wenn wir Feuer machen. Das würde uns schön grillen. Wir werden also die Kerzen nicht anzünden.«

»Wie hat sich denn der Lehrer da drinnen zurechtgefunden?«

Jakov starrte Kaj an und schlug sich mit der Hand gegen die Stirn. »Wie dumm von mir«, sagte er, »er hatte wahrscheinlich eine batteriebetriebene Lampe, und ich habe nicht daran gedacht, in seiner Hütte danach zu suchen. Eine batteriebetriebene Lampe«, sagte er, als er Kajs Gesichtsausdruck sah, »ist ein Gerät, das einer Pistole ähnelt, aber keinen Tod, sondern Licht produziert.«

»Ich verstehe mal wieder gar nichts«, sagte Kaj.

»Nicht wichtig«, sagte Jakov.

Aus dem Grubeneingang strömte Kälte. Sie liefen über die Bahnschwellen, Kaj einige Meter hinter Jakov. Er drehte sich ständig um, als würde er versuchen, sich den Weg anhand von einzelnen Merkmalen der Grubenwand einzuprägen, aber tatsächlich blickte er nur zurück zu dem Lichtquadrat, das immer kleiner und kleiner wurde, bis es verschwand und sie sich im vollkommenen Schwarz befanden. Eine solche Dunkelheit gibt es draußen nicht, nicht einmal in der dunkelsten Nacht, wenn die Wolken den Himmel bedecken. Immer ist die Silhouette eines Baums zu sehen, ein Kiespfad, das Dach einer Hütte, ein Berggipfel, der sich um Nuancen vom Himmel unterscheidet, durch einen Spalt in den Wolken leuchtet ein Stern auf. Es war, als würde die Dunkelheit in der Grube nicht außerhalb ihrer Körper existieren und als wären Kaj und Jakov nicht in einen dunklen Raum geraten, sondern als wären sie selbst zur Dunkelheit geworden, als wären ihre Augen erloschen; es gab nichts mehr zu sehen, und es existierte nur noch die Dunkelheit.

»Nur langsam«, Jakovs Stimme ertönte wie ein Donner im Hochgebirge, »halte den Stock immer vor dir.«

»Leiser, Papa«, flüsterte Kaj, als sich das Donnern legte.

»Ich werde doch hier nicht flüstern«, donnerte es wieder.

»Wie sollen wir den Ausgang finden?«, flüsterte Kaj.

»Ich weiß es nicht«, donnerte es. »Wir werden irgendwann hoffentlich ein Licht sehen, einen Luftstrom spüren, was weiß ich.«

»Leiser, Papa.«

Kaj bemerkte zunächst die Auflösung des Raums und dann die Auflösung der Zeit. Er spürte den Boden unter den Füßen, die Holzschwellen der Schienen, über die er vorsichtig lief, aber er konnte nicht mehr einschätzen, wie viel Zeit vergangen war, seit sie zur Dunkelheit geworden waren, und er hatte auch jedes Gefühl dafür verloren, wo der Eingang der Mine war. Hinter seinem Rücken, vor ihm oder irgendwo seitlich. Alles war zeitlose, unendliche Dunkelheit, in der die Fragen, wo etwas oder jemand ist, keine Bedeutung mehr haben.

Ich hätte mich wirklich an diese verdammte Lampe erinnern müssen, dachte Jakov, ich weiß nicht, wie ich das vergessen konnte, dabei habe ich in seinen Sachen herumgewühlt, ich habe die ganze Hütte durchsucht. Wo hat er sie bloß versteckt, er muss eine gehabt haben. Es ist Unsinn, eine Pistole zu haben, aber keine Lampe. O Mann, wie bin ich jetzt bloß darauf gekommen, warum sollte es Unsinn sein, das eine zu haben und das andere nicht, und was haben Pistole und Lampe miteinander zu tun, warum sollte man sie überhaupt als Paar erwähnen?

Das hat nicht viel Sinn, dachte Kaj, wir können so weiterlaufen bis ans Ende unserer Tage, der Lehrer hat gesagt, dass der Mensch sich leicht in der Mine verlaufen kann, es gibt viele Abzweigungen und Seitenarme. Es gibt nichts, woran man sich orientieren kann, und man läuft tagelang von der einen bis zur anderen Seite. Wir sind ohne jeden Plan hier reingeraten, und mein Vater geht einfach weiter und hofft, dass sich der Ausgang plötzlich vor uns öffnen wird. Aber das wird nicht passieren. Wir haben nicht einmal Wasser mitgenommen, und ich habe Durst.

»Was hast du erzählt?«, donnerte die Dunkelheit. »Wie lange hat sich der Lehrer in der Mine aufgehalten, als er Jasna fortgebracht hat?«

»Bitte sprich leiser, du machst mir Angst, ich bin nicht taub. Ich weiß es nicht genau, aber ich habe das Gefühl, dass wir viel länger hier sind.«

»Bist du dir sicher?«

»Ich habe das Gefühl, dass es so ist.«

Er spürte eine Berührung an seiner Schulter und schrak zusammen.

»Warum hast du Angst, das bin doch nur ich. Ich glaube, dass es besser wäre, wir kehren um und gehen zurück. Mir ist jetzt klar, dass der Lehrer keine Lampe hatte, es wird wohl so sein, dass der Seitenarm, der aus dem Tal in die Mine führt, in der Nähe des Eingangs liegt, dass dieser aber versteckt ist. Was sagst du dazu?«

»Ich sage, in Ordnung.«

»Ich hoffe, dass es reicht, sich einfach umzudrehen und zurückzugehen, dass der Weg vom Eingang bis zu diesem Punkt hier derselbe ist wie der Weg von diesem Punkt bis zum Eingang.«

»Ich verstehe dich nicht.«

»Ich verstehe mich selbst nicht. Es ist merkwürdig, wie diese Dunkelheit auf das Gehirn wirkt. Plötzlich kommt mir alles, was ich sage, so vor, als wäre es wahr, es wird möglich, völlig unabhängig davon, wie sinnlos es klingen mag. Ich frage mich, was geschehen würde, wenn ich längere Zeit in totaler Dunkelheit leben würde.«

Das Gefühl war dasselbe, als sie sich auf den Weg in die andere Richtung machten. In einer derartigen Dunkelheit gibt es keine richtige und keine falsche Richtung, kein Vor, kein Zurück, kein Seitlich, kein Links und Rechts, kein Nach-oben und Nach-unten. Kein Gefühl der Rückkehr, so als wenn sie zum Beispiel vom Angeln in ihre Hütte zurückkehrten. Man könnte sagen, dass sie denselben Weg liefen, wenn man in der Dunkelheit überhaupt von einem Weg sprechen kann. Kaj hatte das Gefühl, dass sie auf der Stelle liefen und dass sie für immer so weiterlaufen würden, ohne irgendwo anzukommen. Aber dann erblickten sie in der Ferne einen hellen Punkt, einen einsamen Stern am nächtlichen Himmel, der mit jedem Schritt anwuchs, und endlich kamen sie in die Zone der Dämmerung. Sie erkannten Holzträger, Bretterverschläge, Schienen, Schwellen, und vor dem Schlund der Grube leuchtete der Sommertag. Kaj wollte gerade sagen, dass er Durst habe und dass er zum Fluss laufen wolle, als sie dumpfe Schläge gegen ein Brett hörten, und bevor sie sich umsehen konnten, öffnete sich einige Schritte vor ihnen eine Holztür.

♠♦♣

♦

Mila saß regungslos auf der Isomatte vor ihrem Zelt, den Blick starr auf einen Punkt in der Wiese gerichtet, als wäre sie tot. Eine Zeitlang trautest du dich nicht, dich zu bewegen, mit kalten Füßen lagst du in deinem Schlafsack und betrachtetest sie. Mirkos Schlafsack war leer, du hattest nicht mitbekommen, dass er herausgekrochen war.

»Ist in Ordnung«, sagte Mila, ohne ihren Blick von dem Punkt abzuwenden, »Sie können aufstehen, Sie stören mich nicht, ich sitze hier nur.«

Mirko und du hatten sie nicht überreden können, euch zu duzen, ihr hattet ihr scherzhaft gesagt, dass ihr doch Verbündete wart, sozusagen Waffenbrüder, und dass es unpassend war, sich zum Sklaven dummer Konventionen zu machen, außerdem, so sagtet ihr, könne man seine Hochachtung auf viel überzeugendere Art unter Beweis stellen, doch es hatte nichts geholfen. »Das muss von alleine kommen«, hatte Mila immer wieder geantwortet.

»Wieso weißt du, dass ich wach bin?«, fragtest du sie.

»Ich weiß es eben«, antwortete sie.

Du robbtest aus dem Schlafsack, zogst deine Jacke und die Wanderschuhe an, und auf unsicheren Beinen stakstest du durch die Felsen auf die Lichtung. Das Gras, feucht vom Tau, quietschte unter deinen Schuhen. Du gingst unter die kleinen Fichten und fingst an, Wasser zu lassen. Dabei beobachtetest du die Felsenköpfe des Bergmassivs im Westen, die unter den Sonnenstrahlen einer nach dem anderen aufzublühen begannen. Der Himmel war hell, klar, wolkenlos. Beim Zurückgehen trafst du Mirko an der Bachquelle, er wusch sich.

»Hey«, grüßte er dich, »wie hast du geschlafen?«

»Ein Bett fehlt mir überhaupt nicht, wenn du das meinst«, antwortetest du. »Als hätte ich mein Leben lang auf dem Boden geschlafen.«

Das Wasser war kalt, deine Handgelenke schmerzten, als du dir Hände und Gesicht wuschst. Du hattest nicht erwartet, dass ein Bach mitten im Sommer so kalt sein konnte. Schon wieder ergriff dich das Gefühl, dass Jahre vergangen seien und nicht bloß einige Tage, seitdem Mirko dir vorgeschlagen hatte, ihm in die Kommune zu folgen, und du bei diesem Gedanken zunächst erschrocken warst. Auch der gestrige Tag schien dir weit zurückzuliegen. Dein ganzes vorheriges Leben versank im Nebel, während du dich in einem klaren Raum wiederfandst, einem Raum mit endlosem Himmel und endloser Erde, du konntest frei die Richtung wählen, in die du gehen wolltest, um die Zeit, die dir noch blieb, nach deinen Wünschen zu gestalten.

Du erzähltest dies alles Mirko.

»Menschenskind«, sagtest du, »ich fühle mich, als wäre ich an einem dieser Tage durch eine Tür gegangen. Dabei hat sich die Welt überhaupt nicht verändert, sie ist mit all ihren beschissenen und auch all ihren guten Seiten dieselbe geblieben, aber meine Sicht auf sie hat sich geändert. Jetzt kommt es mir so vor, als wäre das Leben, das ich bisher geführt habe, und das Gesicht, das ich dabei gezeigt habe, nicht mein wahres Leben und nicht mein wahres Gesicht, sondern etwas, zu dem ich gezwungen war. Ich weiß nicht, wie ich dir das erklären soll. Ich war das, was ich war, weil ich dachte, die anderen erwarten von mir, dass ich genau so bin, als hätte ich Angst gehabt, jemanden zu verletzen oder zu enttäuschen.«

»Wir sind alle besser als unser eigenes Leben und schöner als unser eigenes Gesicht«, sagte Mirko.

»Und was noch wichtiger ist« – du hattest Mirkos milde Ironie kaum bemerkt –, »ich weiß, dass es kein Zurück mehr gibt und dass die Tür hinter mir zugefallen ist.«

»Ich hoffe, dass sich für uns heute eine neue Tür öffnen wird«, sagte Mirko, »die Tür in das Tal.«

Ihr gingt los, sobald ihr alles in den Rucksäcken verstaut hattet. Die Bergseite, auf der ihr euch befandet, lag noch im Schatten. Mirko hatte vorher die Straße und die gegenüberliegende Seite mit dem Fernglas erforscht. »Ich sehe heute Morgen keine Rehe«, hatte er gesagt. Ihr wart in den Wald gegangen, und der Weg führte euch bergab. Auf einer kleinen Lichtung fandet ihr Patronen eines Jagdgewehrs und verrostete Bierdosen. Einige Zeit später wart ihr aus einem Fichten- in einen Buchenwald gekommen, und es wurde wärmer. Die Sonnenstrahlen schienen durch die Baumkronen. Ihr betratet kleine Inseln aus Licht, begleitet vom Rascheln der Blätter vom Vorjahr und vom Rauschen eines Wasserfalls. Ohne weitere Schwierigkeiten kamt ihr durch das Dickicht zur Sandbank des Flusses. Der Fluss war türkisgrün und strömte schnell. Mila stieß einen Ausruf der Begeisterung aus, und du starrtest in das glitzernde fließende

Grün. »Hätte uns etwas anderes hierhergeführt«, hörtest du Mirko sagen, »dann würden wir hier unser Lager aufschlagen und bleiben …«

»Für immer«, sagtest du.

Zehn Meter flussabwärts durchquertet ihr den Fluss. Ihr hattet eure Schuhe ausgezogen und die Hosenbeine hochgekrempelt. Das Wasser reichte euch bis zu den Knien, schnell fließend und eisig kalt, eure Gelenke schmerzten, eure Haut wurde gefühllos, aber eure Füße genossen den weichen Sand. Durch das Dickicht klettertet ihr bis zur Straße auf der anderen Seite, hieltet inne und lauschtet. Nur das Rauschen des Wasserfalls und das Rufen der Vögel war zu hören. Euer Blick erforschte die Straße auf der Suche nach der günstigsten Stelle, um auf den Hang auf der gegenüberliegenden Seite zu gelangen. Ungefähr in zwanzig Meter Entfernung fandet ihr eine Möglichkeit.

»Lass uns das schnell hinter uns bringen«, sagte Mirko.

Du spürtest weder Unbehagen noch Anspannung oder Angst, es war, als würdest du durch einen Park spazieren. Auch Mila wirkte völlig ruhig. Mirko kam sich wahrscheinlich wie eine Art Gastgeber und Anführer vor, deshalb wirkte er besorgter. Ihr robbtet auf allen vieren den Hang empor. Ihr hangeltet euch an Baumwurzeln und jungen Baumstämmen entlang. Erst fünfzig Meter oberhalb der Straße gönntet ihr euch eine kurze Pause. Das war alles zu viel für jemanden, der sich kaum erinnern konnte, wann er das letzte Mal gerannt war. Du strecktest dich auf dem Boden aus, als wärest du nach einem langen Auftauchen zurück an die Wasseroberfläche gelangt. Endlich an der Luft, die du jetzt gierig schlürftest und schlucktest, du warst nicht bereit, sie mit irgendjemandem zu teilen, blind gegenüber allem um dich herum, glücklich, dass du noch etwas vom Leben haben würdest.

»Sie atmen falsch«, hörtest du Mila sagen. »Entspannen Sie sich, schnappen Sie nicht nach Luft, erlauben Sie ihr, von allein in Ihre Lunge zu gelangen.«

Du winktest ab, wen kümmern denn schon solche Spitzfindigkeiten, dachtest du, Hauptsache, ich habe überlebt. Deine gute Laune verflüchtigte sich jählings. Du warst sauer auf Mirko und gleich auf die ganze Welt. Niemand hatte von einem Wettrennen gesprochen, als wir aufbrachen, dachtest du. Was machen wir hier überhaupt? Wir suchen nach einer Nadel im Heuhaufen, einem Eingang in den Berg, von dem wir nicht einmal wissen, ob er ins Tal führt, in dem Menschen leben, die es vielleicht gar nicht gibt. Was für ein Mist.

Einige Stunden später hattet ihr eine grüne Hochebene erreicht.

»Frühstück«, sagte Mirko und nahm seinen Rucksack von den Schultern.

Die Ebene war übersichtlich, kaum vierhundert Quadratmeter groß, an drei Seiten durch Fichtenwald begrenzt und an der vierten von einem etwa zwanzig Meter hohen zerfurchten Felsen, der bewachsen war mit Bergkiefern. Du legtest deinen Rucksack auf die Erde und gingst zur Mitte der Ebene. Dort erblicktest du einen Kreis aus Steinen mit einem Durchmesser von einigen Metern. Was zum Teufel soll das schon wieder sein?, dachtest du. Du drehtest dich um, am Rand der Hochebene lag ein rostfarbener Haufen. Als du näher kamst, entpuppte er sich als ein Stapel getrockneter Fichtenbäumchen. In der Nähe lagen einige zerdrückte Bierdosen. Du dachtest an die Jäger und riefst Mila und Mirko herbei.

»Warum sollten die Jäger Fichtenbäumchen fällen?«, sagte Mirko. »Das ergibt keinen Sinn. Es scheint, dass hier vor kurzem jemand war, die Bierdosen könnten von gestern sein.«

»Aber die Fichtenbäumchen sind sicher schon früher gefällt worden«, fuhr er nach einer kleinen Pause fort, »es dauert sehr lange, bis die Nadeln ihre Farbe verlieren.«

»Hier liegt eine Zigarettenschachtel«, hörtest du Mila sagen. »Man kann nicht sagen, dass die in freundschaftlichem Verhältnis zur Umwelt stehen, egal um wen es sich handelt.«

»Und schaut mal, dort.« Du führtest sie zu dem Kreis aus Steinen. »Als hätte jemand angefangen, eine Trockenmauer zu bauen«, sagte Mirko. »So hat man früher die Gärten in den Bergen abgegrenzt. Warum sollte irgendjemand hier…«, murmelte er, und dann schoss es aus ihm heraus: »Ein Landeplatz für Hubschrauber, das hier ist ein Hubschrauberlandeplatz. Mila, gib mir bitte mal die Karte. »

Auf der Karte war die Hochebene nicht eingezeichnet, doch Mirko schätzte, dass sie auf Höhe des Eingangs zur Höhle liegen musste, die auf der Karte eingetragen war.

»Wenn wir wirklich an der richtigen Stelle sind«, sagte Mirko, »dann müsste die Höhle dort vorne sein.« Er zeigte in Richtung Felsen.

»Der Höhleneingang kann irgendwo sein«, sagte Mirko, als ihr am Fuß des Felsen standet. »Er kann auch in einem Spalt da oben sein.« Er deutete auf die zerfurchte Vorderseite des Felsens. »Schade, dass du mir die Karte nicht gezeigt hast, bevor wir losgegangen sind.« Er schaute Mila an. »Vielleicht werden wir ein Seil brauchen, aber ich habe keins mitgenommen.«

»Das tut mir leid«, sagte Mila.

Es überraschte dich, wie gut sich Mirko in den Bergen zurechtfand, und du fragtest ihn, warum er sich so gut auskannte.

»Ich bin früher geklettert und habe mich mit Höhlenforschung beschäftigt, als ich noch jünger und dünner war«, sagte er und klopfte sich auf den Bauch. »Es ist kein besonderes Kunststück, sich in den Bergen zurechtzufinden, das kann jeder. Es reicht, wenn du eins begreifst – die Natur ist offen. Sie zeigt dir alles, sie spielt mit offenen Karten, bei ihr weißt du immer, woran du bist. Ist dir je aufgefallen, dass die Blüten die Geschlechtsorgane der Pflanzen sind, und sie zeigen sie, ohne sich zu schämen? So zeigt dir auch jeder Berg den Weg. Du musst nur sehen können.«

♣

Mila ging auf die eine, Josip und Mirko auf die andere Seite des Felsens. Sie hatte keine Vorstellung davon, wie der Eingang in diese Höhle aussehen und wie groß er sein musste, ob es sich um eine Öffnung im Boden oder einen Spalt in der Felswand handeln konnte. Sie hatte noch nicht über diese Frage nachgedacht. Warum hätte sie es auch tun sollen. Jemand, der kein Höhlenforscher ist, denkt nicht unbedingt über Höhleneingänge nach.

Und jetzt betrachtete sie den Felsen, an dessen Fuß sie langsam entlangging, sie suchte nicht wirklich nach dem Eingang. Es gab viele Furchen und Ritzen in diesem Felsen, er gefiel ihr, er war schön. Auch die beiden Männer mittleren Alters, mit denen sie diese Tour unternahm, gefielen ihr. Ihre Erfahrungen mit den Freunden und Bekannten ihres Vaters lehrten sie, dass Männer mittleren Alters um jeden Preis und in jedem Augenblick humorvoll, verführerisch, intelligent und fortschrittlich wirken wollen und sich dabei aller Mittel bedienen, um die Aufmerksamkeit auf sich zu ziehen. Ihre beiden Mitstreiter waren keineswegs an Aufmerksamkeit interessiert. Sie benahmen sich oft so, als wäre sie überhaupt nicht da. Sie waren in ihre Gedanken vertieft, als wären sie allein zu Hause, bekleidet mit Unterhosen und Unterhemden von zweifelhafter Sauberkeit. Sie fragte sich, warum sich die beiden auf diese Tour begeben hatten. Mirko konnte sie noch verstehen, UNKRAUT beschäftigte sich ja mit den Vergessenen, obwohl ihr nicht klar war, was sie davon haben würden, wenn sie dieses Mysterium endlich auflösten. Josip verstand sie allerdings überhaupt nicht. Er wirkte nicht wie einer, der verzweifelt war, der aus der Stadt flüchtete, weil es dort keinen Platz mehr für ihn gab, obwohl man genau das aus dem, was er ihnen erzählt hatte, hätte schließen können. Eher konnte sie sich vorstellen, dass sein Zerfall in der Stadt, wie er seinen Absturz nannte, nur eine Vorbereitung für die Begegnung mit Mirko gewesen war, und dass sich Josips Schicksal mit dieser Reise erfüllen würde, so wie das der Lachse, die flussaufwärts bis zu ihren Laichplätzen schwimmen. Wie lustig er heute gewesen war, als er beim Klettern ins Hecheln gekommen war. Merkwürdig, die Menschen lernen alles Mögliche und wissen alles Mögliche, aber selten lernt jemand, in den eigenen Körper hineinzuhören. Wahrscheinlich, so schloss sie am Ende ihrer Überlegungen, waren die beiden mitgekommen, weil sie glaubten, dass es richtig war, Betrug und Lüge zu entlarven. Ihre Motive waren sauber, und sie, die sie hoffte, im Tal etwas über ihre Mutter zu erfahren, war – wenn sie ehrlich war – die Einzige hier, die aus Eigennutz mitmachte.

In solche Gedanken versunken, stieß sie auf eine ovale Vertiefung in der Erde in der Größe einer Garagentür. An einem Ende lag eine Schicht aus altem Schnee, teilweise bedeckt von trockenen Fichtennadeln, das Oval der Schneegrube war durchbrochen, etwas oder jemand hatte den Schnee an dieser Stelle zur Seite geschoben, und dahinter erahnte man eine Öffnung. Ihr Herz begann, schneller zu schlagen.

Mirko kam zurück von der ersten Erkundung der Höhle und lächelte.

»Ausgezeichnet«, sagte er. »Es ist breit genug, es ist nicht allzu steil, und dort, wo ich gerade war, kann man aufrecht gehen. Ich glaube, dass wir keine Probleme haben werden.«

Mirko ging voran und Josip als Dritter. Ihre Grubenlampen beleuchteten die faltigen, zerfurchten Innenwände, manchmal erfasste ein Lichtstrahl kleine Stalaktiten, die wie eine Perlenkette aneinandergereiht waren, eine Steinmeduse, einen Kamm, einen versteinerten Wasserfall, sie sahen einen See, in den von einem Stalaktiten Wassertropfen fielen.

»Eine interessante Höhle«, sagte Mirko. »Vermutlich ist sie sogar in einem der Höhlenführer, die ich zu Hause habe, beschrieben. Und hätte Mila mir rechtzeitig gesagt, dass wir in eine Höhle gehen ...«

»Sie fangen schon wieder an ...«, sagte sie.

Mila fühlte sich wie in einem Aufzug. Im Aufzug beruhigten sie immer ihr Atem und ihre Gedanken, so konnte sie ihre Panik im Zaum halten. In dieser Höhle gab es mehr Platz, aber trotzdem musste sie ihre Panik unter Kontrolle bekommen. Auch Josip fühlte sich unwohl. Unbehagen stieg bei dem Gedanken in ihm auf, dass sich Tausende Tonnen Stein über seinem Kopf befanden. »Das heißt Jurakalkstein«, sagte Mirko. »Lass diese Details«, sagte Josip, der nicht aufhören konnte, sich zu fragen, wie es in der Welt der Steine zugeht: Reicht hier genauso wie in der Welt der Menschen eine Kleinigkeit aus, um Massen zu bewegen? Bricht zum Beispiel ein Stückchen von diesem Jurakalkstein von der Decke ab, erweist sich das als entscheidend für die Stabilität der gesamten Konstruktion, und dieses ganze Ding fällt über ihnen zusammen? Ich will nicht mein Leben in dieser Höhle zusammengepresst beenden, dachte Josip.

Eine halbe Stunde war vergangen, als Mirko stehen blieb.

»Es wird immer interessanter«, sagte er.

An dieser Stelle weitete sich die Höhle zu einer Halle aus. Mirko stand am Rand des Höhlengangs und zeigte in die Tiefe.

»Es ist nicht tief, ungefähr zwei Meter«, sagte er, »doch es scheint, dass diese Höhle ziemlich stark frequentiert ist, jemand hat hier eine Leiter aufgestellt.«

Die Halle war nicht groß, fünfzehn Meter in der Länge, vier bis fünf Meter in der Breite, die Decke hing voller Klingen und Spitzen aus Stein. Aus der Halle führten zwei weitere Gänge, der eine erstreckte sich nur einige Schritte lang, der zweite war länger, sie gingen fast zehn Minuten, bis sie vor einer hölzernen Tür standen.

»Bingo«, sagte Mirko und schlug mit der Faust gegen die Tür. »Was glaubt ihr, was sich auf der anderen Seite befindet?«

♠♥♦♣

Auf der anderen Seite befanden sich zwei langhaarige, bärtige Männer. Im Licht der Grubenlampe sah man, dass einer eine Pistole in der Hand hielt und der andere eine kleine Axt an einem langen Stiel, er war bereit auszuholen. Ohne zu zögern, trat Mila einen Schritt auf sie zu, sie hielt die Hände auf Brusthöhe, ihre offenen Handflächen zu den Unbekannten gewandt.

»Es gibt keinen Grund für Gewalt«, sagte sie ruhig. »Wir kommen mit guten Absichten.«

Sie spürte, wie sich die verkrampften Körper der Unbekannten nach kurzem Zögern entspannten, aber obwohl die Hand, die die Pistole hielt, nun neben dem Körper hing und die Axt auf dem Boden ruhte, verströmten beide Männer weiterhin Misstrauen.

»Mein Name ist Mila«, fuhr sie fort. »Das sind meine Freunde Mirko und Josip. Wir sind nicht bewaffnet, und ich schlage vor, dass wir hinausgehen und Ihnen erklären, warum wir hier sind. Natürlich nur, wenn Sie das interessiert«, sagte sie.

Es war kurz vor Mittag. Sie setzten sich unter einen alten Ahornbaum im Hof der Schule, eines langen einstöckigen Gebäudes, von dem nur noch die Wände erhalten waren. Etwas abseits von der Schule erahnte man im Dickicht die Mauern des Verwaltungsgebäudes und die Ruinen der ein- bis dreistöckigen Häuser, die einst die

Bergbausiedlung waren. Auf der anderen Seite des Eingangs in die Mine waren die Mauern des Bahnhofsgebäudes und des Wasserkraftwerks zu sehen. Eine Zeitlang saßen alle da und sahen sich gegenseitig an, ohne ihre Neugier zu verbergen, wobei Jakov und Kaj auch weiterhin in Habtachtstellung waren. Mila betrachtete ihre abgetragene einfache Kleidung, die weiten, sackartigen Hosen und die Tuniken aus grobem grauem Stoff, an den Füßen trugen sie Ledersandalen. Ihr Haar hing in Strähnen, die wie die Zöpfe der Rastafari aussahen, während an den Bärten deutliche Zeichen von Pflege sichtbar waren. Jakovs Bart war angegraut und Kajs war schwarz und schimmerte dunkelblau, die Bärte waren gestutzt, wenn auch relativ grob, so kam es Mila vor, die Schnitte einer Klinge waren erkennbar. Kaj interessierte sich seinerseits für die Rucksäcke und die Grubenlampen der Neuankömmlinge, die sie immer noch trugen, auch wenn die Lampen abgestellt waren. Alles andere kannte er von Fotos, ihre Kleidung, ihre Schuhe, ihr kurz geschnittenes Haar, ihre rasierten Gesichter. Er hatte viel gehört und gelesen über ihre Gewohnheiten und Bräuche.

»Ihr seid also die Vergifteten?«, sagte er, während sein Blick über ihre Gesichter glitt.

»Wie bitte?«, sagte Mirko.

Jakov lachte.

»So nennen wir euch hier, die Vergifteten«, sagte er. »Weil ihr in einer vergifteten Welt lebt«, erklärte er.

»Und wir nennen euch die Vergessenen«, sagte Mirko. »Nach dem Motto: von der Welt vergessen.«

»Das gefällt mir«, sagte Jakov, »aber leider stimmt es nicht. Wir sind nicht vergessen.«

Kaj stand auf, setzte sich neben Mila und zeigte auf ihre Grubenlampe.

»Darf ich mir das einmal anschauen?«

Mila bemerkte einen herben Geruch nach Schweiß, aber sie sagte nichts. Sie nahm ihre Lampe ab und reichte sie Kaj. Er schnupperte in die Luft und dann beugte er sich zu Mila, auch weiterhin schnuppernd.

»Wonach stinkst du?«

Sie wurde rot.

»Das ist ein Parfum«, stotterte sie.

Die drei Männer lachten.

»Verzeiht meinem Sohn«, sagte Jakov, »bei uns hat man nur wenig an dieser Art des Wohlerzogenseins gearbeitet.«

»Du hast davon erzählt.« Kaj zeigte auf die Grubenlampe.

Jakov nickte.

»Hast du Streichhölzer?«, fragte Kaj Mila.

Sie schüttelte den Kopf.

»Wir haben ein Feuerzeug«, sagte Mirko und reichte es ihm.

Kaj drehte das Stück lilafarbenen Plastiks in seiner Hand.

»Wie funktioniert das?« Er reichte es an Mila weiter.

Sie zündete es an und gab ihm das Feuerzeug zurück. Er zündete es einige Mal hintereinander an.

»Interessant«, sagte er und gab es ihr.

»Wie zündet ihr Feuer an?«, fragte Mirko. »Mit einem Zunderschwamm?«

Kaj nickte.

»Das hier geht schneller«, sagte Mirko.

»Warum sollte es jemand eilig haben, Feuer anzuzünden?«, fragte Kaj.

Mirko schaute ihn überrascht an, ohne zu wissen, was er darauf antworten sollte, und Mila prustete laut los.

»Aber sagt mal«, sagte Kaj, »ihr habt versprochen, uns zu erzählen, warum ihr hier seid.«

Während die Sonne ihren höchsten Stand am Himmel erreichte und die Mittagshitze sich über das Tal legte, erzählte Mirko, was er über die Vergessenen wusste, von Gerüchten und Legenden bis hin zu den Fotos und den Dokumenten zu dem Projekt Paradies 3000, die Mila ihnen übergeben hatte.

»Die Kommune, zu der ich gehöre, heißt UNKRAUT«, endete er. »Sie hat jahrelang versucht, solide Informationen über die Vergessenen zusammenzutragen, aber niemand von uns ist aufgefallen, dass die ersten Geschichten über die Vergessenen in Umlauf kamen, nachdem die Regierung das Japodental geschlossen hatte.«

Jakov nickte und fragte, welchen Zeitungen heute am ehesten zu vertrauen sei.

Mirko und Josip wechselten verwirrte Blicke.

»Warum ist das wichtig?«, fragte Mirko.

»Es ist nicht wichtig«, sagte Jakov, »es ist nur reine Neugier.«

»Man kann keiner Zeitung vertrauen«, sagte Mirko. »Die Zeitungen vermitteln keine Nachrichten und Informationen mehr, sie produzieren sie. Und nebenbei verkaufen sie Armbänder, Regenschirme, Mützen, Unterhosen, T-Shirts und Ähnliches. All das könnt ihr an den Kiosken zur Zeitung dazubekommen. Am Kiosk könnt ihr auch einen Kaffee trinken, Bargeld abheben, ein Paket aufgeben.«

 »Du machst Scherze.«

»Nein.«

»Und was verkauft das Fernsehen?«

»Dasselbe.«

»Und wie erfahrt ihr dann, was in der Welt geschieht?«

»Wir erfahren es nicht. Wir wissen nur, was in unserer Nachbarschaft vor sich geht, das, was wir mit eigenen Augen sehen.«

»Genauso wie wir hier«, sagte Jakov.

»An echte Nachrichten und Informationen kann man nur über einige Internetportale kommen«, ergänzte Mirko, »aber es werden immer weniger. Alles geht den Bach runter. Wenn du nichts dagegen hast, würde ich gern ein Foto von euch beiden machen.«

»Du kannst fotografieren, was du willst«, sagte Jakov, »aber bestimmt nicht uns beide. Übrigens, ich bin schon mehr als zwanzig Jahre hier. Wir haben jeden Begriff für Zeit verloren, wir haben die Stunden, Tage und Jahre nicht gezählt, und unsere Arbeit wurde vom Wechsel der Tages- und Nachtzeiten und der Jahreszeiten bestimmt. Das Einzige, was mich an die Welt erinnert hat, die ich verlassen habe«, er wies auf den Canyon, »waren die Flugzeuge dort oben. Was gibt es Neues in der alten Welt?«

»Nichts«, sagte Mirko. »Nur dass die Armut, das Elend und die Verzweiflung größer sind als früher. Alles, was von irgendeinem Wert ist, ist in der Hand von einem Häufchen Mächtiger.«

»Schade«, sagte Jakov. »Der Mensch kann einiges erreichen, die wunderbarsten Dinge gestalten, aber er ist vollständig unfähig, aus eigenen Fehler zu lernen. Ja, was kann ich euch über uns erzählen? Wir sind im Rahmen eines Projekts des Gesundheitsministeriums und einiger privater Firmen hierhergekommen, und habe ich es richtig verstanden, dass dieses Projekt jetzt auch einen Namen bekommen hat? Wir waren neununddreißig, genauer gesagt neunzehn Paare und ein alleinstehender Mann, der die Verbindung zwischen uns und der Projektleitung darstellte. Wir haben eine Siedlung errichtet, vier Gehstunden von hier entfernt, und dort haben wir gelebt. Aber die andere Seite hat sich nicht an die abgemachten Verträge gehalten, einige von uns haben das schnell begriffen, und das, was ich jetzt von euch höre, bestätigt unsere Vermutungen. Wir konnten zwar nicht wissen, dass sich das Ministerium aus dem Projekt zurückgezogen und es völlig den privaten Firmen überlassen hat, doch wir haben es an unserer eigenen Haut zu spüren bekommen. Eine Familie ist deswegen auf tragische Weise umgekommen, und jedes Jahr haben sie uns ein oder zwei Kinder weggenommen, und wir wussten nicht, warum und wohin. Dieses Schicksal hat auch meine Frau, seine Mutter, erlitten.«

In Mila brach etwas zusammen, als sie das hörte. In ihrem Kopf begann es zu rauschen, ihre Zunge schwoll an und wurde hart.

»Wie konntet ihr dulden, dass sie euch die Kinder wegnehmen?«, fragte Mirko.

»Wie ertragen die Menschen, dass man ihre Kinder in Kriege schickt?«, antwortete Jakov. »Der Mensch findet sich immer ab, wenn irgendwelche angeblich höheren Gründe ins Spiel gebracht werden, wegen deren dieser Mensch und seine Nächsten leiden müssen. Wir im Tal konnten nichts tun, sie haben uns mit ihrem Zaun, mit Drohungen und Erpressungen in ihrer Gewalt gehalten. Wir waren wie Lagerinsassen. Aber in den vergangenen Tagen ereignete sich etwas, was mich trotz alldem bewegt hat, unsere Flucht zu planen. Gleichzeitig hat auch mein Sohn begriffen, dass die Geschichte, die wir den Kindern erzählt haben, darüber, seit wann und warum wir hier sind, milde ausgedrückt, zum Himmel stinkt. Und heute Morgen geschah etwas, was unsere Flucht noch beschleunigt hat, aber darüber möchte ich jetzt nicht sprechen. Und hier sind wir also.«

Eine Zeitlang schwiegen sie, man hörte das Rauschen des Wasserfalls. Über ihren Köpfen klopfte ein Specht in die Baumrinde.

»Ich habe Durst«, sagte endlich Mila.

Kaj sprang schnell auf, nahm die alte Feldflasche aus Blech aus der Tasche und ging zum Fluss.

»Wir haben keinen besonderen Plan«, sagte Jakov, »nur dass wir in Zagreb herausfinden wollen, was mit meiner Frau und den anderen geschehen ist.«

»Heißt Ihre Frau Asja Radaković?«, fragte Mila leise.

Die beiden Männer blickten sie erstaunt an. Mila holte ein Foto aus der Tasche ihres Rucksacks und reichte es Jakov. Er schaute das Foto an und gab es an Kaj weiter.

»Das ist sie«, sagte er. »Wo hast du dieses Foto her?«

»Ich glaube, dass sie meine Mutter ist«, sagte Mila und blickte Jakov fest in die Augen.

»Wo ist sie?«, fragte Jakov zögernd, und Kaj starrte Mila gespannt an.

Mila erwiderte schweigend ihre Blicke, und Kaj und Jakov begriffen.

»Wenn Ihnen das irgendetwas bedeutet«, sagte sie, »ich glaube nicht, dass sie freiwillig mit meinem Vater zusammen war, ich glaube eher, dass ich mit Gewalt gezeugt wurde.«

Mirko und Josip schauten betreten vor sich hin. Kaj starrte in die Ferne.

»Was für ein Tag«, murmelte Jakov. »Was erwartet uns heute wohl noch?«

Ein Eichelhäher antwortete ihm mit durchdringendem Kreischen.

Jakov lehnte den Vorschlag ab, zur Siedlung zu gehen. »Das wäre nicht klug«, so sagte er.

Er sagte den Neuankömmlingen nicht, dass er an diesem Morgen einen Menschen getötet hatte. Er glaubte, dass das keine gute Basis für gegenseitiges Vertrauen gewesen wäre, und es hätte allzu lange gedauert, hätte er ihnen erklären müssen, was für ein Mensch Milan Tabak, genannt der Lehrer, gewesen war und warum er ihm das Leben hatte nehmen müssen. Er sagte nur, er sei sicher, dass es im Dorf mehrere Personen gebe, die zuständig für den Kontakt mit den Projektleitern seien. Es wäre sehr unvorsichtig, wenn es nicht so wäre. Die privaten Firmen seien gewiss nicht in den Händen von Menschen, die die Dinge dem Glück und dem Zufall überließen, und angesichts dessen, was in den letzten Tagen im Tal geschehen sei, und angesichts der Tatsache, dass Kaj und er verschwunden seien, wäre es nicht verwunderlich, wenn diese Personen Alarm geschlagen hätten, wenn sie also schon die Projektleiter darüber informiert hätten, dass zwei Personen geflohen seien. Aus diesem Grund sei es wohl besser, das Tal sofort zu verlassen und sich an einen sicheren Ort zu verziehen.

Die Sonne stand schon niedrig im Westen, als sie eine Verschnaufpause auf einer Lichtung machten, von der aus sich der Blick in Richtung Međuvode und weiter bis zur nördlichen Tiefebene erstreckte, die sich im Dunst auflöste und mit dem Himmel verschmolz. Kaj wurde schwindelig. Noch nie zuvor hatte er eine solche Ferne gesehen, außer der Ferne des Himmels, die eigentlich keine Ferne ist, da es nichts gibt zwischen dem Betrachter und dem Mond oder den Sternen, und jetzt wurde seinem Auge und seinem Verstand die wahre Weite des Raums sowie die wahre Entfernung des Betrachteten deutlich. In einem Tal kann man den Blick nicht in die Weite ziehen, ausdehnen, zu seiner vollen Größe anwachsen lassen, er bleibt zusammengekauert, gekrümmt, unvollendet, und sobald er versucht, sich auszustrecken, stößt er auf einen Wald, einen Hang, eine Bergkette, und jetzt erstreckte sich Kajs Blick immer weiter. Er erreichte zunächst die Dächer der Häuser in Međuvode, dann einen Hain hinter dem Dorf, dann abwechselnd die Quadrate der Äcker und die regelmäßigen Ornamente der Wäldchen, und dann wieder eine Ansammlung von Dächern, der Raum blähte sich auf und weitete sich, Kaj spürte, dass auch er sich aufblähte und weitete, und dann lachte er.

»Ich habe nicht gewusst, dass irgendetwas so weit und groß sein kann«, antwortete er auf Milas fragenden Blick.

»Es ist noch größer«, sagte Jakov.

»Viel größer als das, was ich jetzt sehe?«

»Viel größer.«

»Ich werde weitergehen und mir all das anschauen«, sagte Kaj.

»Wie war sie?«, fragte Mila.

Der Tag näherte sich seinem Ende. Sie hatten den Fluss überquert und liefen an einem Hang bergauf zu dem

Platz, an dem sie in der letzten Nacht ihr Lager aufgeschlagen hatten. Mila und Kaj bildeten die Nachhut.

»Wer, unsere Mutter?«, sagte Kaj. »Ich weiß es nicht, ich erinnere mich nicht an sie.«

»Ich erinnere mich auch nicht an sie«, sagte Mila.

»Mein Vater sagt, dass ich zwei war, als sie sie fortgebracht haben.«

»Wer hat sie denn fortgebracht?«

»Die Polizisten.«

»Ich war fast vier, als sie starb«, sagte Mila, »aber dennoch erinnere ich mich nicht an sie. Ich bin sicher, dass mein Vater nicht erlaubt hat, dass ich häufig mit ihr zusammen war. Manchmal träume ich von ihr«, fügte sie hinzu.

»Warum hat dein Vater es nicht erlaubt?«

»Weil er so ist, ich möchte lieber nicht darüber sprechen.«

»Mein Vater sagt«, sagte Kaj, »dass sie viel über Pflanzen wusste, welche man essen kann, welche giftig sind und welche man als Medikament verwenden kann.«

»Weißt du etwas darüber?«, fragte Mila.

Kaj nickte.

»Wir alle wissen, wie man aus dem Tal etwas nimmt. Meine Mutter sagte immer, das hat mir mein Vater erzählt, dass das Tal ein Supermarkt ist.«

Mila nickte. Hätte sie nicht geahnt, dass das Tal im Grunde ein Labor war und Kaj und alle anderen bloß Versuchskaninchen waren, hätte sie sie um das Leben, das sie führten, beneidet, zumindest um ihre Essgewohnheiten.

An diesem Abend saßen sie am Feuer, und nach einer kurzen Diskussion vereinbarten sie, zur Kommune zu gehen, wo sie in Absprache mit den anderen entscheiden würden, was weiter geschehen sollte. Sie wussten nicht, wie es um die Fahndung nach Mila stand, ob es der Polizei gelungen war, die Verbindung zwischen Mila und UNKRAUT herzustellen, was eventuell zu einem Problem werden konnte. Danach stürzten sie sich auf das Abendessen. Kaj bekamen der Speck und die Würste nicht, und er sagte, dass ihm auch der kaum gesalzene Reis zu intensiv schmecke. Aus diesem Grund aß er nur Honig und getrocknete Heidelbeeren. Währenddessen verspeiste Jakov mit unverhohlenem Genuss Speck und Würste.

»Habt ihr im Tal kein Fleisch gegessen?«, fragte Josip.

»Doch«, antwortete er, »rohes, gebratenes und getrocknetes Wildfleisch, aber es war nicht gesalzen, wir hatten kein Salz.«

»Habt ihr nichts von außen bekommen?«

»Doch«, sagte Jakov, »manchmal fehlten uns Stoffe für die Kleidung, manchmal eine Nadel oder ein Messer, Winterschuhe oder solche Dinge. Ansonsten hatten wir alle Werkzeuge mitgenommen.«

»Und Medikamente?«

»Medikamente wachsen genauso wie die Nahrung im Tal«, sagte er. »Und wir waren nicht oft krank. Erkältungen, virale Magendarm- und Grippeerkrankungen waren bei uns völlig unbekannt, und wir hatten auch keinen einzigen Fall von ansteckenden Kinderkrankheiten. Hätten wir etwas davon gehabt, dann hätten, so war es abgesprochen, die Ärzte interveniert.«

Kaj reagierte auch entsetzt auf einen Energieriegel mit Waldfrüchtegeschmack.

»Pfui, was ist das denn?« Er spuckte den Bissen ins Feuer und trank einen großen Schluck Wasser, um den widerlichen Geschmack, der sich über seinen Gaumen verbreitet hatte, fortzuspülen.

»Heidelbeeren, Himbeeren und Walderdbeeren«, sagte Mila und lachte.

»Ja, ja«, sagte Kaj, »ich hatte vergessen, dass bei euch die Nahrung in Supermärkten wächst. Sind alle eure Lebensmittel so?«

Jakov blätterte durch die Dokumente zum Projekt Paradies 3000.

»Es ist schlimmer, als ich befürchtet hatte«, sagte er und gab Mirko die Mappe zurück. »Wir waren eigentlich keine Teilnehmer an einem wissenschaftlichen Experiment, sondern eher Bewohner eines Zoos. Wer sind die Firmen, die hinter diesem Projekt stehen?«

»Eine von ihnen heißt SalarLab«, meldete sich Mila, »die Firma meines Vaters.«

Jakov blickte sie an.

»Vermutlich erklärt das, wie sich die Wege deines Vaters und Asjas gekreuzt haben.«

»Und die zweite heißt PharmaBee«, sagte Mirko. »Sie ist auf den britischen Jungferninseln registriert, und nicht einmal der liebe Gott weiß, wer sich hinter diesem Namen versteckt.«

»Warum sind einige Angaben in den Dokumenten geschwärzt?«, fragte Jakov.

»Die Dokumente habe ich besorgt«, sagte Mila, »und ich wollte nicht alles offenlegen«, sie wies mit ihrem Kopf in Richtung Mirko, »bevor ich sicher war, dass sie mich hierher mitnehmen.«

»Ich sehe, dass dir das sehr wichtig war.«

»Das war der einzige Weg, etwas mehr über meine Mutter zu erfahren, und Sie werden mir sicher etwas über sie sagen können.«

Jakov nickte und erfasste Mila und Kaj mit seinem Blick.

»Also Bruder und Schwester«, sagte er. »Ihr seid euch sogar ähnlich, das werden wir besser sehen, wenn Kaj sich rasiert hat.«

»Ich werde mich nicht rasieren«, lehnte Kaj ab. »Ich friere, wenn ich mich rasiere.«

Es war eine mondhelle Nacht, in der sich kein Lüftchen regte. Jakov erzählte Mila von ihrer Mutter. Die Gestalt aus ihren Träumen und von dem Foto kam ihr jedoch nicht näher, ihr Bild wurde auch nicht schärfer. Jakov erzählte auf eine angenehme Art. Mila war beeindruckt von der gedämpften Trauer, mit der dieser Mann von seiner Frau sprach. Trotz der Jahre, die vergangen waren, hatte er seinen Verlust nicht verschmerzt. Doch all seine Worte konnten Mila nicht das bieten, was ihr fehlte: ihr eigenes, unmittelbares Erleben der Mutter. Jakov griff zurück auf seine eigenen Erfahrungen und Erlebnisse, um Gefühle und Bilder wiederzugeben, während er über Asja sprach. Und Mila begriff, dass sie nie etwas anderes haben würde als ein Häufchen blasse Erinnerungen an die Mutter. Kajs Frage riss sie aus ihren Gedanken.

»Wie sieht ein Handy aus?«

Sie blickte ihn an.

»Wie kommst du jetzt darauf?«, fragte sie.

»Jemand hat im Gespräch ein Handy erwähnt, was ist denn das?«

»Ha«, sagte Mila, nachdem sie kurz über diese Frage nachgedacht hatte, »das ist ein Gerät in der Größe meiner Handfläche, mit dem man Stimmen und Bilder in die Ferne übertragen kann.«

»Wie ein Fernseher?«

»Wieso weißt du etwas über Fernseher?«

»Ich habe ein Bild davon in einem Buch gesehen, und sie haben uns erzählt, dass man mit einem solchen Gerät einen Menschen in Stein verwandeln kann.«

»In was?«

»In Stein. Wie ging das noch mal?« Er wandte sich an seinen Vater.

»Wir haben ihnen Geschichten erzählt«, erläuterte Jakov. »Wir haben sie uns selbst ausgedacht oder sie aus Büchern vorgelesen. Das Erzählen von Geschichten war sehr populär in unserem Tal, es ist ein ausgezeichneter Ersatz für Fernseher und Computerspiele«, sagte er und lachte. »Und einige haben ihre Kinder nach Gestalten aus den Erzählungen benannt. So haben wir dort ein Dornröschen, eine Alice … Kaj wurde nach dem Jungen aus dem Märchen *Die Schneekönigin* benannt.«

Mila schüttelte den Kopf.

»Ich kenne dieses Märchen nicht«, sagte sie.

»Es geht um einen Jungen, der sich auf die Suche nach seiner Schwester begibt, die von der bösen Schneekönigin entführt wurde.«

»Wie geht das noch mal mit dem Fernseher und den Steinen?« Kaj war hartnäckig.

»Hm«, sagte Jakov, »in aller Kürze ist das die Geschichte über den Weißen Germer, eine wunderschöne Blume, die jeden im Nu in Stein verwandelt, der sie zu essen versucht. Und über einen Fernseher, der jeden in Stein verwandelt, der ihn anschaut. Der Mensch war weise genug, um die Gefahr, die von dem Weißen Germer ausgeht, zu erkennen, und er aß ihn nicht mehr, doch dann erfand er selbst etwas, was ihn in Stein verwandelte.«

»Verwandelt auch ein Handy den Menschen in Stein?«, fragte Kaj.

»Jetzt bin ich da nicht mehr so sicher«, sagte Mila. »Das Handy dient dazu, deine und meine Stimme in die Ferne zu transportieren. Stell dir vor, du bist im Tal, und ich bin hier, und wir haben beide ein Handy. Jedes Handy hat seine eigene Nummer, und wenn ich deine Nummer in mein Handy tippe und eine bestimmte Taste drücke, dann klingelt dein Handy, du drückst genau diese Taste auf deinem Handy, und dann können wir beide uns unterhalten. Das Handy kann auch mein Bild zu dir übertragen und dein Bild zu mir, dann könnten wir uns sehen und uns dabei unterhalten, obwohl wir weit voneinander entfernt sind, verstehst du?«

»Nicht wirklich«, sagte Kaj, »warum müssen wir uns unterhalten, wenn wir nicht zusammen sind?«

»Einfach so«, sagte Mila, »was weiß ich, damit wir hören, wie es uns geht, was wir so tun und so weiter.«

»Und worüber unterhalten wir uns, wenn wir wieder zusammen sind?«

Mila begann zu lachen.

»Deine Fragen sind total verdreht«, sagte sie.

»Was meinst du mit verdreht?«, sagte Kaj.

»Verdreht bedeutet merkwürdig«, sagte Mila.

»Auf welche Art überträgt das Handy denn die Stimme und das Bild in die Ferne?«, fragte Kaj.

»Ich weiß es nicht«, gab Mila zu. »Ich benutze es nur, aber ich weiß nicht, wie es funktioniert.«

»Wie kannst du etwas benutzen, von dem du nicht weißt, wie es funktioniert? Als würde ich eine Axt oder eine Vogelfalle benutzen, ohne zu wissen, wie sie funktionieren.«

Mila seufzte.

»Kaj«, sagte Jakov, »Mila ist schon ganz müde von deiner Fragerei. Spar dir noch ein paar Fragen für später auf.«

♠♥♦♣

Sie lauerten ihnen am nächsten Tag am späten Nachmittag in einem Hinterhalt an der Straße auf. Vier Männer in den schwarzen Uniformen des Sicherheitsdiensts mit der Dobermannschnauze im Logo an der Brust. Sie versperrten ihnen mit Pistolen in den Händen den Weg, die sie, nachdem sie die Gruppe abgeschätzt und Jakov befohlen hatten, die Axt in ihre Richtung zu werfen, zurück in ihre Holster schoben.

»Schau, schau, wen haben wir denn da«, sagte einer von ihnen. »Zwei Bettler, zwei Idioten und eine blöde Kuh, eine wunderbare Gesellschaft.«

»Es ist so menschlich«, sagte ein anderer, »auf die Straße zu kommen. Straßen, Häuser, all das zieht fatalerweise solche Penner wie euch an. Wäret ihr nicht auf die Straße gekommen, dann wäre euch nichts passiert. Und ich hätte meine Wette verloren. Als wir heute früh die Spuren eurer Lagerstätte gefunden haben, wollte er, dass wir euch nachlaufen, aber ich habe gesagt, es sei dumm, zu Fuß hinter euch herzutrotten, und dass wir besser auf der Straße auf euch warten sollten. Wir haben gewettet, ich habe gewonnen, und ihr und er habt verloren«, grinste er.

»Wir werden eine Prämie für diesen Fang bekommen«, sagte der erste. »Ich kann mich nicht daran erinnern, wann das letzte Mal jemand in der Nähe des Tals erwischt worden ist. Wir haben nur von älteren Kollegen von solchen Vorfällen gehört. Was habt ihr da überhaupt gemacht?«

Er erlebte keine Antwort mehr. Jakov machte einen Schritt auf die Männer zu, hob seine Hand und begann zu schießen. Er schoss ihnen ruhig und auf kurze Distanz direkt in die Brust. Der erste, jener, der die Fragen gestellt hatte, fiel, ohne zu begreifen, was geschehen war. Die nächsten stürzten zu Boden, bevor sie irgendetwas unternehmen konnten, und dem vierten gelang es gerade noch, seine Pistole zu ziehen und auf Jakov zu feuern. Im Fallen zog Jakov noch einmal den Abzug durch. Dem Sicherheitsmann glitt die Pistole aus der Hand, er griff sich mit beiden Händen an den Bauch und sank stöhnend auf die Knie. Ohne zu zögern, nahm Kaj die Axt seines Vaters und trat zu dem verwundeten Mann. Der hob den Kopf und richtete seine vom Hass getrübten Augen auf Kaj.

»Du beschissener Schwachkopf«, röchelte der Sicherheitsmann, »du verdammter Mistkerl.«

»Du willst ihn doch nicht etwa umbringen«, hörte Kaj eine Stimme hinter sich.

Kaj drehte sich nicht um, er holte aus und traf den fluchenden Mann mit der stumpfen Seite der Axt an der Schläfe. Dieser hörte auf zu fluchen und fiel rücklings auf den Boden. Kaj untersuchte auch die anderen drei Männer, kein Leben regte sich mehr in ihren Körpern. Sie lagen da wie tote Fische.

»Er musste sterben, damit wir leben«, erklärte Kaj seinen geschockten Gefährten.

Dann ging er zu Jakov. Er hatte sich auf den Rücken gedreht und lag ruhig da.

»Hörst du mich?«, fragte Kaj.

Jakov nickte.

»Weißt du, wo wir sind?«

Er nickte und lächelte.

»In der Kutsche aus Moos.«

Auch Kaj lächelte.

»Ja, an eurem Mondmeridian«, sagte er.

»Besorg dir das Buch, wenn du dorthin kommst.«

Kaj nickte.

»Es wird alles gut sein«, sagte er.

»Ja«, sagte Jakov leise und verzerrte sein Gesicht bei dem Versuch, Luft zu schlucken. Und dann traten blutige Bläschen über seine Lippen.

»Hast du Durst?«, fragte Kaj.

Jakov winkte ab.

»Was soll ich tun, Papa?«, sagte Kaj. »Soll ich in das Tal zurückgehen?«

»Nein, geh und schaue, das hast du selbst gesagt.«

Kaj hielt die Hand des Vaters in der seinen. Jakovs Augen fingen an zu erlöschen, Nebel zog in sie ein, und schon sah er etwas, was Kaj nicht sehen konnte. Er atmete immer schwächer und lautloser, bis er seinen letzten Atemzug ausgehaucht hatte. Sein Gesicht beruhigte sich, es war friedlich. Kaj spürte, dass Jakov nicht mehr in seinem Körper wohnte. Er legte die Hand seines Vaters auf die Erde und stand auf.

»Helft mir, ihn dort vorne hinzulegen«, sagte er.

Sie trugen den Körper zwischen die Haselnusssträucher, ungefähr dreißig Meter von der Straße entfernt. Kaj deckte ihn mit Blättern ab.

»Willst du ihn so hier liegen lassen?«, fragte Mirko.

Kaj nickte.

»Mein Vater wohnt nicht mehr in dem Körper.«

Als sie fortgingen, wurde es dunkel.

Sie liefen schweigend. Kaj drehte sich um und versuchte, sich den Ort einzuprägen, an dem die Haselnusssträucher wuchsen, so wie er sich gestern nach dem Dach seiner Hütte umgeschaut hatte. Doch jetzt wusste er, was er gestern nur geahnt hatte. Er würde nicht mehr zurückkehren. Weder zur Hütte noch zu den Haselnusssträuchern.

Während sie, beleuchtet vom Mondschein, auf der einsamen Straße liefen, sprachen sie nicht viel miteinander. Mila wusste nicht, was sie über Kaj denken sollte. Sie war nicht so sehr entsetzt über die Gewalt, deren Zeugen sie geworden waren, viel mehr schockte sie die Ruhe, mit der Kaj diesen Menschen getötet hatte. Sie fragte sich, warum sie Jakov nicht zurückgehalten hatte und warum sie nicht versucht hatte, die Sicherheitsmänner davon zu überzeugen, sie in Ruhe weitergehen zu lassen. Weil sie vor dem Gedanken erschrak, dass zwei von ihnen das Rehkitz getötet hatten? Oder weil sie gespürt hatte, dass man sich mit ihnen nicht unterhalten konnte, dass sie nicht dort lauerten, um mit ihnen über das Wetter zu plaudern?

Kaj lief zehn Schritte hinter Mila. Er hatte bemerkt, dass sie steif wurde, sobald er näher kam. Das lag wohl daran, dass er den Vergifteten getötet hatte. Deshalb hielt er sich fern von ihr. Es schien, als sei das Töten unter den Vergifteten nicht unbedingt üblich, wie man im Tal behauptete. Andererseits muss jeder, der jenes Gerät bei sich trägt, das zum Töten geschaffen wurde, auch bereit sein, getötet zu werden. Und recht geschah ihnen, sie hatten das bekommen, was sie verdienten. Aber es schien, als würde Mila nicht so denken. Es wird wohl nicht leicht werden, unter den Vergifteten zu leben. Aber ich werde es schon lernen. Er hob den Kopf und bemerkte, dass Josip stehen geblieben war und auf ihn wartete. Der wird doch nicht gerade jetzt etwas sagen wollen, dachte Kaj, der hat kaum etwas gesagt, seitdem wir uns getroffen haben.

»Mach dir keine Sorgen über das, was geschehen ist«, sagte Josip und begann, neben Kaj herzulaufen.

»Du hast bisher nicht viel gesprochen«, sagte Kaj.

Josip zuckte mit den Schultern.

»Bisher war das auch nicht nötig«, sagte er. »Diese vier Männer«, fuhr er fort, »hatten es vielleicht nicht verdient, heute zu sterben, aber ich sehe nicht, was man in dieser Situation hätte besser machen können. Wir hätten alle ernsthafte Probleme, wenn sie uns abgeführt hätten.« Er senkte seine Stimme. »Wir alle, außer vielleicht Mila. Und was mich betrifft, so haben dein Vater und du das Richtige getan. Mir werden die«, er zeigte mit dem Daumen nach hinten, »bestimmt nicht fehlen.«

»Warum denkst du, dass Mila keine ernsthaften Probleme bekommen hätte?«

»Weil die von ihrem Vater bezahlt werden«, sagte Josip.

»Und wir, was hätte uns passieren können?«

»Milas Vater ist ein mächtiger Mann«, sagte Josip, »er würde es nicht mögen, wenn die Welt erfahren würde, was sich im Tal abspielt, und bestimmt würde er alles tun, um uns zum Schweigen zu bringen, so wie er auch alles getan hat, um zu verbergen, was sich tatsächlich im Tal befindet. Es ist nicht gut, sich mit Menschen wie ihm anzulegen.« Eine Zeitlang gingen sie schweigend nebeneinander her und dann fragte Josip: »Wie sehen deine Pläne aus?«

»Pläne?«

»Was wirst du morgen tun? Wie beabsichtigst du, deine Tage zu verbringen?«

»Ich werde laufen und sehen, wie groß die Welt ist«, sagte Kaj.

»Ein guter Plan«, sagte Josip, »das könnten wir gemeinsam tun.«

»Was bist du in der Welt?«, fragte Kaj.

»Du meinst, was ich arbeite?«

Kaj nickte.

»Nichts.«

»Ein Landstreicher?«

»So kann man es nennen.«

»Dann werden wir zusammenbleiben«, sagte Kaj.

Sie erreichten das Tal, in dem sich die Kommune befand. Die Straße führte durch die Wiesen. Im Mondschein sah es so aus, als wären die Wiesen von Raureif überzogen. In der Ferne bellte ein Hund. Wie eine Sternschnuppe durchschnitt ein Satellit den Himmel.

Es ist der zweite Herbst, seit wir das Japodental verlassen haben.

Direkt nach der Rückkehr organisierten wir eine Pressekonferenz in Zagreb. Da wir aus Angst vor Salars langer Hand unsere Entdeckung nicht direkt den großen Tageszeitungen und Internetportalen anbieten wollten und aus demselben Grund das wahre Thema der Konferenz nicht im Voraus verraten konnten, stand in der Einladung nur, dass das Thema der nukleare Abfall – heute und morgen – sei. Wir luden alle Redaktionen ein, die uns einfielen, das Umweltministerium und Dutzende ökologischer Vereine. Wir waren überglücklich, dass in dem Café, in dem die Pressekonferenz stattfinden sollte, zwei Journalistinnen auftauchten. Die eine stellte sich als Redakteurin des Stadtportals *Abgewetzte Bürgersteige* vor, und als müsse sie sich rechtfertigen, fügte sie hinzu, dass sie in der Nachbarschaft wohnte und, wie sie sich ausdrückte, nur auf einen Drink vorbeigekommen war. Die andere stellte sich als Redakteurin des ökokommunistischen Portals *Der Grüne Stern* vor. Auch einige Ökoaktivisten verschiedener Fraktionen waren gekommen sowie der für Umwelt zuständige Abgeordnete im Rat des Stadtviertels. Eigentlich, sagte Dora Belak, die die Konferenz leitete, ironisch, sind all diejenigen anwesend, die sich in diesem Land für Ökologie interessieren. Auf der Konferenz sprachen Mila und ich. Wir gaben den Journalistinnen das vorbereitete Material, Fotos und Kopien der Dokumente aus Salars Safe sowie die Fotos, die ich im Japodental aufgenommen hatte.

Am selben Abend veröffentliche *Der Grüne Stern* einen Text mit folgendem Titel: PRIVATES KONZENTRATIONSLAGER IM JAPODENTAL. Und der Anfang lautete: *Der Besitzer von SalarLab, der Milliardär Zoran Salar …*

Die Redakteurin der *Abgewetzten Bürgersteige* hatte mehr Sinn fürs Geschäft als für Journalismus – sie verkaufte das Rohmaterial der Redaktion der lokalen Tageszeitung, die auf ihrer Internetseite ankündigte:

EXTRA SENSATIONELL

DIE TOCHTER DES MILLIARDÄRS ZORAN SALAR RÄUMT EIN:

MEIN VATER HÄLT SICH EINE MENSCHENFARM IM JAPODENTAL

Mehr in der Printausgabe von morgen …

Danach ging der Trubel los. Als das Schweigen durchbrochen war, stürzten sich die großen Zeitungen und Fernsehsender auf Salar. Mila wurde zur meistgesuchten Person im ganzen Land. Außer der Polizei fahndeten nun auch die Journalisten nach ihr, sie war der absolute Star. Die verschwundene Tochter des Milliardärs Zoran Salar packt aus über die kriminellen Verbindungen zwischen der Firma ihres Vaters und dem Staat. Man leckte sich die Finger nach der Story ab.

Das Café, in dem wir die Pressekonferenz abgehalten hatten, wurde von der Polizei gestürmt, aber da waren wir schon in Sicherheit, in der Wohnung von Milas Freund Maks. Maks war begeistert von Mila. Er surfte von einem Portal zum anderen und rief: »Megading« und »Astrein« und »Manno« und »Fuck« und »Nie hätte ich das gedacht« und »Super hast du das gesagt« und so weiter. Mich nahm er zum Glück kaum wahr. Kurz davor hatte Mila ihren Vater aus einer Telefonzelle angerufen. Sie hatte ihm gesagt, dass sie nicht entführt worden sei, dass sie alles über Asja Radaković wisse, über das Japodental und die Menschen, die dort lebten, und dass ihr Verhältnis aus ihrer Sicht ein für alle Mal beendet sei. Und ja, sie brauche keine Wohnung und kein Geld, noch irgendetwas von dem, was er ihr bieten könne, und am wenigsten brauche sie ihn. Sie hatte den Hörer aufgelegt. Sie dachte nicht im Traum daran, die Anfragen der Journalisten zu beantworten. Auch ich nicht. Wir hatten getan, was wir tun konnten, und es blieb uns nur, darauf zu warten, dass sich der Tumult legte.

Der Medienfleischwolf drehte sich ganz gut auch ohne uns. Sie hatten genug Fleisch, wie man so schön im Journalistenjargon sagt. Unermüdlich brachten sie die Fotos und die Dokumente, die wir zur Verfügung gestellt hatten, sie fanden eine Menge Details über die Verträge des Gesundheitsministeriums und über alle Beteiligten. Auch wie das Ministerium sich aus dem Projekt zurückgezogen hatte, fanden sie heraus, und obwohl der Minister in der Zwischenzeit gestorben war, nahmen die Redaktionen ihn erbarmungslos auseinander, genauso wie seine noch lebenden ehemaligen Mitarbeiter. Salar selbst machte keine Aussage. Die Journalisten belagerten seine

Villa und das Gebäude von SalarLab, mutmaßten über Handel mit Menschen, Föten, Organen, Geschlechtszellen. Sie taten auch eine Geschäftsstelle von PharmaBee in einem Gebäude an der Peripherie auf, eigentlich fanden sie nur ein Schild am Eingang, in dem Gebäude gab es keine Büroräume, und die Bewohner des Gebäudes hatten keinen blassen Schimmer, woher das Schild stammte. Gleichzeitig fand eine Belagerung des Japodentals statt, und auch wenn seinerzeit die Polizei erfolgreich die Angriffe von Ökoaktivisten zu verhindern wusste, hatten nun die Sicherheitsmänner keine Chance mehr gegen die Journalisten. Die Fernsehteams meldeten sich von jenem Ort, an dem der Steinrutsch die Straße und die Eisenbahnlinie unterbrochen hatte, das Staatsfernsehen und die reichsten Privatkanäle flogen das Tal mit Hubschraubern an, die Kameraleute stürzten in die Hütten, filmten die aufgeschreckten Kinder, die Erwachsenen stammelten verwirrt in die Kameras.

Es dauerte einige Tage, bis Salar wieder zu Atem kam und zum Gegenschlag ausholte. Er wies alle Beschuldigungen von sich, bezeichnete sie als absurd, sein Anwalt drohte allen Medien mit Klagen wegen übler Nachrede, Verleumdung, Ehrabschneidung und der Zufügung seelischen Schmerzes. Die Regierung habe sich aufgrund der Sparpolitik aus dem Projekt Paradies 3000 zurückgezogen und ihre Anteile an SalarLab veräußert, alles ganz legal und transparent, PharmaBee besitze einen kleineren Anteil an dem Projekt, Herr Salar verfüge weder über Kenntnisse darüber, wer sich hinter dieser Bezeichnung verstecke, noch interessiere er sich dafür. Auch die Behauptungen, dass die Darstellung des Japodentals als

Abfallplatz ein Betrug der Öffentlichkeit gewesen sei, seien nicht haltbar. Dieses Vorgehen sei notwendig gewesen zur ungestörten Abwicklung des Projekts und um seinen Erfolg zu garantieren. Wäre dieses Projekt wie geplant beendet worden, dann wären SalarLab, seine wissenschaftlichen Forschungsteams und auch dieses Land an die Spitze der Biotechnologie gerückt. Aufgrund einer traurigen Folge von Ereignissen sei dieses Projekt voller Potentiale abrupt unterbrochen worden, vor allem dank einer Allianz zwischen der bedeutungslosen Kommune UNKRAUT, die sich dem wissenschaftlichen Fortschritt widersetze, und einem Teil der Medien. Es sei beklagenswert, dass dabei die Tochter von Herrn Salar grob manipuliert und als Werkzeug benutzt worden sei. Bezüglich des Letzteren werde vermutet, dass Drogen zum Einsatz gekommen seien. Herr Salar und die Angestellten von SalarLab wiesen mit allem Nachdruck die Anschuldigung zurück, dass aus dem Japodental in den vergangenen zwanzig Jahren neunundzwanzig Kinder und Jugendliche unterschiedlichen Alters fortgeholt worden seien, wie einige Medien unterstellten. SalarLab sei nicht bekannt, dass so viele Kinder dort geboren worden seien. Nach den Erkenntnissen von SalarLab seien im Japodental im Verlauf des Projekts neun Kinder geboren worden, und sie befänden sich alle, genauso wie die anderen Teilnehmer an diesem Projekt, in Quarantäne unter Aufsicht von SalarLab und der Gesundheitskommission der Regierung. Im Japodental sei es in den letzten Tagen zu einem unerfreulichen Vorfall gekommen. Ein Teilnehmer des Projekts, dessen Namen vorerst geheim gehalten werden müsse, habe einen anderen Teilnehmer ermordet, der zuständig gewesen sei für die Verbindung zur Firma Salar-

Lab. Der Mörder sei flüchtig, und er werde verdächtigt, vier Sicherheitsmitarbeiter getötet zu haben, deren Aufgabe es gewesen sei, das Tal zu sichern. Die Ermittlungen zu den Morden lägen in der Zuständigkeit der Polizei, dazu könne die Firma SalarLab sich nicht äußern.

Ein Teil der Medien, der bis zu diesem Zeitpunkt Zoran Salar die Haut vom Leibe gezogen hatte, wechselte plötzlich die Seite. In der besten Tradition des neuen Journalismus, dessen Motto »Töte den Boten« lautet, stürzten sie sich auf uns. Sie schnüffelten in der Kommune herum, ohne sich um den Hinweis zu scheren, dass es sich um Privatbesitz handele. Bis Damir auf seinem Hof einige Köpfe und einige Kameras mit einem Stock traktierte. Sie schrieben darüber und sagten, dass wir primitiv seien, Gegner des Fortschritts, Anarchisten, Kommunisten, Faulpelze und allerlei anderes, lauter Blüten aus dem Arsenal des neuen Journalismus. Und es war nicht einmal ganz unwahr. Wir waren all das, was sie schrieben, nur dass man das sowohl als Beleidigung als auch als Kompliment auffassen konnte. Die Medien, die versuchten, sich zum Projekt Paradies 3000 neutral zu stellen, schrieben zum Beispiel: Es ist amoralisch, vielleicht sogar kriminell, aber es steht vollständig im Einklang mit den geltenden Gesetzen. Der neue Journalismus halt.

Das Getümmel dauerte einige Wochen, und dann war die Öffentlichkeit übersättigt, die Medien fanden neues Fleisch. Die Bewohner des Japodentals, so konnte man es in einer knapp gehaltenen offiziellen Erklärung lesen, seien erfolgreich in die Zivilisation reintegriert worden, und das Tal werde in ein Reiseziel für nachhaltigen Tourismus verwandelt. Mila und ich entschlossen uns, in die Kommune zurückzukehren, der, ehrlich gesagt, die negativen Schlagzeilen nicht geschadet hatten. Vielmehr entschlossen sich drei Familien mit Kindern, in unsere Nachbarschaft zu ziehen. Sie kauften alte Bauernhöfe, und die Kommune half ihnen eifrig bei der Renovierung der Häuser und notwendigen Arbeiten in den Gärten.

Kaj interessierte dieses ganze Gedränge und der dadurch aufgewirbelte Staub herzlich wenig. Ich sagte ihm, ich sei davon überzeugt, dass die Polizei den Körper seines Vaters gefunden habe und dass sie wahrscheinlich auch von ihm wüssten und nach ihm suchten, aber dass sie diese Umstände nicht öffentlich machen wollten.

Er winkte nur ab und sagte ruhig: »Sie wissen nicht, wie ich aussehe, sie haben keine Papiere von mir, mein Vater hat gesagt, dass ich für sie nicht existiere, und wie sollten sie dann wissen, nach wem sie suchen, wenn sie nicht wissen, wer ich bin, das heißt, wenn der, den sie suchen, nicht existiert.«

Einer solchen Logik konnte ich mich nicht widersetzen.

Kaj interessierte sich ebenfalls nicht für Fernseher, Computer und Handys. Das heißt, ihn interessierten diese Geräte nur so, wie sie auch eine Katze interessieren. Er schaute sie an, das Handy drehte er in seinen Händen und gab es dann Damir mit dem Kommentar zurück, dass er auch weiterhin nicht verstehe, warum er sich mit jemandem unterhalten solle, der nicht da sei. Fernsehbildern stand er vollständig gleichgültig gegenüber. Einmal sahen wir bei Tinka, bei der unser gemeinsames Fernsehgerät stand, einen Dokumentarfilm über die Julischen Alpen.

»Schöne Berge, nicht wahr?«, versuchte Tinka, sein Interesse zu wecken.

»Das sind keine Berge, das ist ein Fernseher«, erwiderte Kaj.

All diese Dinge lehnte er mit der Verachtung eines Edelmannes ab, der zu einem Fest der Knechte geladen ist. Er zeigte Interesse an Pflug und Egge, aber dieses Interesse hielt nur kurz an. Er meinte, dass dabei zu viel Aufwand um etwas betrieben würde, das in der Natur von allein wachse. Er fand Gefallen an der Kleidung, die er von Damir bekommen hatte, ein Baumwoll-T-Shirt mit kurzen Ärmeln und eine Jeans. »Als würde ich nichts anhaben«, so lautete sein Kommentar, nachdem er sich umgezogen hatte. Tinka schnitt ihm die Haare kurz, aber seinen Bart wollte er ihrer Schere nicht anvertrauen.

Von allen neuen Dingen mochte er die Musik am meisten. Er konnte stundenlang bewegungslos bei Marija sitzen und sich Symphonien anhören, Quartette, Rock'n'Roll, Punk, Klaviertrios, Sonaten für Geige und Klavier, kubanische und karibische Musik, Reggae, Dub, Jazz, Afro-Jazz, alles, was man in der Kommune finden konnte.

»Wenn die Berge ein Fernseher sind, dann sind auch das nur Lautsprecher, Player und Verstärker«, verspottete ich ihn. »Und die Musik ist der Wind in den Baumkronen und den Dachstühlen.«

Solche Bemerkungen beachtete er nicht. Er aß kaum etwas an diesen Tagen. Ansonsten ernährte er sich von Pflanzen und Wurzeln, die er selbst pflückte oder auf den Feldern oder im Wald ausgrub. Manchmal aß er auch ungesalzenes, gedünstetes Gemüse und Gerstenbrei. Zu seinen Ernten begleitete ihn Josip, später Mila und Marija, und bald begann beinahe die ganze Kommune, von Kaj zu lernen. Wir hatten auch davor Wildpflanzen gepflückt, um sie als Lebens- oder Heilmittel zu verwenden, doch es stellte sich heraus, dass wir nur einen kleinen Teil aus Kajs Supermarkt genutzt hatten.

Aber dann hörte er eines Tages auf, Musik zu hören, und begann, sich auf seine Reise vorzubereiten, er wollte endlich erkunden, wie groß die Welt ist. Mila verschaffte ihm mit Hilfe ihres Aikido-Lehrers einen Personalausweis und einen Reisepass. Sein neuer Name Karlo Veselinović störte ihn nicht. Die Zurückhaltung, die Mila ihm gegenüber gezeigt hatte, wurde schwächer, verschwand aber nicht vollständig.

»Du siehst nicht wie ein Mörder aus«, sagte sie ihm, »und ich glaube, dass ich verstehen werde, wie du das tun konntest, wenn ich dich besser kennenlerne. Schließlich bist du mein Bruder.«

Auch ich konnte es noch nicht ganz akzeptieren, dass er so kaltblütig diesen Typen erschlagen hatte, aber wer bin ich, dass ich über ihn richte?

Am Ende des Sommers verließen er und Josip die Kommune.

Schon der zweite Herbst ist angebrochen, und die beiden vermessen noch immer zu Fuß die Ferne.

Josip meldete sich manchmal bei Marija von irgendeinem Telefon, oder er schickte ihr einen Brief von irgendeiner Adresse. Es waren keine langen Gespräche und keine ausführlichen Briefe. Er sagte, dass sie in Estland seien oder in Finnland oder in Rumänien oder in Bulgarien, dass es ihnen gut gehe, dass Wiesen und Wälder sie ernährten, dazu das Betteln und die menschliche Güte, dass sie aber auch mit gelegentlichen Jobs etwas verdienten, sie schliefen überall und so weiter – nur grobe Skizzen ohne Einzelheiten und Schattierungen. Das letzte Mal meldete er sich vor einigen Wochen. Er sagte, dass sie den Winter in der Türkei verbringen würden, sie hätten in Istanbul irgendwelche Kurden kennengelernt, und mit ihnen würden sie in ein Dorf an einem See gehen, irgendwo. Er ließ einfließen, dass sie im Frühjahr höchstwahrscheinlich wieder hierherkommen würden. Kaj glaubte auch weiterhin, dass es dumm sei, sich mit jemandem zu unterhalten, dem man nicht in die Augen schauen und den man nicht anfassen könne.

Mir liegen die fernen Wege fern, wenn ich es einmal so ausdrücken darf. Lieber hänge ich herum und faulenze und werde immer dicker. Ich arbeite nur so viel, wie ich muss, ich gehe Damir auf die Nerven, manchmal setze ich mich aufs Fahrrad und fahre zur Kneipe, um ein Bier zu trinken und die Neuigkeiten zu hören. Eine Neuigkeit ist, dass diese Gegend auch weiterhin fast unbewohnt ist, dass die Auswanderer nicht zurückkehren werden, obwohl sich gezeigt hat, dass das Tal keine Mülldeponie war. Mir passt das.

Heute haben Mila und ich ein wenig Ordnung im Garten gemacht und ihn dann mit Heu abgedeckt, so wird er ruhen bis zum Frühling. Bis zur Dämmerung, so nannte man früher das Kommen des Frühlings. Jetzt sitze ich, wenn der Tag zu Ende geht, auf einer Bank vor der Scheune, betrachte den Wind, der die Bäume entkleidet, und schlürfe Roggenschnaps. Der ist nicht schlecht, er wird in der Kneipe fast für umsonst verkauft, hoffentlich werde ich davon nicht blind. Mein Blick fällt auf Mila, die sich am Brunnen ihr Gesicht wäscht, und ich frage mich, wie lange sie es noch aushalten wird bei uns. Ich glaube nicht, dass es hier schlecht ist, aber ich glaube, dass junge Menschen wie sie mehr als reine Luft und Frieden brauchen. Ganz im Gegenteil, sie brauchen Trubel und Gleichaltrige und Rauch und Lärm. Nur so können sie einmal den Wunsch verspüren, einen Ort wie diesen aufzusuchen, aber vielleicht irre ich mich. Denn wie kann ich andere verstehen, wenn ich mich selbst nicht verstehe.

Ich habe mich nie verstanden. Wir sind auf diese Welt gekommen, um dieses ferne, fremde Wesen kennenzulernen, das sich in unserem Körper eingenistet hat, so sagt man, es sind nur wenige, die das begreifen, und noch wenigeren gelingt es auch. Ich begreife es zwar, mir gelingt es aber nicht, den, der sich in meinem Körper befindet, kennenzulernen, so tragisch ist meine Situation.

Bis ich Kaj und dem Geheimnis der Vergessenen begegnete, hoffte ich – ich glaubte nicht, ich hoffte –, dass irgendwo ein Ort existiert, der nur darauf wartet, von uns entdeckt zu werden, an dem wir nackt und unschuldig sein können, an dem wir uns nicht verstellen müssen. Der Gedanke, dass es einen solchen Ort nicht gibt, dass wir umgeben von Zäunen sind, die andere errichtet haben, dass wir uns zwar alle auf der Erde befinden, die aber nicht allen gehört, sondern nur einigen wenigen, und dass wir dafür bezahlen; dass wir wie Kaj und Josip monate- und jahrelang laufen können, aber früher oder später auf einen Zaun oder eine Wand stoßen werden; dass wir die Passage bezahlen oder bis zu unserem Tod an einem Ort verharren können, für das Bleiben jedoch bezahlen müssen – der Gedanke, dass den Ort, an dem wir nackt und unschuldig sein können, nur derjenige entdecken kann, der sich in unserem Körper eingenistet hat, aber dass wir ihn zunächst kennenlernen müssen, all das erfüllt mich in diesem zweiten Herbst mit Traurigkeit.

Aber das bedeutet nicht, das ich dieses spätnachmittägliche Licht nicht genießen kann, den Duft des Rauchs aus dem Schornstein, das Gläschen Roggenschnaps, das Flattern der Flügel, das die Luft erfüllt.

Ich hebe meinen Blick, ein Schwarm von Staren geht wie eine Wolke auf den Kastanienwald nieder.

Die Schatten werden länger, der Wind wird stiller.

Anmerkung des Autors

Die Idee zu diesem Roman entstand im Sommer 2011 während eines einmonatigen Aufenthalts in der Villa Hellebosch in Vollezele, zwanzig Kilometer südwestlich von Brüssel, wo auch die ersten Seiten des Romans geschrieben wurden. Das Schreiben setzte ich im Künstlerhaus Hiža od besed in Pazin, Istrien, im Januar 2015 und danach in Zagreb fort.

Folgende literarische Werke haben die Arbeit an dem Roman inspiriert:

- *Die Schneekönigin* von Hans Christian Andersen, aus: *Sämtliche Märchen*, Projekt Gutenberg-DE
- *Nije šala, postoji Nigde (Es ist kein Scherz, es gibt das Nirgends)* von Ivan Slamnig, aus: *Dronta*, Znanje, Zagreb, 1981
- *San u kamenu, Rastanak (Der Traum im Stein, Abschied)* von Jure Kaštelan, aus: *Pijetao na krovu (Der Hahn auf dem Dach)*, Zora, Zagreb 1950
- *Kiša (Der Regen)* von Antun Šoljan, aus: *Svojeručno (Eigenhändig)* – Šoljan, DHK, Zagreb, 2013, herausgegeben von Tomislav Brlek
- *Putovanja Mjesečevim meridijanom (Reisen entlang des Mondmeridians)* von Vesna Parun, aus: *Pjesme (Gedichte)*, Matica hrvatska, Zagreb 1964.

Der Autor bedankt sich beim Ministerium für Kultur der Republik Kroatien für die Unterstützung.

Die Originalausgabe erschien 2015 unter dem Titel *Mjesečev meridijan* bei Naklada OceanMore, Zagreb.

Die Arbeit der Übersetzerin am vorliegenden Text wurde vom Deutschen Übersetzerfonds gefördert.

Quellennachweis: Robert M. Pirsig, *Zen und die Kunst, ein Motorrad zu warten*. © Robert M. Pirsig 1974. Aus dem Amerikanischen von Rudolf Hermstein. © S. Fischer Verlag, Frankfurt am Main 1976

FSC® www.fsc.org MIX Papier aus verantwortungsvollen Quellen FSC® C083411

Penguin Random House Verlagsgruppe FSC® N001967

1. Auflage
Deutsche Erstausgabe Februar 2022
btb Verlag in der Penguin Random House Verlagsgruppe GmbH,
Neumarkter Straße 28, 81673 München

Umschlaggestaltung: semper smile, München
Covermotiv: © Stocksy/Jovana Milanko
Satz: Uhl + Massopust, Aalen
Druck und Einband: CPI books GmbH, Leck
CP · Herstellung: sc
Printed in Germany
ISBN: 978-3-442-77136-3

www.btb-verlag.de
www.facebook.com/btbverlag

Johan De Boose

Das Fluchholz

Roman

240 Seiten, btb 77113
Aus dem Niederländischen von Rainer Kersten

Ein außergewöhnliches Stück Holz auf seiner wundersamen Reise durch zweitausend Jahre Menschheitsgeschichte.

Einst gehörte es zu einem alten Olivenbaum in Palästina, der dem Propheten Jeschua Schatten spendete, dann wird es zum Kreuz, an dem Jeschua endet: Ein Stück Holz erzählt die Geschichte seiner abenteuerlichen Reise, seiner Begegnung mit dem römischen Kaiser Nero, mit orthodoxen Mönchen, islamischen Gelehrten und dem Papst, mit Faschisten und Kommunisten, Erfindern, Künstlern und Terroristen – und es verfolgt mit Ironie und Skepsis, was der Mensch durch die Jahrhunderte so treibt …

»De Boose ist der geborene Erzähler, ›Das Fluchholz‹ eine Mischung aus philosophischem Traktat, Schelmenroman und Geschichtsbuch.«

Gooi En Eemlander

Nathan Englander

kaddish.com

Roman

240 Seiten, btb 77154
Aus dem Amerikanischen von Werner Löcher-Lawrence

Eine aberwitzige, quirlige Satire, zugleich absolut respektlos und sehr liebevoll.

Larry, ein atheistischer Jude aus Brooklyn, ist nach dem Tod seines geliebten Vaters ein einziges Nervenbündel. Nach dem jüdischen Gesetz muss er elf Monate lang das Kaddisch für ihn beten. Fieberhaft sucht er nach einem Ausweg – und findet ihn, wie so vieles, im Internet, bei der Website kaddish.com. Larry füllt ein Formular aus, zahlt die Gebühr und vertraut darauf, dass ein frommer Jeschiwa-Schüler in Jerusalem das Trauergebet für seinen Vater sprechen wird. Doch bald ergeben sich einige heillose Komplikationen …

»Der witzigste amerikanisch-jüdische Schriftsteller der Gegenwart.«
The Times

btb

Jamil Jan Kochai

99 Nächte in Logar

Roman

320 Seiten, btb 77045
Aus dem Amerikanischen von Werner Löcher-Lawrence

Ein Sommer in Afghanistan: die wilde und märchenhafte Reise durch ein Land, das keinen Frieden kennt.

»Phänomenal. Dieses Buch hat ein großes Herz.«
The Guardian

»Ein bewegender Roman über Herkunft, Geschichte und Familienbande über kulturelle Grenzen hinaus.«
Kirkus Reviews

»Kochai ist ein begnadeter Geschichtenerzähler.«
Publishers Weekly

»Ein moderner Huckleberry Finn.«
Vulture

btb